동아
COMMUNICATION
GROUP

동아
COMMUNICATION
GROUP

손만 대면 다 고쳐 4권

초판 1쇄 인쇄일 | 2022년 7월 22일
초판 1쇄 발행일 | 2022년 7월 28일

지은이 | 해우
펴낸이 | 박성면
펴낸곳 | (주)동아

출판등록 | 제406-2007-000071호
주소 | 경기도 파주시 문발동 223-1 2층
전화 | (031)8071-5201
팩스 | (031)8071-5204
E-mail | lion6370@hanmail.net

정가 | 8,000원

ISBN 979-11-6302-597-9 (04810)
ISBN 979-11-6302-587-0 (Set)

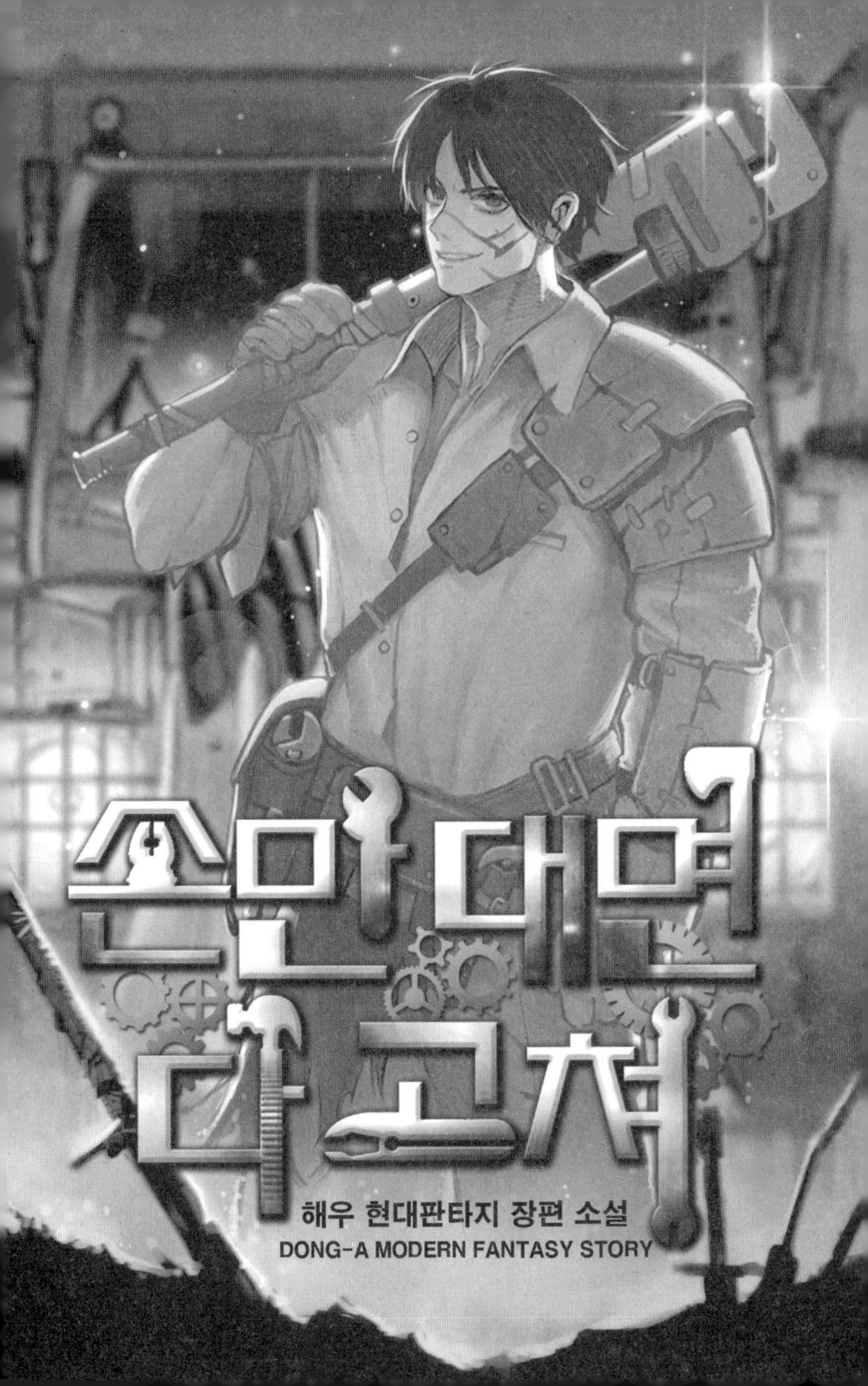
손만 대면
다 고쳐
해우 현대판타지 장편 소설
DONG-A MODERN FANTASY STORY

목차

16. 포천시의 운명

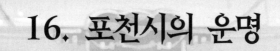

구형 트럭과 발전기를 수리할 수 있는 사람이 10명이 생기니
할 일이 더 늘어났다.

물론, 내가 직접 하는 것은 아니었다.

하지만 김수호나 최철민이 어떤 일을 해야 하는지 나에게 허락을
맡으러 자주 왔다.

그냥 알아서 하고 나중에 알려 달라고 해도 고쳐지지 않았다.

밭을 더 늘리고 병원과 5군수 부대에 발전기를 설치해 전기가
들어오게 했다.

닭장 근처에 고물상에 만든 정수기와 같은 방식의 정수기를
설치해 병원과 5군수 부대에 물을 공급할 수 있게 했다.

그리고 근처 생존자 수색과 영역 확보도 시작했다.

홈플러스와 코스트코의 물건을 확보해야 했기 때문에 같이 진행하기로 한 것이다.

생존자 수색을 하면서 뜻밖에 아파트 고층에서 꽤 많은 생존자를 발견했다. 하지만 금오동과 신곡동 지역에서만 생존자가 나왔다. 민락동 지역은 생존자가 없었다.

금오동과 신곡동 지역에서 찾아낸 생존자는 121명이었다.

모두 병원으로 보냈다. 그곳에서 일을 하며 분류 작업을 하기 때문이었다. 점점 체계가 잡혀가고 고물상을 중심으로 안전한 영역을 확보하기 시작했다.

* * *

의정부역 세계 백화점 옥상.

이성필 덕분에 살아남은 안성식과 안지연 남매가 서 있었다.

그들은 고물상이 있는 방향을 바라보고 있었다.

"오빠. 저기는 전기가 들어오나 봐."

"아무래도 그렇겠지. 자동차를 수리할 수 있는 사람들을 데려갔으니까."

이성필이 떠난 후 노예였던 사람들은 그동안 당했던 분노를 힘을 잃은 이들에게 쏟아냈다.

모두 죽인 것이었다.

이제 자유가 된 것인 줄 알고 기뻐할 때, 외곽 경비를 서던 이들에게 습격을 당했다.

그나마 다행이었던 것은 50명 전부가 아닌 가장 가까운 곳에 있던 20명만이 습격한 것이었다.

20명은 노예였던 이들이 제대로 반항하지 않을 것으로 착각했다. 일부를 죽이면 나머지는 자연스럽게 복종할 것으로 생각한 것이었다.

처음에는 그들의 생각처럼 될 것 같았다. 하지만 안성식과 안지연 남매가 노예의 삶을 살 바에는 죽겠다고 하며 저항했다.

사람들이 남매에게 동조했다.

그리고 습격한 20명을 해치울 수 있었다.

하지만 꽤 많은 사람이 죽었다. 고작 20명에게 100명 가까이 죽은 것이었다.

안성식은 여기서 멈추지 않았다.

남은 30명이 공격해 오기 전에 그들을 먼저 해치우기로 했다.

꽤 많은 사람을 죽이면서 안성식과 안지연은 물론, 사람들은 힘을 얻었다.

그 덕분에 남은 30명도 해치울 수 있었다.

그 과정에서 또 50명 정도가 죽었다.

남은 사람은 300명 정도였다. 사람들은 이 일을 주도한 안성식을 중심으로 뭉칠 수밖에 없었다.

"그 사람이 다녀간 지 벌써 10일인가?"

안성식은 자신이 죽을 뻔했을 때를 떠올렸다.

정신을 차렸을 때 당당하게 서 있던 이성필의 모습은 인상적이었다.

사실 이성필과 대화하면서 용기를 많이 얻었다.

"오빠. 고민하지 마. 저기로 가고 싶잖아."

동생 안지연의 말대로였다.

안성식은 300명이나 되는 집단을 이끄는 일에 지쳐 가고 있었다.

생각보다 부족한 것이 너무 많았다.

"그래도 될까?"

안성식이 걱정하는 것은 이성필이 자신들을 받아주지 않을지도 모른다는 것이었다.

이성필이 너무 냉정하게 떠났기 때문이었다.

"고민해 봤자 답은 안 나오잖아. 부딪쳐 봐야 안다고 했으면서."

"그랬지."

안성식은 아는 것과 직접 행동하는 것은 다르다고 말하고 싶었다.

하지만 여동생에게 더는 약한 모습을 보여 주기는 싫었다.

"그래, 내일 가 보자."

"잘 생각했어."

안지연은 드디어 이성필을 만날 수 있다고 생각하며 속으로 기뻐했다. 그날 이후로 단 하루도 이성필의 모습을 떠올리지 않은 날이 없었다.

　　　　　　　＊　＊　＊

"누가 찾아와요?"

고물상의 개축을 거의 마무리하는 중이었다.

빈 컨테이너를 찾아서 와서는 3층짜리 건물을 만들었다.

1층은 주방과 사무실 그리고 여자와 아이들이 지내는 곳이었다. 샤워실도 만들었다. 2층은 나와 노 씨 아저씨 그리고 신세민이 지내는 곳으로 만들었다.

3층은 회의실이자 주변을 살피는 전망대 기능을 하는 곳이었다.

모두 전기 시설까지 완벽하게 했다. 사람이 많아지니 건축 관련 일을 했던 사람들도 있어서 생각보다 쉽게 만들 수 있었다.

그런데 김수호가 와서 나를 만나고 싶어 하는 사람이 찾아왔다고 한 것이었다.

"의정부역 생존자 대표라고 합니다."

의정부역 생존자 대표가 누구일까 궁금했다.

그리고 언제쯤 찾아올까 궁금하기도 했고.

"혼자 왔나요?"

"아닙니다. 남녀 두 명입니다."

남녀 두 명이면 내가 짐작하는 사람들 같았다.

"어디 있나요?"

"터미널 사거리 경계선에 있습니다."

고물상을 중심으로 안전선을 정해 식물형 괴물을 심고 들개와 사람이 같이 순찰을 돌고 있었다.

"가 보죠."

나는 김수호와 함께 움직였다.

* * *

터미널 사거리 경계선에 도착했다. 들개와 순찰대원에게 감시받는 두 사람이 보였다.

내 짐작대로 안성식과 안지연 남매였다.

두 사람은 나를 보자마자 고개를 숙였다.

"잘 지내셨나요."

"오래간만이네요. 나를 만나고 싶어서 왔다고 들었는데요."

안성식은 고개를 끄덕였다.

"네."

"이유는요?"

"전에 어떻게 살든 선택은 자신이 하라고 하셨죠."

"비슷한 말은 했죠. 떠나든 남든 선택하라고."

"빙빙 돌려서 말하지 않겠습니다. 저희를 받아주십시오."

"두 분을요?"

"아니요. 의정부역에 살아남은 300여 명을 말하는 겁니다."

"내가 왜 300명이나 되는 사람을 받아 줘야 하나요?"

내 말에 안성식은 당황하는 것 같았다.

"그거야……."

"왜 내가 당연히 받아 줄 것으로 생각하죠?"

안성식의 표정이 어두워졌다.

"역시 그렇군요. 한 가닥 희망을 품었었는데……."

안성식은 너무 쉽게 포기하는 것 같았다. 이건 일종의 시험이었다. 김수호와 병원 사람들을 받아들일 때도 그들은 나에게 자신들의 가치를 증명해야 했다. 그때 노예의 삶에서 벗어나고자 발버둥 쳤던 안성식은 없는 것 같았다.

"더는 할 말이 없는 것 같네요."

나는 몸을 돌려 돌아가려고 했다.

그때 여자의 목소리가 들렸다.

"잠깐만요."

안성식의 동생 안지연 같았다. 나는 다시 몸을 돌렸다.

그녀의 목소리에서 간절함을 느꼈기 때문이었다.

나는 모르는 척 그녀에게 물었다.

"왜 그러죠?"

"어떻게 하면 우리를 받아 주실 수 있나요?"

"그것을 왜 내게 묻습니까. 당신들이 말해야죠."

"원하는 것을 알려 주시면 더 빠르게 합의점을 만들어 낼 수 있으니까요."

전에 두려움에 떨던 안지연이 아닌 것 같았다.

당당한 표정과 말투.

어떻게 해서든 해내고야 말겠다는 의지가 눈에서 엿보였다.

"내가 원하는 것을 그쪽에서 할 수 없을지도 모릅니다. 그때는 어떻게 하려고요?"

"할 수 있는지 없는지는 들어 봐야죠."

"그래요?"

나는 조금 잔인하게 말할 생각이었다.

"이곳도 사람이 넘쳐납니다. 많은 사람을 받을 수는 없어요. 딱 100명만 받죠."

"……."

안지연은 쉽게 대답하지 못했다.

100명만 데리고 간다면 나머지 200명은 죽으라는 것과 같기 때문이었다.

"할 수 있나요?"

안지연은 입술을 깨물었다. 대답할 수 없었기 때문이었다.

"거봐요. 어떤 것을 원할지 모르는 상태에서 그런 협상은 안 됩니다. 그럼."

나는 다시 몸을 돌리려 했다. 그때 안지연이 입을 열었다.

"저를 팔겠습니다."

"300명을 다 받아 주는 대신에 안지연 씨를요?"

"네."

"안지연 씨가 그럴 만한 가치가 있나요?"

"있습니다."

조금 호기심이 생겼다.

"좋아요. 그럴 만한 가치가 있는지 들어는 보죠."

안지연은 긴장 때문에 침을 삼켰다. 하지만 어떻게 해서든 이성필을 설득해야 한다고 생각했다.

"저를 다시 소개하죠. MIT에서 생명공학과 화학공학을 복수 전공한 안지연입니다."

안지연의 말을 들은 내가 처음 생각나는 것은 그녀의 나이였다. 20대 중반처럼 보였기 때문이었다.

미국의 명문 사립대학인 MIT에서 두 학과를 공부했다고 하기에는 어려 보였다.

"안지연 씨 몇 살이죠?"

"31살입니다."

"동안이시네요."

"당신도요."

"네?"

"아닙니다. 그뿐만 아니라 하버드 케네디 스쿨에서 행정학도 공부했습니다."

"케네디 스쿨이요?"

내가 하버드에 다닌 것도 아닌데 케네디 스쿨이 뭔지 모른다.

"케네디 공공정책대학원입니다. 공공정책과 행정학, 국제관계학, 경제학, 정치학 등을 배우고 연구하는 곳입니다."

이거 안지연이 생각보다 자신의 가치를 잘 증명하는 것 같았다.

"그래서요? 공부 잘했다고 자랑하는 건가요?"

"네!"

너무 당당한 그녀의 대답에 내가 당황스러울 정도였다.

"이런 제 능력을 당신만을 위해서 사용하겠다는 겁니다. 전에는 그 누구도 모르게 감췄지만, 지금은 드러내야 할 때인 것 같네요."

"조금은 감동이네요. 나만을 위해서 사용하겠다니. 하지만 안지연 씨의 능력을 어디에 사용할 수 있을까요?"

사실 안지연의 능력이 필요하기는 했다.

지금은 주먹구구식으로 조직을 운영하고 있었다. 행정학을 배웠다면 이곳의 조직을 효율적으로 개편하는 데 도움이 될 것이 분명했다. 그리고 생명공학과 화학공학을 전공했다면 괴물들에 관한 연구도 가능할 것 같았다.

"필요하실 겁니다. 조직이란 그냥 운영되는 것이 아니기 때문이죠. 지금이야 큰 문제 없이 조직이 운영될지 몰라도, 시간이 지나면 문제가 하나둘씩 생길 겁니다. 그 일을 제가 도울 수 있습니다."

아주 가려운 곳을 잘 긁어 주네.

"그리고 이런 일이 왜 일어나는지 원인을 찾아내는 연구도 가능합니다."

안지연은 할 수 없을지도 모른다고 생각하면서도 일부러 이성필의 관심을 얻어내기 위해 말했다.

"그래요? 그럼 안지연 씨는 이런 일이 일어난 원인이 뭐라고 생각합니까? 대충 짐작하는 것이 있으니까 그런 말을 한 것이겠죠?"

안지연은 이번에 대답을 잘해야 한다고 생각했다.

그리고 어느 정도 자신이 추리한 것을 말하기 시작했다.

"일종의 정화 작업 같습니다."

"정화 작업이요?"

"네. 사람이 사람을 죽이고 싶어 하고 이상한 괴물이 나타났습니다. 그런데 괴물들도 서로를 공격하더군요. 처음에는 이런 생각이 안 들었는데, 시간이 지나면서 들게 된 생각입니다. 지구상의 생명체의 숫자를 줄이기 위한 정화요."

사실 나도 안지연의 생각과 비슷한 생각을 하는 중이었다.

거대한 힘을 지닌 괴물들은 인간을 병적으로 미워했다. 그리고 몇몇은 이상한 말도 했었다.

"그렇군요."

안지연은 이성필이 수긍하는 것 같자 기뻤다.

이성필을 설득한 것 같았기 때문이었다. 하지만 아직 아니었다.

"안지연 씨 능력은 잘 알았습니다. 하지만 300명을 받아 줘야 할 정도는 아닌 것 같네요."

"왜요?"

"안지연 씨는 공부만 한 것 아닙니까. 실제로 일해 본 적이 있나요?"

"생명공학과 화학은 실제로 MIT 연구소에서 일하면서 해 봤습니다."

"그것뿐이잖아요. 지금 당장 연구할 수도 없고요. 행정학은 실전은 안 해 본 것 같네요."

"맞아요. 하지만 열심히 할 수 있어요."

"그런가요? 어느 드라마인가? 영화에서 이런 대사가 있죠. 누구나 열심히 한다. 하지만 열심히 한다고 해서 성공하는 것은 아니다."

사실 나는 저 대사를 좋아하지 않는다.

끊임없이 노력하다 보면 언젠가는 그 결과를 얻을 수 있다고 생각하기 때문이었다. 열심히 해야 기회를 얻을 수 있다.

물론, 혈연 지연 같은 인맥으로 그 노력을 무참하게 짓밟는 경우도 있다. 하지만 그렇다고 다 포기하고 살 것인가?

"안 그런가요?"

"맞아요. 하지만 실패한다고 해서 잘못된 것은 아니죠. 실패가 있어야 성공도 있거든요."

나는 자연스럽게 미소가 지어졌다.

포기하지 않는 이런 생각이 마음에 들었기 때문이었다.

"일단 합격!"

"네?"

"포기하지 않으면 기회가 오죠. 안지연 씨는 내가 거절해도 그것을 받아들이지 않고 계속 넘으려고 노력했어요. 그래서 합격입니다."

"그럼 받아 주시는 건가요?"

나는 고개를 저었다.

"아니요. 안지연 씨와 안성식 씨만 일단 합격입니다. 나머지

300명은 면담을 통해서 이곳에서 지내며 일을 할 것인지 다른 곳을 떠날 것인지 결정할 겁니다."

"그럼 받아 주신다는 거잖아요. 감사합니다!"

"받아 준다는 말은 안 했습니다. 면접 꽤 까다롭습니다."

"그래도요."

"이제 돌아가서 사람들에게 말한 다음 여기 김수호 선생님과 일정을 잡으세요."

"네. 감사합니다. 정말 감사합니다."

안지연은 감사함보다 이성필과 자주 얼굴을 볼 수 있게 된 것 때문에 더 기뻤다.

* * *

포천시.

이필목 대령은 중요한 결정을 내려야 했다.

포천시에 식량이 거의 다 떨어져 가기 때문이었다.

괴물 닭들이 사라지면서 위험은 많이 사라졌다. 덕분에 철원 3사단 생존자들과 민간인을 구조할 수 있었다. 하지만 인원이 늘어나면서 식량 소모도 기하급수적으로 늘어났다.

포천시에 군인을 포함한 생존자는 2천 명이 넘어가고 있었다.

이대로 가다가는 괴물 때문이 아니라 굶어서 죽을 수도 있었다.

"김 대위!"

"네. 연대장님."

"정찰대를 두 곳에 보내지."

"어느 곳에."

"그 괴물 나무 있는 곳과 의정부에."

"드디어 결심하신 겁니까?"

"어. 이곳보다는 의정부에 식량이 더 남아 있겠지."

사실 이필목 대령의 희망 사항이었다.

어차피 7일 정도면 식량이 거의 바닥난다.

그리고 거대 소나무는 무조건 해결해야 할 적이었다.

* * *

괴물이 된 소나무가 주변을 살피듯 지나가고 있었다.

한 마리가 아니었다. 두 마리씩 짝을 지어 돌아다니는 중이었다.

이들의 목적은 거대 소나무의 영역에 누군가 침입하는 것을 발견하거나 침입 흔적을 찾는 것이었다.

두 마리의 괴물 소나무가 지나가자 풀숲이 조심스럽게 움직였다. 움직이기 전까지는 진짜 풀숲이라고 해도 믿을 만큼 자연스러웠다. 하지만 지금은 그 누가 봐도 사람이라고 생각할 수밖에 없었다.

조심스럽게 움직이는 이들은 10명이었다.

그런데 10명 중 5명이 움직이는 방향이 달랐다. 남쪽을 향해 움직였다.

나머지 5명은 동쪽이었다. 예전 주둔지였던 705특공 연대가 있는 방향이었다. 705특공 연대 주둔지에 도착하려면 무조건 지나야 하는 곳이 있었다.

거대 소나무가 머무는 곳이었다. 5명은 거대 소나무의 영역을 정찰하러 온 것이었다. 나머지 5명은 의정부로 향하는 것이었고.

각자 다른 임무를 맡은 정찰대는 조심스럽게 순찰을 도는 괴물 소나무를 피해 움직였다.

하지만 거대 소나무 근처에서 발각되고 말았다.

거대 소나무를 정찰하던 5명은 필사의 탈출을 할 수밖에 없었다.

반면에 의정부 방향으로 가던 정찰대는 이 상황을 이용해 더 안전하게 거대 소나무 영역을 벗어날 기회를 얻었다.

아이러니하게도 누군가에게는 죽을 위기가 누군가에게는 안전하게 될 기회가 된 것이었다.

거대 소나무의 영역을 벗어난 정찰대는 휴식을 위해 잠시 멈췄다.

"허 상사님, 괜찮겠죠?"

"정예 중의 정예잖아. 괜찮을 거야."

정찰대원인 고우민 하사의 질문에 허창수 상사는 불안함을 애써 지우며 대답했다.

고우민 하사가 괜찮겠냐고 말한 것은 거대 소나무 영역 정찰을 맡은 이들이었다.

소란스러움을 기회로 거대 소나무 영역을 벗어났으니 다른 정찰대가 발견된 것을 짐작하고 있었다.

허창수 상사는 자신에게 말하듯 대원들을 향해 말했다.

"우리는 우리의 임무만 완수하면 된다. 다른 생각은 잊어라."

"알겠습니다."

허 상사 팀은 10분 정도 휴식한 다음 다시 의정부를 향해 움직였다. 허 상사 팀은 의정부를 직전에 두고 멈췄다. 전투의 흔적을 발견했기 때문이었다.

누가 이곳에서 전투를 했는지 한눈에 알아볼 수 있었다.

포천에서 하루에도 몇 번씩 괴물 닭들과 전투를 했었다.

괴물의 시체가 아무리 빨리 부패한다 해도 그 흔적을 몰라볼 수가 없었다.

"그놈들 이곳으로 내려왔나 보군."

"그런 것 같습니다. 최소 500마리 이상이 이곳에서 죽은 것 같습니다."

"다른 흔적도 보이는데."

"뼈를 봐서는 개의 형태입니다."

이들은 애꾸의 들개 무리까지 파악할 수 있었다.

"상사님, 이걸 좀 보셔야 할 것 같습니다."

허 상사는 팀원이 가리키는 것을 보기 위해 움직였다.

"괴물 닭의 머리가 깔끔하게 잘린 것 같습니다."

허 상사는 심각하게 생각할 수밖에 없었다.

누군가 개 무리와 함께 괴물 닭과 싸웠다. 그리고 괴물 닭의 머리를 깔끔하게 자를 정도의 힘과 실력이 있었다.

    최소 500마리의 괴물 닭을 전멸시킬 정도의 세력과 힘을 지닌 누군가가 의정부 지역에 있다고 생각할 수밖에 없었다.

    문제는 그 누군가가 호전적인 사람일 경우였다.

    허 상사는 팀원들을 불러 모았다.

    "지금부터 최악의 상황을 염두에 두고 움직인다. 오 하사는 오른쪽 능선에서 대기하며 퇴로를 확보하는 동시에 통신을 담당한다."

    "네. 팀장님."

    705특공 연대에서도 기계를 수리할 수 있는 능력자가 나타났다. 통신병이었다. 하지만 다른 기계는 수리할 수 없었다. 더군다나 무전기는 통신병이 습관처럼 챙겨 온 4개가 전부였다. 그중에서 1개를 의정부 정찰팀에게 준 것이었다.

    "고 하사와 이 하사는 왼쪽 산을 넘어 민락동 방향에서 정찰하고, 나와 강 하사는 천보산 방향에서 면허시험장으로 접근한다."

    모두 휴가나 외출은 의정부로 자주 나와서 어디에 뭐가 있는지 잘 알고 있었다.

    "해가 질 때 오 하사가 있는 능선으로 복귀한다. 출발."

    허 상사 팀은 바로 움직였다.

*　*　*

포천시.

이필목 대령은 거대 소나무 정찰팀의 보고를 받고 있었다.

"죄송합니다. 연대장님."

"이 소위 자네라도 살아 돌아왔으니 다행이지."

거대 소나무 영역을 정찰하는 임무를 맡은 것은 이선우 소위의 팀이었다. 진검대 중에서도 가장 뛰어난 능력과 힘을 지닌 이들을 선별해서 만든 팀이었다.

하지만 돌아온 사람은 이선우 소위 한 명뿐이었다. 그것도 왼쪽 팔을 잃은 상태였다.

"그래, 거대 소나무는 어떤가?"

"예전보다 더 커진 것 같습니다. 그리고 거대 소나무만 문제가 아닙니다."

"뭐가 더 문제인가?"

"거대 소나무를 중심으로 셀 수도 없는 괴물 나무들이 모여 있었습니다."

이필목 대령은 의문을 가질 수밖에 없었다.

괴물이 된 나무들은 움직임이 느렸다. 거대 소나무만이 점프를 하며 움직일 수 있었다.

그런데 빠르게 움직일 수 있는 정찰대가 전멸에 가까운 피해를 입은 것이었다.

그리고 그 의문은 이선우 소위가 말하기 시작했다.

"거대 소나무의 근처에는 커다란 열매를 맺는 나무가 있었습니다. 그리고 그 열매에서는 인간의 형태를 지닌 무언가가 태어나는 것 같았습니다."

"인간의 형태라고?"

"그렇습니다. 그놈들에게 당했습니다. 그놈들은……."

이선우 소위는 악몽 같았던 일을 말하기 시작했다.

인간의 형태를 지닌 것들은 몸이 나무처럼 되어 있었다.

그리고 인간처럼 움직이며 빨랐다.

목을 자르지 않으면 죽지도 않았다. 더 문제인 것은 팔과 다리 같은 부분은 다시 재생한다는 것이었다.

또한, 팔을 검이나 둔기처럼 변형도 가능했다.

이선우 소위의 팔을 자른 것도 인간형 나무 괴물의 팔이었다.

이선우 소위의 보고를 다 들은 이필목 대령은 심각한 표정으로 물었다.

"숫자는?"

"확인된 것만 30마리 이상이었습니다. 그중 10마리 정도를 죽이고 탈출할 수 있었습니다."

완벽하게 움직이는 인간형 나무 괴물의 숫자였다.

하지만 그 숫자는 더 늘어날 것이 분명했다.

"김 대위!"

"네. 연대장님."

"순찰 강화하고 경비 인원 더 늘려."

"알겠습니다."

이필목 대령은 적은 피해로 거대 소나무를 해결한 다음 의정부로 가고 싶었다.

하지만 거대 소나무의 영역이 넓어지고 있었다.

또한, 새로운 인간형 나무 괴물은 위협적이라는 생각이 들었다.

더 위협적인 적이 되기 전에 제거해야 할 것 같았다.

* * *

거대 소나무는 이성필에게 상처를 입은 후 상처 회복을 하는 동시에 이대로는 안 된다는 생각을 했다.

씨앗을 뿌려 괴물 소나무를 만들어도 이성필과 만나면 같은 결과가 나올 것 같았기 때문이었다.

불에 약하고 너무 느렸다. 이성필을 포위해서 가둔다 해도 빠져나갈 가능성이 컸다. 그리고 이성필 옆에는 다른 인간이 있었다.

시간이 지날수록 이성필의 힘이 커질 것도 예상했다. 자신도 빠르고 강한 부하가 필요했다.

어떤 형태가 빠르고 강할까. 아이러니하게도 인간을 싫어하지만, 인간의 형태가 가장 낫다는 결론을 내렸다. 그래서 상처를 회복하면서 인간 형태의 부하를 만들어 낼 방법을 찾았다.

거대 소나무는 인간 형태로 태어나는 것을 바란다는 의지를 씨앗을 심을 때부터 주입했다.

하지만 씨앗을 심어 새롭게 태어나는 것들은 모두 나무였다.

그러다가 새로 태어난 나무 중에 이상한 열매를 맺는 것이 탄생했다. 원래대로였다면 제대로 움직이지도 못하는 나무는 죽이는 것이 맞았다. 하지만 인간 형태의 부하를 만들고 싶어 하는 것에 너무 열중한 나머지 나중에 처리하려고 한 것이었다.

열매에서 무엇이 나오나 기다렸다. 그리고 거대 소나무는 드디어 자신의 바람대로 인간 형태의 부하를 얻을 수 있었다.

열매에서 온몸이 나무로 된 인간 형태의 부하가 탄생했기 때문이었다.

하지만 10개의 열매를 맺은 나무는 더는 열매를 맺지 않고 죽었다. 거대 소나무는 다시 열매를 맺는 나무를 만들기 위해 씨앗을 심었다.

100개의 씨앗을 심으면 2개 정도의 열매를 맺는 나무가 탄생했다. 거대 소나무는 나머지 98개에서 탄생한 부하를 잡아먹으며 다시 씨앗을 심기 시작했다.

그리고 50개의 열매를 맺는 나무를 탄생시킬 수 있었다.

하지만 더는 탄생하지 않았다. 이상하게도 인간 형태의 부하가 죽어야지만 새로운 열매를 맺는 나무를 탄생시킬 수 있었다.

즉, 인간형 부하는 500마리가 한계였던 것이다.

거대 소나무는 인간형 부하 500마리와 괴물 나무 1천여 마리를 준비해 이성필을 상대하려고 했다.

그런데 인간들이 정찰을 왔었다. 정찰온 인간들이 어디에서 온 것인지 알고 있었다.

크게 신경 쓰지 않고 있었던 인간들이었지만, 이성필을 공격하기 전에 뒤를 정리해야 할 것 같았다.

거대 소나무의 최우선 목표가 바뀌었다.

* * *

의정부역 집단 사람들의 면담은 김수호를 중심으로 이루어지고 있었다.

하루 30명씩 면담한 다음 등급을 나누는 것 같았다.

1등급부터 5등급까지 5단계였다.

면담할 때 기본 질문은 이곳의 지도자는 이성필이며 이성필에게 충성을 맹세할 수 있느냐라고 했다.

김수호에게 맡겨 놨더니 이런 질문을 넣을 줄은 몰랐다.

어쨌든 내가 할 것이 아니면 방법에는 크게 관여하지 않는다는 주의기 때문에 머쓱해도 무시했다.

그리고 나는 고물상을 정비하는 일에 신경을 썼다.

각종 고물을 다시 분류하고 정말 필요하지 않다고 생각되는 것은 다른 곳으로 옮겼다.

그러니까 고물상에서 거의 나갈 일이 없었다.

"대장님!"

노 씨 아저씨가 3층 전망대로 올라왔다.

"밭에 가 계신 것 아니었어요?"

"밭에 있다가 온 겁니다."

"무슨 일 있나요?"

노 씨 아저씨의 표정은 굳어 있었다.

"그런 것 같습니다. 까망이 부하가 민락동에서 군인 2명을 발견했다고 합니다."

"군인이요?"

"네. 까망아."

노 씨 아저씨 어깨 위에 있던 까망이가 폴짝 뛰어내렸다.

그리고 내 앞에 와서 말했다.

'좀 강한 군인 2명이 조심스럽게 제 영역을 돌아다닌다고 해요. 어떻게 할까요?'

까망이 부하들은 모습을 감추고 감시하는 것을 잘한다.

"어떻게 하기는, 잡아 와."

'네.'

까망이가 전망대를 빠져나갔다.

그러자 노 씨 아저씨가 말했다.

"정인 식당 사장님 남편 부하들일까요?"

"그럴지도 모르죠. 하지만 그게 문제는 아닌 것 같아요. 지금까지 살아 있는 군인이라면 강하겠죠?"

노 씨 아저씨를 봐도 그랬다.

전문적인 훈련을 받은 이들은 싸움에 강했다. 더군다나 2명은 조심스럽게 움직인다고 했다.

정찰일 가능성이 컸다.

"강할 겁니다."

"달랑 2명만 살아남은 것이라면 다행이겠지만, 아니라면 좀 긴장해야 할 것 같네요."

내 말에 노 씨 아저씨의 표정이 더 안 좋아졌다.

"까망이가 군인을 잡아 오면 제가 직접 정보를 알아내겠습니다."

"그러세요."

정보를 캐내는 것은 나보다 노 씨 아저씨가 전문가였다.

까망이가 언제쯤 군인을 잡아 오나 생각하며 기다릴 때 멀리서 소총 소리가 들렸다.

그리고 폭탄 터지는 소리도.

* * *

"젠장!"

고우민 하사는 일이 왜 이렇게 됐는지 몰라 화가 났다.

분명 주변에는 아무것도 없었다.

괴물 따위는 흔적도 없었다. 그런데 갑자기 사방에서 고양이들이 나타났다.

거의 송아지만 한 고양이들이니 괴물이 분명했다.

이성민 하사와 고양이들을 피해 도망쳤다. 숫자가 너무 많았기 때문이었다.

하지만 곧 고우민 하사와 이성민 하사는 자신들이 몰이 사냥을 당했다는 것을 알았다.

그래서 가까운 건물로 들어가 저항했다.

소총을 쏘고 수류탄을 던지며 도망칠 기회를 얻으려고 했다.

괴물 고양이 한두 마리 정도는 죽일 수 있었다. 하지만 대신 총알이 떨어졌다.

이제 남은 것은 날이 잘 선 군용 대검뿐이었다.

"이 하사."

"네."

"내가 시선을 끌 테니까 이 하사는 포위망을 뚫고 거대 소나무 영역으로 달려."

"무슨 말이십니까?"

퇴로를 확보하고 있는 오민석 하사에게 가라고 하지 않는 것 때문에 묻는 것이었다.

"이놈들 은신과 추적에 강해. 오 하사가 있는 곳으로 가면 안 돼."

이성민 하사는 고개를 끄덕였다.

"거대 소나무와 이놈들을 충돌하게 할 생각이시군요."

"미안하다."

고우민 하사는 자신도 죽지만, 이성민 하사도 죽으라고 하고 있었다.

"괜찮습니다."

두 사람은 자신들을 희생해서라도 나머지 팀원이 임무를 완수하기를 바라고 있었다.

'누구 마음대로.'

고우민 하사와 이성민 하사는 흠칫 놀라며 뒤를 돌아봤다.

그곳에는 작은 까만색 고양이가 웃는 표정으로 앉아 있었다.

평범한 고양이가 아니라는 생각을 두 사람이 하는 순간, 검은색 그림자가 두 사람을 덮쳤다.

까망이가 거대해진 몸으로 두 사람을 제압했다.

* * *

고우민 하사는 검은 그림자가 덮치는 장면을 느끼며 깨어났다.

그리고 자신이 어디에 있는지 몰라 당황했다.

아무것도 안 보이는 어두컴컴한 곳이었다.

그리고 손목과 발목은 쇠사슬로 묶여 있었다. 풀어보려고 몸을 움직이는 순간.

딸칵.

"윽."

정면에서 전등이 켜졌다.

어두운 곳에 있다가 빛을 보니 눈이 부셔 제대로 뜰 수 없었다.

하지만 그렇다고 그냥 있지는 않았다.

최대한 주변을 파악하며 자신이 있는 곳을 알아내려 했다.

콘크리트 건물. 조금은 굽굽한 냄새가 난다. 오래된 창고 같았다.

"이름."

낮고 굵은 목소리가 들렸다.

하지만 고우민 하사는 대답하지 않았다.

"이름."

다시 들리는 목소리.

고우민 하사는 포로로 잡혔을 때 대응하는 훈련을 했다.

지금은 누가 주도권을 잡느냐가 중요했다.

그리고 자신은 죽으면 죽었지 정보를 발설할 생각이 없었다.

이필목 대령에 대한 충성심이 강했기 때문이었다.

"대답할 생각이 있을 때 다시 오지."

딸깍.

불이 꺼졌다. 그리고 앞에 있던 사람의 움직이는 소리가 들렸다.

꽤 멀리까지 가서 문을 열고 나갈 때 외부의 햇빛이 들어왔다가
사라졌다.

그 찰나의 시간 창고인 것을 확인했다.

* * *

아무것도 안 보이는 어둠 속에서는 시간이 얼마나 지났는지
제대로 알지 못한다.

고우민 하사 역시 1시간이 지났는지 2시간이 지났는지 몰랐다.

아는 것은 어둠 속에서 혼자 있다는 것이었다.

1분이 1시간 같기도 하고 10시간 같기도 했다.

고우민 하사는 입술을 깨물었다. 피가 흐를 정도였다. 정신을 차리기 위해서였다.

그때 문이 열리는 소리가 났다. 하지만 햇빛이 들어오지는 않았다. 해가 진 것 같았다.

그리고 들어온 사람은 한두 명이 아니었다. 최소 3명.

그런데 무언가 질질 끌리는 소리가 났다.

딸깍.

고우민 하사는 반사적으로 눈을 감았다.

털썩.

무언가 자신 앞에 떨어진 것 같았다. 눈을 가늘게 뜨고 보는 순간 고우민 하사는 소리칠 수밖에 없었다.

"성민아!"

"이름이 성민인가 보군."

또 들리는 낮고 굵은 목소리.

고우민 하사는 피투성이가 되어 기절한 이성민 하사를 보며 울부짖듯 소리쳤다.

"어떻게 한 거야!"

"말을 안 하길래 조금 손을 본 것뿐이야. 죽지는 않았다."

고우민 하사는 이를 악물었다.

"죽여 버릴 거야!"

"그럴 능력이 있을까?"

"내가 못하더라도 너는 꼭 죽을 거다."

"호오. 믿는 구석이 있는 것 같네. 너의 부대장인가?"

고우민 하사는 이성민 하사를 이용해 자신을 흔들 생각인 것을 알았다. 자신을 고문했다면 얼마든지 버틸 수 있었다. 하지만 전우이자 친동생 같은 이성민 하사가 고통받는 것을 보는 것은 쉽지 않았다.

자신이 흔들리는 것보다 죽는 것이 낫다고 생각했다.

"이필목 연대장님께서 복수해 주실 거다."

으득.

고우민 하사는 유언처럼 말을 내뱉고는 혀를 깨물었다.

"누구?"

혀가 잘려나간 고우민 하사는 더는 대답할 수 없었다.

"불 켜!"

곧 창고 전체에 불이 들어왔다.

노진수는 고우민 하사가 혀를 깨문 것을 알았다.

"김수호 선생 불러."

노진수는 고우민 하사의 입을 벌렸다.

어떻게 해서든 지혈하기 위해서였다.

* * *

허창수 상사는 고우민 하사와 이성민 하사가 밤이 늦도록 돌아오지 않자 일이 잘못된 것을 알았다.

사실 허창수 상사는 면허시험장 근처도 가지 못했다.

천보산에서 망원경으로 살펴보기만 했다.

들개 무리와 사람들이 빈틈없이 순찰을 하고 있었기 때문이었다.

들개 무리의 뛰어난 후각과 청각은 꽤 넓은 범위까지 파악할 수 있다는 것을 확인할 수 있었다.

나무 괴물이 1km 밖에서 움직이는 것도 발견하고 들개 무리는 움직였다. 그리고 포위해서 나무 괴물을 쓰러뜨렸다.

저 들개 무리의 후각과 청각을 피할 방법이 없었다.

어쩔 수 없이 멀리서 병원과 닭장 그리고 밭 정도만 확인했다.

그리고 오민석 하사가 있는 곳으로 돌아와 고우민 하사 일행을 기다린 것이었다.

"오 하사."

"네. 팀장님."

"연대에 무전 연결해."

"알겠습니다."

오민석 하사는 연대 본부를 호출했다.

곧 대대 본부에서 답이 왔다. 무전기를 넘겨받은 허창수 상사는 자신들이 정찰한 내용을 전달했다.

의정부 성민 병원을 중심으로 들개와 닭을 거느린 무리가 있다는 것. 그리고 규모가 꽤 크다는 것까지 보고했다.

허창수 상사는 고우민 하사와 이성민 하사를 포기하고 복귀하라는 명령을 받았다.

거대 소나무 때문에 한 사람이라도 더 필요했기 때문이었다.

하지만 그 이유를 모르는 허창수 상사는 명령을 따라야 할지 고민할 수밖에 없었다.

짧은 고민 끝에 허창수 상사는 어떻게 할지 결정했다.

"강 하사. 오 하사 데리고 복귀해."

"팀장님은 복귀 안 하실 생각이십니까?"

"두 사람의 생사 정도는 확인해야겠지."

"살아 있다면요?"

"구출할 생각이다."

동료를 그냥 버리고 가면 죽을 때까지 죄책감에 시달릴 것 같았다. 또한, 전우를 버린다면 누가 등을 맡기고 싸울 수 있을까.

서로를 지켜 준다는 믿음을 지녀야만 죽음의 공포를 이겨 내고 싸울 수 있었다.

"그렇다면 저도 남겠습니다. 오 하사만 보내시죠."

오민석 하사 역시 갈 생각이 없었다.

"보고는 다 했으니 임무는 완수한 겁니다. 저도 남겠습니다."

"전시에 명령 불복종은 총살이야."

"동료를 버리고 가느니 총살당하겠습니다."

"연대장님은 동료를 구한 것을 더 칭찬하실 겁니다. 조금은 혼날지도 모르지만요."

강등에 정신 교육까지 받을 수도 있었다.

"좋아. 그렇다면 강 하사는 민간인 복장을 구해 와. 나와 오 하사는 비트를 만들 테니까."

비트는 안전하게 숨을 장소를 말하는 것이었다.

대부분 땅을 파고 안쪽에 들어간다. 그리고 그 위에 작은 나무와 풀 같은 것을 덮어 위장한다.

일단 생존자인 것처럼 꾸며서 접근할 생각이었다.

"알겠습니다."

강창수 하사가 움직이려 할 때 목소리가 들렸다.

"그럴 필요 없습니다."

세 사람은 목소리가 들린 곳을 향해 소총을 겨눴다.

그런데 갑자기 진한 장미 향이 느껴졌다.

그리고 세 사람은 그대로 쓰러졌다.

* * *

허창수 상사는 눈을 번쩍 떴다. 그리고 몸을 굴려 침대에서 내려왔다.

벌떡 일어난 허창수 상사는 주위에 아무도 없다는 것을 알았다.

허창수 상사는 자신이 어디에 있는지 파악하기 시작했다.

아무리 봐도 병원 입원실이었다.

자신이 지녔던 무기는 그 어디에도 없었다.

허창수 상사는 조심스럽게 문으로 다가갔다. 그리고 최대한 소리가 안 나게 옆으로 밀었다.

간신히 빠져나갈 정도로 문을 연 허창수 상사는 머리를 살짝 내밀어 주변을 살폈다.

복도에는 아무도 없었다.

조심스럽게 병실을 나간 허창수 상사는 바로 옆 병실을 살폈다.

혹시나 팀원들이 있을까 싶어서였다.

그런데 팀원 4명 모두가 있었다. 4명 모두 정신을 차린 듯 모여서 이야기를 하는 것 같았다.

허창수 상사는 병실 문을 열고 들어갔다.

4명은 문이 열리는 소리에 고개를 돌렸다. 그리고 허창수 상사를 발견했다.

"팀장님."

"쉿! 목소리가 크다."

허창수 상사의 말에 4명의 팀원은 웃고 있었다.

무언가 이상하다고 생각하는 순간 병실 문 쪽에서 누군가 오는 소리가 들렸다.

허창수 상사가 무기가 될만한 것을 찾자 이성민 하사가 말했다.

"팀장님 사모님이 살아 계십니다."

"뭐?"

"따님하고 아드님도 살아 계시고요."

허창수 상사는 이성민 하사가 말하는 이들이 누군지 알고 있었다.

이필목 대령의 부인과 자식들이었다.

허창수 상사 팀의 두 번째 임무가 있었다.

가능하다면 이필목 대령의 가족을 찾는 것이었다.

하지만 최우선 임무는 아니었다. 시간이 워낙 많이 지났기에 할 수 있으면 하는 임무였다.

병실로 들어오는 사람들이 있었다.

허창수 상사는 그중 한 명을 한눈에 알아봤다.

"사모님!"

"허 상사님."

허창수 상사도 가끔 정인 식당에 가서 밥을 먹었다.

그리고 부대 간부들도 어지간하면 회식을 정인 식당에서 했다.

연대장 부인이 하는 식당이니 당연했다.

그래서 정인 식당 사장인 김정인도 남편의 부하들을 대부분 알고 있었다.

간부들은 김정인의 얼굴을 모를 수가 없었다.

"살아 계셨군요."

"네. 이성필 대장님 덕분에요."

김정인은 바로 옆에 있는 나를 보며 말했다.

나는 한 발자국 앞으로 나섰다.

"만나서 반갑습니다. 이성필입니다."

"아. 네."

"허창수 상사님이시라고 들었습니다. 정찰 오신 것으로 알고 있습니다."

허창수 상사가 부하들에게 인상을 쓰는 것 같았다.

정보를 알려 줘서 그런 것 같았다.

"정찰이라는 것밖에는 말을 안 했으니 부하들 추궁 안 하셔도 됩니다."

"알겠습니다."

"지금은 아무런 이야기를 안 해도 됩니다. 김정인 사장님이 남편분에게 연락할 수 있게 해 주세요. 김수호 선생님."

김수호는 가지고 온 무전기를 허창수 상사에게 내밀었다.

무전기를 받아 든 허창수 상사는 내게 물었다.

"무기는 안 돌려주나요?"

"네. 아직은 안 돌려줄 생각입니다."

"그럼 보내 줄 생각은 있으십니까?"

"네. 보내 줄 생각은 있습니다."

보내 주기는 할 것이다. 하지만 그냥 보내 주지는 않을 생각이었다. 어차피 물어보아 봤자 제대로 정보를 알려 주지 않을 것이 분명했다.

까망이를 보내 미행하게 할 생각이었다.

"그럼 아주머니와 대화 나누세요."

나는 김정인과 군인들만 놔두고 나갈 생각이었다.

그런데 쿵! 쿵! 하는 소리가 들리기 시작했다.

평소에도 가끔 듣는 소리였다. 몇십 km 떨어진 곳에서 포를 쏘면 이런 소리가 들렸었다.

의정부 북쪽으로 연천이나 철원 같은 곳에서 자주포 훈련 같은 것을 하는 경우가 많았다.

나는 허창수 상사에게 물었다.

"혹시 그쪽에서 공격하는 겁니까?"

허창수 상사도 당황하는 것 같았다.

"모릅니다. 알아보겠습니다."

허창수 상사는 무전기를 들어 연대 본부를 호출하는 것 같았다.

하지만 연대 본부는 응답하지 않았다.

* * *

이필목 대령은 거대 소나무 영역을 포격하기로 결정했다.

괴물 닭 무리가 사라지면서 근처 군부대의 군수품을 확보했다.

그중에서도 3사단 생존자 부대는 155mm 곡사포와 81mm 박격포를 보유하고 있었다.

K9 자주포까지 사용할 수 있었으면 좋겠지만, 전자기기 계통이 망가진 K9 자주포는 가지고 올 수가 없었다.

"허 상사 팀은 아직 복귀 전인가?"

이필목 대령의 말에 작전 참모이자 부관인 김선수 대위가 굳은 표정으로 대답했다.

"네. 아무래도 거대 소나무 영역을 넘지 못한 것 같습니다."

두 사람은 인간형 괴물 때문에 허창수 상사 팀이 전멸했다고 판단했다.

"알았어. 시작하지."

"네. 연대장님."

이필목 대령과 김선수 대위는 밖으로 나갔다. 포격이 끝나자마자 거대 소나무 영역으로 진격할 계획이었기 때문이었다.

두 사람이 나가자 무전기를 담당한 병사가 눈치를 보다가 벌떡 일어났다. 화장실이 급했기 때문이었다.

병사는 빠르게 다녀오면 되겠지란 생각을 하며 화장실로 달렸다.

곧 155mm 곡사포와 81mm 박격포가 거대 소나무 영역을 향해 포탄을 발사했다.

건물이 울릴 정도로 포격음은 꽤 컸다.

그때 무전기에서 소리가 들렸다.

[여기는 올빼미 둘. 올빼미 둥지 응답하라. 여기는 올빼미 둘, 올빼미 둥지 응답하라.]

* * *

"목표가 여기는 아닌 것 같군요."

포를 쏘는 소리가 들렸지만, 의정부 그 어디에도 포탄이 떨어지지 않았다.

내 말에 허창수 상사도 안심하는 것 같았다.

"혹시 어디가 목표인지 아시나요?"

허창수 상사는 짐작 가는 것이 있었다.

현재 가장 위협적인 적은 거대 소나무였다.

이선우 소위가 이끄는 정찰팀에서 어떤 정보를 얻은 것 같았다.

하지만 허창수 상사는 고개를 저었다.

"모릅니다."

"그렇군요. 미안하지만 생각이 바뀌었습니다."

"무슨 말입니까?"

"여러분을 그냥 보내 드릴 수가 없게 됐네요."

"말을 바꾸는 건가요?"

"그럴 수밖에 없지 않을까요? 아직 그쪽이 우호적인지 모르는 상황에서 원거리에서 공격할 수단이 있다는 것을 알게 됐으니까요."

"우리보고 인질이 되라는 거군요."

"맞습니다."

나는 김수호에게 몸을 돌렸다.

"이곳에 사람 배치하세요. 반항하거나 도망치려고 하면 죽여도 됩니다."

"알겠습니다."

김수호가 대답하는 순간 허창수 상사가 나를 향해 움직였다.

하지만 허창수 상사는 내 몸에 손을 댈 수 없었다.

퍼억.

어느새 노 씨 아저씨가 내 앞을 가로막으며 허창수 상사의 머리를 주먹으로 가격했기 때문이었다.

허창수 상사는 그대로 쓰러지며 기절했다.

나는 남은 4명을 향해 말했다.

"깨어나면 잘 설명하세요. 진짜로 죽을 수도 있다고."

남은 4명은 고개를 끄덕였다.

그들은 노 씨 아저씨의 힘과 실력을 직접 봤다.

자신들이 다 덤벼도 이길 수 없다는 것을 알고 있었다.

"우리는 옥상으로 가죠."

현재 이 근처에서 가장 높은 건물은 성민 병원이었다.

옥상에 올라가면 어디를 포격하는지 알 수도 있을 것 같았다.

성민 병원 옥상에 올라왔다. 아직도 포격은 계속되고 있었다.

하지만 산에 가려 포격 목표가 어디인지 정확하게 알 수는 없었다.

그때 노 씨 아저씨 어깨 위에 있던 까망이가 말했다.

'저기는 그 무식하게 큰 나무 영역 같은데.'

까망이의 말에 나는 고개를 돌렸다.

"무식하게 큰 나무? 엄청나게 큰 소나무 말하는 거야?"

'소나무인지는 몰라도 진짜 크긴 한데…… 얼마 전에 어디서 싸웠는지 뿌리가 반쯤 날아갔더라고요.'

뿌리에 상처를 입었다면 그 거대 소나무가 맞는 것 같았다.

"까망이 너 어떻게 알아?"

'제 영역 북쪽에 가까워서 몰래 살펴보곤 했어요.'

"왜?"

까망이는 나를 쳐다봤다. 까망이의 눈빛은 정말 모르느냐는 듯 묻는 것 같았다.

'근처에 강력한 적이 있다면 당연히 살펴봐야 하지 않나요? 도망치든지 싸우든지 결정하려면요.'

"나는 강력한 적이 아니었다는 거네?"

'뭐 처음에는요.'

사실 까망이에게 이성필과 노진수는 큰 위협이 아니었었다.

언제든지 마음만 먹으면 정리할 수 있는 수준이었다.

하지만 예전에 받은 은혜와 거대 소나무라는 위협적인 적 때문에 건드리지 않고 있었을 뿐이었다.

그렇다고 자신의 영역을 침범하는 것까지는 봐줄 생각이 없었다.

"저 포격에 거대 소나무가 쓰러졌으면 좋겠는데."

이건 진심이었다. 거대 소나무를 생각하면 아직도 등에 소름이 돋는다. 그때는 진짜 운이 좋았다. 다음번에도 운이 좋으리라고 생각할 수는 없었다.

뭐 그때와 지금은 조금 다르긴 했다. 다음번에 거대 소나무와 싸울 때는 더 많은 것을 준비해 놓을 테니까.

"내려가서 군인들에게 정보를 더 얻어야겠네요."

군인들이 정보를 주지 않는다면 까망이에게 거대 소나무 영역을 살펴보라고 할 생각이었다.

포탄은 아직도 떨어지고 있었다.

* * *

거대 소나무는 이틀만 더 지나면 포천시를 공격할 예정이었다.

인간형 나무 괴물은 현재 300마리였다.

열매에서 탄생한 인간형 나무 괴물 중에는 겉만 멀쩡했지 제대로 움직이지 않는 것들도 있었다. 이틀 정도면 제대로 움직이는 인간형 나무 괴물 500마리를 다 채울 수 있을 것 같았다. 조금 숫자가 모자란다 해도 충분하다고 생각했다.

그런데 갑자기 포탄이 떨어지기 시작했다. 아무리 회복력과 방어력이 좋은 나무 괴물이라도 포탄을 여러 발 맞으면 죽을 수밖에 없었다.

더군다나 포탄이 폭발하면서 입은 상처를 회복하느라 제대로 싸울 수도 없게 된다. 그리고 인간형 나무 괴물은 더 타격이 심했다.

포탄이 옆에서 터지면 갈기갈기 찢겨 나가기 때문이었다.

거대 소나무는 인간형 나무 괴물을 자신의 몸 뒤로 피하게 했다. 그리고 날아오는 포탄을 향해 나뭇가지를 흔들었다.

엄청난 크기의 나뭇가지였기에 포탄은 나뭇가지를 뚫지 못하고 터져 나갔다. 하지만 거대 소나무의 나뭇가지 역시 터지며 점점 짧아지고 있었다.

거대 소나무는 상처 입은 나무 괴물을 잡아먹으며 회복을 할 수밖에 없었다.

　　　　　　* * *

"포격 중지."

이필목 대령의 명령에 포격이 멈췄다.

약 30분 동안 500발의 포탄을 쏟아부었다.

1분에 약 18발을 쏜 것이었다. 1분에 18발의 포탄이면 적다고 생각할 수 있었다. 하지만 아니다.

거대 소나무가 있는 지역을 거의 아무것도 없는 것처럼 만들 수 있는 양이었다.

현재 보유한 포탄의 절반 정도를 소비했다.

"진격해."

포격이 끝났으니 거대 소나무 영역을 정리할 차례였다.

대기하고 있던 병사들이 먼저 움직였다. 그 뒤를 진검대가 따라갔다. 이필목 대령은 이번 작전에 포천시를 방어할 최소한의 인원만 남기고 모두 투입했다. 일반 병사 1천 명과 진검대 500명이었다.

포격으로 숫자가 줄어든 괴물들을 압도적인 병력으로 쓸어버리려 한 것이었다. 하지만 이필목 대령과 작전 참모들의 예상은 빗나갔다.

　　　　　　* * *

거대 소나무의 영역에 도착하기도 전에 거대 소나무의 반격이 시작됐다. 소형 자동차 크기의 솔방울 수십 개가 날아왔다. 솔방울은 땅에 닿자마자 포탄처럼 터지며 그 파편을 사방으로 날려 보냈다.

파편에 맞으면 사람이 두 동강이가 날 정도로 위력이 대단했다.

병사들은 어쩔 수 없이 파편을 피하기 위해 엎드리거나 엄폐물을 찾을 수밖에 없었다.

10번 정도 솔방울이 날아오고 더는 날아오지 않았다.

병사들은 다시 일어나 거대 소나무 영역으로 달렸다.

머뭇거리다가는 또 날아오는 솔방울 때문에 진격할 수 없기 때문이었다.

하지만 병사들은 곧 멈출 수밖에 없었다.

나무 괴물 수백 마리가 나타났기 때문이었다.

그렇다고 당황하지는 않았다. 움직임이 느린 나무 괴물을 상대할 준비를 해 왔기 때문이었다.

병사들은 화염병에 불을 붙여 던지기 시작했다.

이필목 대령 역시 나무 괴물이 불에 약하다는 것을 알고 있었다.

그래서 준비했다.

수백 개의 불붙은 화염병이 나무 괴물을 향해 날아갔다.

움직임이 느린 나무 괴물은 화염병을 피하지 못했다.

수백 마리의 나무 괴물이 불타오르기 시작했다.

병사들은 더 잘 타오르라고 화염병을 추가로 던지기 시작했다.

하지만 지닌 화염병을 모두 던진 것은 아니었다.

또 나무 괴물이 나타날지 모르기 때문이었다.

예상대로 불타는 나무 괴물 이외에도 남은 나무 괴물이 있었다.

하지만 숫자가 그렇게 많지 않았다.

남은 화염병으로 충분히 상대할 만했다.

추가로 나타난 나무 괴물도 화염병을 맞고 불타오르기 시작했다.

그때 불타는 나무 괴물 사이로 인간형 나무 괴물이 나타났다.

그들은 빠른 속도로 병사들을 향해 달려왔다.

병사들은 기다렸다는 듯이 소총과 중화기로 인간형 나무 괴물을 상대했다. 하지만 인간형 나무 괴물의 피해는 미미했다.

총알을 맞아도 쓰러지지 않았기 때문이었다. 중화기나 소총으로 집중 사격을 해야지만 간신히 한 마리 정도를 쓰러뜨릴 수 있었다.

곧 인간형 나무 괴물과 병사들이 부딪쳤다.

결과는 학살이었다. 일반 병사들은 근접전에서 인간형 나무 괴물의 상대가 될 수 없었다.

조그마한 상처는 금방 나아 버린다. 더군다나 팔이 검이나 도끼처럼 변하기까지 했다. 그뿐만 아니었다. 송곳처럼 뾰족하게 팔이 3m 가까이 늘어나기도 했다.

하지만 병사들은 도망치지 않았다. 진검대가 투입되기 전까지 버텨야 했기 때문이었다. 전투란 희생이 없을 수가 없다.

250마리의 인간형 나무 괴물이 500명의 병사를 죽이거나 상처 입힐 때쯤 진검대가 투입됐다.

인간형 나무 괴물의 2배나 되는 진검대의 투입에 상황은 바뀌었다. 인간형 나무 괴물이 반대로 학살당하기 시작했다.

인간형 나무 괴물은 목이 잘리면 확실하게 죽는다는 것을 알기 때문이었다. 커다란 망치로 인간형 나무 괴물을 산산이 조각내는 진검대원도 있기는 했다.

인간형 나무 괴물이 100마리도 남지 않았을 때 거대한 그림자가 나타났다.

쿠웅.

진검대가 가장 많이 몰려 있는 곳으로 거대 소나무가 떨어져 내린 것이었다. 수십 명의 진검대가 거대 소나무를 피하지 못하고 깔려 죽었다. 인간형 나무 괴물 몇 마리도 같이였다.

사악.

거대 소나무가 머리를 숙여 빗자루질하듯 땅을 쓸어 버렸다.

수십 명의 진검대가 거대 소나무의 나뭇가지에 쓸려 날아갔다.

다시 상황이 바뀌었다. 일반 병사들은 뒤도 돌아보지 않고 포천시를 향해 뛰었다. 살아남은 400여 명의 진검대가 거대 소나무를 공격하기 시작했다.

* * *

"피해는?"

이필목 대령의 표정은 안 좋았다.

그럴 수밖에 없는 것이 작전이 계획대로 되지 않았기 때문이었다.

인간형 나무 괴물이 생각보다 강했다.

그리고 나무 괴물의 숫자도 많았다.

하지만 가장 큰 문제는 역시 거대 소나무였다.

"일반 병사는 사망 430명, 중상 123명, 경상 112명입니다. 진검대는 사망 120명, 중상 150명, 경상 12명입니다."

진검대 피해 대부분이 거대 소나무에 의해 입은 것이었다.

이번 전투로 절반 이상의 전력이 줄어들었다.

뼈아픈 피해는 진검대였다.

사망한 120명을 다시 채우려면 시간이 꽤 걸리기 때문이었다.

시간만 문제가 아니었다. 괴물을 잡아 힘을 기르고 전투를 치르며 경험을 쌓아야 했다.

괴물과의 수많은 전투에서 살아남아야 하는 것이었다.

"피해가 크기는 하지만, 거대 소나무도 무시 못 할 피해를 입었습니다. 연대장님."

작전 참모 김선수 대위의 말대로였다.

확인된 바로는 인간형 나무 괴물은 20마리도 남지 않았다.

일반 나무 괴물도 수십 마리만 살아남은 것으로 확인됐다.

거대 소나무 역시 뿌리를 많이 잘리고 밑부분도 많이 잘려나갔다.

어떻게 보면 거대 소나무가 더 많은 피해를 본 것이었다.

"오늘 밤 전력을 재정비해서 내일 해가 뜨는 것과 동시에 재공격한다."

"연대장님!"

김선수 대위는 무리라고 생각했다.

"하루 이틀 정도는 더 있어야 합니다."

"아니. 시간이 더 지나면 안 돼. 저놈들은 회복력이 더 빨라. 하루가 더 지나면 감당하지 못할 정도로 숫자가 늘어날 거야."

김선수 대위는 무리라고 생각했지만, 이필목 대령의 말도 맞는다고 생각했다. 그리고 이필목 대령이 결정한 순간 그 결정은 무조건 따라야 했다.

"그 전에 끝낸다."

"알겠습니다. 재정비하겠습니다."

김선수 대위는 이필목 대령의 명령대로 재정비를 시작했다.

하지만 그들의 계획이 실행되기도 전인 새벽부터 인간형 나무 괴물들의 습격이 시작됐다.

* * *

포격을 확인한 다음 날 아침 나는 성민 병원으로 갔다. 병실에서 쉬는 중인 병사들에게 질문하기 위해서였다.

병실에 도착한 나는 허창수 상사에게 질문했다.

"허창수 상사. 어제 그 포격은 거대 소나무 영역을 공격한 건가요?"

내 질문에 허창수 상사는 입을 다물고 있었다.

그만 이런 행동을 하는 것이 아니었다.

나머지 4명의 팀원도 입을 다물었다.

"누가 말해 줄 생각은 없나요?"

다들 표정이 굳어 있었다.

"그렇다면 어쩔 수 없죠."

어지간하면 다른 사람의 정신을 조종하는 능력을 사용하지 않을 생각이었다. 하지만 지금은 그런 것을 따질 때가 아니었다.

나는 허창수 상사를 보며 힘을 집중했다.

"허창수 상사."

내 목소리가 낮고 굵게 변했다.

그리고 허창수 상사가 나를 쳐다봤다. 그의 눈이 흐리게 변했다.

"내 질문에 거짓 없이 대답해요."

그런데 허창수 상사의 눈이 정상으로 돌아오는 것 같았다.

"미안하지만 그렇게는 못 하겠습니다."

이런 상황이 일어날 줄은 몰랐다.

나는 힘에 더 집중했다.

"허창수 상사!"

다시 허창수 상사의 눈이 흐려졌다.

"내가 물어보면 거짓 없이 대답해."

더 강하게 힘이 사용되는 것을 느낄 수 있었다. 하지만 결과는 똑같았다. 허창수 상사의 눈이 정상으로 돌아온 것이다.

"그럴 수 없습니다."

아예 말을 안 하는 것은 아니지만, 질문에는 대답하지 않겠다는 의지를 확실하게 표현하고 있었다.

어느 정도는 힘이 먹히고 있다. 하지만 완벽하게 먹히지 않는다.

이유가 뭘까?

안 되는 일에 더는 시간을 낭비할 수는 없었다.

"좋아요. 그럼 부대에 다시 무전을 보내요. 그리고 이필목 대령님과 대화할 수 있게 해 줘요. 그건 가능하죠?"

어제 김정인 아주머니도 남편인 이필목 대령과 대화를 하지 못했다. 무전을 안 받은 데다가 포격 때문에 더는 무전을 하지 않았기 때문이었다.

그리고 무전기도 못 건드리게 했었다.

"그건 가능합니다."

"아저씨."

노 씨 아저씨가 무전기를 허창수 상사에게 줬다.

허창수 상사는 무전기를 받더니 바로 무전을 쳤다.

"여기는 올빼미 둘! 올빼미 둥지 나와라. 여기는 올빼미 둘! 올빼미 둥지 나와라."

이제 올빼미 둥지가 응답하기만을 기다리면 된다.

"올빼미 둥지. 응답하라."

무전에 답이 없자 허창수 상사의 목소리가 초조해지는 것 같았다.

허창수 상사가 입술을 깨무는 순간.

치익.

[여기는 올빼미 둥지. 올빼미 둥지 수신!]

허창수 상사가 급하게 무전기에 대고 말했다.

"여기는 올빼미 둘. 파파 올빼미에게 타깃 투 확인 송신."

[타깃 투 확인이 확실한가?]

"그렇다."

허창수 상사의 대답을 들은 후 무전이 더는 오지 않았다.

3분 정도 기다리자 다른 목소리가 들렸다.

[여기는 파파 올빼미. 타깃 투 전원 무사한가?]

"무사하다고 송신."

[다행이군. 살아남았다니……. 허 상사.]

갑자기 은어가 아닌 이름을 부르고 있었다. 그리고 목소리가
심각하게 들렸다.

허창수 상사도 그것을 느낀 것 같았다.

"네. 연대장님."

[내 가족들 근처에 있나?]

"지금은 없습니다. 몇 가지 보고할 것이 있습니다."

[그래? 보고는 됐고……. 부탁할 것이 있네.]

"명령하십시오."

[명령이 아니라 부탁이야.]

"목숨을 바쳐 임무를 수행하겠습니다."

잠시 무전이 끊겼다.

[내 가족을 지켜 주게.]

"무슨 말이십니까!"

[미안하네. 이곳은 하루를 버티기 힘들 것 같네.]

이필목 대령의 말에 허창수 상사는 나를 쳐다봤다.

그가 어떤 말을 할 것인지 알 것 같았다.

허창수 상사가 내게 말하기 전에 무전이 끊긴 것 같았다.

더는 아무런 소리가 안 들렸다.

허창수 상사는 무전기를 들고 소리쳤다.

"연대장님! 연대장님!"

허창수 상사가 간절하게 소리쳤지만, 무전기에서 응답은 없었다. 무전기를 내팽개치듯 던져 버린 허창수 상사는 벌떡 일어났다.

하지만 내게 접근할 수는 없었다. 어느새 노 씨 아저씨가 허창수 상사의 앞을 가로막았기 때문이었다.

그러자 허창수 상사는 털썩 무릎을 꿇었다.

"도와주십시오. 뭐든 대답해 드리겠습니다. 아니 어떤 일을 시켜도 하겠습니다."

간절한 표정으로 나를 보고 있었다.

"미안하지만 그건 어렵겠네요. 그리고 물어볼 것도 없어진 것 같고요."

이필목 대령의 군대가 하루를 버티지 못한다면 굳이 알아야 할 정보가 없어지는 것이다.

그리고 규모가 얼마나 되는지 모르지만, 군대를 전멸시킬 정도의 괴물들이라면 도와줄 여력이 없다. 이곳을 지켜야 하니까.

"지금 포천시에 남은 민간인도 버리겠다는 겁니까!"

허창수 상사는 민간인을 빌미로 나를 자극하는 것 같았다.

하지만 그런 것으로는 나를 자극할 수 없다는 것을 모르는 것 같았다.

"내 보호를 받는 사람들이 아니잖아요. 나는 내 보호를 받는 사람들을 위험에 빠뜨려면서까지 도울 생각은 없습니다."

남 살리자고 나 죽을 생각은 없었다.

"그렇다고 죽을 줄 알면서도 외면하는 겁니까! 당신은 양심도 없습니까!"

나는 그냥 웃을 수밖에 없었다.

"양심 따위가 내가 책임지는 사람을 살릴 수 있는 것이라면 할 겁니다."

허창수 상사는 주먹을 꽉 쥐며 소리쳤다.

"포천시를 구해 주시면 연대장님과 많은 사람을 살리는 겁니다."

"그러다가 실패하면 여기가 위험해지고요."

"왜 부정적으로만 보는 겁니까!"

"가장 최악을 생각하고 움직여야 하니까요."

"그래도……."

"더는 이런 대화가 필요 없겠네요. 우리 나름대로 준비할 것들이 많아서."

나는 허창수 상사의 요청을 거절할 생각으로 몸을 돌렸다. 그런데 문이 열리며 수진이가 들어왔다.

아무래도 문밖에서 다 들은 것 같았다.

"사장님! 우리 아빠 도와주시면 안 될까요?"

수진이는 눈물을 쏟아낼 것 같은 표정이었다. 수진이만 있는 것이 아니었다.

이필목 대령의 아내이자 정인 식당의 사장인 김정인까지 있었다. 그녀의 표정은 담담했다.

"사장님, 남편과 잠시 무전을 할 수 있게 해 주시겠어요?"

나는 고개를 끄덕일 수밖에 없었다.

마지막이 될지도 모르는 무전이었기 때문이었다.

"그렇게 하세요."

김정인은 허창수 상사에게 다가갔다.

그리고 옆에 내팽개쳐진 무전기를 들었다.

"허 상사님. 이거 누르고 말하면 되나요?"

"네. 사모님……. 하지만……."

허창수 상사는 무전이 안 될지도 모른다는 말을 할 수 없었다.

김정인이 무전기에 대고 말하기 시작했다.

"여보. 듣고 있으면 말해 줘요."

김정인은 잠시 기다렸다. 하지만 무전기에서는 답이 없었다.

그런데 김정인이 무전기에 대고 소리쳤다.

"야! 이필목이! 너 내가 부르면 언제든지 대답한다며! 빨리 대답 안 해?"

생각지도 않았던 말투였다.

나도 김정인의 말투에 움찔할 정도였다.

치익.

[당신 여전하네.]

"당연한 거 아니야? 나 김정인이야. 군대가 좋아서 집안 살림 나 몰라라 하는 당신 대신 애들 키우며 밥집까지 한!"

[미안하다. 정인아.]

"됐고! 얼마나 버틸 수 있어?"

[길어야 하루야. 어쩌면 내일 저녁까지.]

"만약에 뒤에서 지원을 한다면 이길 자신은 있어?"

나는 깜짝 놀라 말했다.

"아주머니."

내가 움직이려고 하자 허창수 상사와 뒤에 있던 군인 4명이 빠르게 내 앞을 막아섰다. 노 씨 아저씨가 그들을 제압하려는 것 같았다. 하지만 나는 노 씨 아저씨의 팔을 잡으며 막았다.

[대규모 지원이 아닌 이상 어려워.]

"어느 정도가 대규모야?"

[나무 괴물을 쉽게 처리할 수 있는 힘을 지닌 사람이 약 500명 이상이 있어야 해.]

"만약에 있다면?"

김정인의 말에 이필목 대령의 목소리가 달라졌다. 조금 전까지 희망이 사라진 목소리였다면 지금은 희망이 생긴 것 같았다.

[이길 수 있어. 아니 무조건 이길 거야.]

이필목 대령의 말을 들은 아주머니는 나를 힐끔 봤다.

그리고 다시 무전기에 대고 말했다.

"그냥은 도와주시지 않을 거야. 지금부터 왜 당신과 포천시의 사람들을 살려야 하는지 설득해야 해."

[누구를?]

"시간 없잖아. 내 말 들어서 여태까지 손해 본 것 있었어?"

이필목 대령은 바로 대답했다.

[아니. 없었지.]

"그럼 닥치고 지금 당장 이성필 사장님 설득해! 시간 없어!"

[잠깐만. 그러니까 이성필 사장님이란 사람이 그만한 전력을 지니고 있다는 거야?]

"닥치고 설득하라니까! 죽기 싫으면!"

[아…… 알았어. 지금 옆에 이성필 사장님께서 계신다면 잘 듣고 판단해 주십시오. 현재 포천시는 거대 소나무와 그 부하의 공격을 받고 있습니다. 일반적인 공격이 아닙니다. 인간 형태의 나무 괴물이…….]

처음에는 무슨 말을 해도 도와주지 않을 생각이었다.

하지만 이필목 대령의 말을 듣다 보니 생각이 바뀌기 시작했다.

인간 형태의 나무 괴물 때문이었다.

빠르게 움직이며 팔을 여러 가지 무기의 형태로 변형이 가능했다.

더군다나 전투를 하면서 학습까지 하는 것 같다고 했다.

처음에는 무식하게 돌격만 하던 놈들이 이제는 시선을 끌고 우회해서 공격하거나 일부가 잠입해 교란 작전까지 하다고 했다.

[이번 기회에 거대 소나무와 인간 형태의 나무 괴물을 소탕하지 못한다면 결국, 이성필 사장님도 어려운 상황에 부닥칠 겁니다. 도와주십시오.]

짧지만 긴 설득이 끝났다. 하지만 나는 쉽게 도와주겠다는 말을 하지 않았다. 이건 나 혼자만의 판단으로 움직일 일이 아니었기 때문이었다.

"수진아. 김수호 선생님하고 최철민 선생님 그리고 이연희 씨와 정수까지 모두 이곳으로 오라고 해 줄래?"

"네. 사장님."

수진이는 바로 병실을 뛰어나갔다.

[여보. 수진 엄마.]

아주머니가 무전기를 잡았다.

"기다려 봐요."

아주머니는 나를 쳐다보며 말했다.

"남편하고 대화하시겠어요?"

"아니요. 혼자 결정하기는 어려운 문제라 의논 좀 할 생각입니다. 조금 기다려 달라고 해 주세요."

"네. 사장님. 감사해요."

"아직 돕는다는 말은 안 했습니다."

"그래도 지금은 조금이라도 생각이 바뀌셨잖아요."

예전에도 아주머니가 보통이 아니라고 생각했지만, 오늘 보니 더 그랬다. 여장부가 따로 없었다. 그러니 군인 남편을 쥐어 잡고 사는지도. 아주머니는 다시 무전기에 대고 말했다.

"수진 아빠. 기다려요. 이성필 사장님이 다른 사람들과 의논한 다음 결정하실 것 같아요."

[그래? 이곳 사정이 너무 안 좋아.]

"그래도 기다려요."

[알았어. 그런데 수진이하고 주명이는 잘 있어?]

"잘 있어요. 이성필 사장님이 두 번이나 구해 주셨어요."

[그랬군. 그럼 내가 보낸 대원들 못 만났어?]

"만났어요. 하지만 까마귀 떼의 습격에……."

아주머니는 그동안 있었던 일을 이필목 대령에게 말하고 있었다. 이곳 정보도 말하지 않을까 싶은 우려도 있었다.

하지만 아주머니는 이곳의 정보는 단 한마디도 하지 않았다.

그저 내가 어떻게 도왔는지만 말했다. 그리고 10분도 지나지 않아 김수호와 최철민 그리고 이연희와 정수가 도착했다.

나는 다른 곳으로 가지 않았다. 병실에서 이필목 대령이 말해 준 것을 모두에게 말했다.

* * *

"여러분의 생각을 듣고 싶어요. 포천시를 구원하러 갈 것인지. 아니면 포천시를 포기하고 이곳의 방비를 더 강화할 것인지요."

내 말에 모두 쉽게 대답하지 않았다.

나는 노 씨 아저씨에게 물었다.

"아저씨 생각은요?"

"전 포천시의 생존자들이 대장님에게 복종한다는 조건이라면 찬성입니다."

"그래요? 김수호 선생님은요?"

"저 역시 노진수 씨의 의견과 같습니다. 그냥 미래의 위협적인 적을 제거하는 것만으로는 좀……."

"최철민 선생님은요."

"저는 반대입니다. 아시다시피 대장님의 능력으로 방어선을 더 단단하게 할 수 있습니다."

작물 괴물을 말하는 것 같았다.

"굳이 포천시까지 가서 피해를 볼 이유가 없다고 생각합니다."

"연희 씨는요?"

"저도 반대요. 오빠가 어렵게 만든 부하들을 잃을 필요는 없다고 생각해요. 이곳에서 준비하면 더 쉽게 싸울 수 있을 것 같아요."

현재 찬성 비슷한 의견이 2명이고 반대가 2명이었다.

"정수는?"

정수는 수진이를 힐끔 쳐다봤다.

수진이 때문이라도 정수는 찬성할 것 같았다.

그런데 의외의 말이 나왔다.

"반대요. 이곳이 모두를 더 안전하게 지킬 수 있다고 생각해요."

"정수야!"

수진이가 섭섭하다는 표정으로 말했다.

하지만 정수는 미안해하면서도 고개를 흔들었다.

"수진아. 이건 생존의 문제야. 미안하지만……. 난 수진이 네 안전이 더 중요해."

수진이는 고개를 획 돌리더니 내게 말했다.

"전 찬성이요!"

의견이 모호하게 갈렸다. 노 씨 아저씨와 최철민을 찬성으로 생각하면 수진이까지 3명이다. 반대 역시 3명이었다. 수진이는 나에게 간절한 눈빛을 보내며 말했다.

"사장님은요? 사장님 결정이 가장 중요하잖아요."

나는 무전기를 잡고 있는 아주머니에게 몸을 돌렸다.

"아주머니 노 씨 아저씨가 말한 조건 남편분께서 승낙할까요?"

"무조건 해야죠. 그래야 사는데요. 걱정하지 마세요. 남편도 사장님 밑으로 들어오는 것이 낫다고 생각할 거예요. 남편은 천성이 군인이에요. 명령을 받아 움직이는."

"그렇다면 한번 물어봐 주세요."

아주머니는 무전기에 대고 말했다.

"들었지?"

이제 보니 아주머니는 무전기의 송신 버튼을 계속 누르고 있었다. 우리의 대화가 모두 이필목 대령에게 송신된 것이었다.

[들었습니다. 도와만 주신다면 이성필 사장님……. 아니 대장님 밑으로 들어가겠습니다.]

"알겠습니다. 최대한 빠르게 포천시로 가겠습니다."

[정말 감사합니다. 그런데 진짜 500명이나 있습니까?]

"500명까지는 안 됩니다."

[그럼 얼마나.]

"그건 나중에 보시면 압니다. 포천시 근처에 가면 허창수 상사가 연락할 겁니다."

[알겠습니다.]

"김수호 선생님."

"네. 대장님."

"군인들 장비 돌려주세요. 그리고 애꾸에게 순찰 중인 부하들 모으라고 해 주세요."

"알겠습니다."

나는 노 씨 아저씨 위에서 가만히 있는 까망이를 봤다.

내가 말하기도 전에 까망이는 노 씨 아저씨 어깨 위에서 내려왔다.

'갑니다. 가요. 최대한 모아 올게요.'

"그래. 우리는 따로 좀 모이죠."

허창수 상사와 다른 4명에게 내가 생각한 작전을 들려줄 수는 없었다. 아주머니와 군인들을 병실에 두고 밖으로 나갔다.

* * *

이성필이 도움을 주겠다는 확답을 듣고 난 이필목 대령은 주먹을 꽉 쥐었다. 생존할 희망이 생겼기 때문이었다.

"연대장님. 진짜로 이성필 사장이란 사람의 밑으로 들어가실 생각이십니까?"

작전 참모 이선수 대위의 질문에 이필목 대령은 입술을 깨물었다. 생각이 복잡했기 때문이었다.

"연대장님. 일단 이번 위기를 넘기고 그때 상황을 봐서 결정하시는 것은 어떠십니까?"

"약속은 약속이야."

"알고 있습니다. 하지만 연대장님 능력이라면 이성필 사장도 어쩔 수 없을 겁니다."

"그건 더 말하지 마. 약속이니까."

"알겠습니다."

"지금부터 방어선을 더 줄인다. 포기할 것은 과감하게 포기한다."

"네. 연대장님."

이필목 대령은 피해가 더 커지기 전에 이성필이 구원을 왔으면 했다.

* * *

2시간. 애꾸와 부하들 그리고 까망이와 부하들이 모이고 준비를 끝낸 시간이었다. 병원에서 포천시까지 빠르게 달려가면 1시간 정도면 도착할 수 있었다.

"그럼 계획대로 아저씨와 애꾸는 허창수 상사 일행과 함께 도로를 따라가다가 산을 넘는 것으로 하죠."

"알겠습니다."

포천시로 보내는 구원 병력은 들개 무리와 고양이 무리였다.

두 무리만 합쳐도 400마리가 넘는다. 그리고 노 씨 아저씨가 들개 무리를 이끈다.

"저는 뒤를 따라가다가 혹시 모를 습격에 대비할게요."

고양이 무리는 내가 이끌기로 했다.

이연희도 나와 함께 간다.

"네. 대장님."

"출발하죠."

노 씨 아저씨와 허창수 상사 일행 그리고 들개 무리는 도로를 따라 달리기 시작했다. 그들이 눈에서 보이지 않을 때쯤 나와 고양이 무리 그리고 이연희도 출발했다.

김수호 선생은 병원을 중심으로 사람들로 방어선을 만들 것이다.

나와 고양이 무리 역시 도로를 따라가다가 멈췄다.

그리고 노 씨 아저씨 일행이 앞서간 방향이 아니라 다른 곳으로 방향을 틀었다. 거대 소나무 영역으로.

가장 중요한 곳을 이필목 대령과 나눌 생각은 없었기 때문이었다.

거대 소나무의 힘은 내가 차지할 생각이었다.

17. 거대 소나무와의
결전

거대 소나무는 인간 형태의 나무 괴물을 탄생시키는 일에 집중하고 있었다.

포천시의 인간들과 첫 번째 전투는 엄청난 피해를 보고 끝났다.

하지만 거대 소나무에게는 다른 소득이 있었다. 진검대 100명을 죽이거나 잡아먹은 후 한 단계 더 성장한 것이었다.

인간 형태의 나무 괴물의 탄생 속도가 더 빨라졌다.

예전처럼 하자가 있지도 않았다.

덕분에 새벽이 오기 전에 200마리의 인간형 나무 괴물을 탄생시킬 수 있었다.

거대 소나무는 한 단계 더 성장하면서 지능도 높아졌다.

포천시의 인간들이 아직 전력을 회복하지 못했을 것이란 판단을 한 것이다.

인간 형태의 나무 괴물의 탄생이 빨라진 지금, 포천시의 인간들을 공격하는 것도 괜찮다는 생각을 했다.

그래서 200마리의 인간 형태 괴물을 포천시로 보냈다.

그리고 거대 소나무는 자신의 판단이 맞았다는 것을 확인했다.

포천시의 인간들은 제대로 회복하지 못한 상태였다.

거대 소나무는 이번 기회에 포천시의 인간들을 모두 전멸시키려 했다. 그래서 자신의 힘을 회복하는 것보다는 인간 형태의 괴물을 탄생시키는 일에 집중하는 것이었다.

끊임없이 인간 형태의 괴물을 만들어 냈다.

현재 포천시를 공격 중인 인간 형태의 나무 괴물은 300마리였다.

하지만 지금 막 탄생한 인간 형태의 나무 괴물 역시 300마리였다.

500마리가 한계였던 것도 성장하면서 풀렸다.

이 300마리가 더 투입되면 포천시도 끝이었다.

이필목 대령은 이런 상황을 예상하지 못하고 있었다.

거대 소나무는 300마리의 인간 형태 나무 괴물을 투입하려는 순간 무언가를 느꼈다.

힘을 지닌 놈이 포천시 방향으로 움직이고 있다는 것을 느낀 것이었다.

그리고 생각나는 인간이 있었다.

이성필이었다.

거대 소나무는 몸을 부르르 떨었다. 그때의 일이 기억났기 때문이었다.

데리고 간 부하들은 모두 죽고 자신 역시 큰 상처를 입었었다.

이성필에게 복수하기 위해 힘을 쌓았다.

거대 소나무는 힘이 느껴지는 곳에 집중했다. 이성필의 힘이 더 커졌는지 알아보기 위해서였다.

하지만 그때 느낀 힘과 크게 차이가 나지 않았다.

순간 이성필이 아닌가 싶었다. 하지만 이 정도 힘을 지닌 인간은 흔하지 않다는 생각을 했다.

이성필이 아니라 하더라도 그 힘을 흡수하면 더 많은 인간 형태의 나무 괴물을 만들 수 있을 것 같았다.

그래서 거대 소나무는 계획을 바꿨다.

포천시로 보낼 300마리를 힘이 느껴지는 곳으로 보냈다.

* * *

포천시.

인간형 나무 괴물을 힘겹게 막는 동안 일부는 방어선을 줄이기 위한 준비를 하고 있었다.

쉽게 넘어오지 못하게 차량과 건물 잔해로 곳곳을 막았다.

그리고 남은 폭발물을 묻었다.

최후의 방어선으로 후퇴할 때 인간형 나무 괴물이 추격하면 일제히 터뜨려 타격을 주기 위해서였다.

어렵게 최후의 방어선이 완성됐다.

하지만 최후의 방어선으로 후퇴할 수가 없었다.

이성필이 보낸 지원군이 도착할 때 후퇴해야만 했다.

묻어 놓은 폭발물로 타격을 준 다음 앞뒤에서 공격할 계획이었다.

이필목 대령은 초조하게 지원군이 도착했다는 연락을 기다렸다.

치익.

[여기는 올빼미 둘. 올빼미 둥지 응답하라.]

이필목 대령은 바로 응답했다.

"여기는 올빼미 둥지. 수신."

[올빼미 둘. 왕방 도착.]

이필목 대령은 주먹을 꽉 쥐었다.

허창수 상사가 말한 왕방은 포천시에서 10km 정도 떨어진 왕방 공단이었기 때문이었다.

마음먹고 뛰어오면 20분도 걸리지 않는 거리였다.

"올빼미 둘은 10분 후 지원하기 바란다."

[10분 후. 수신.]

무전을 끝낸 이필목 대령은 김선수 대위에게 소리쳤다.

"최후 방어선으로 후퇴해!"

"네. 연대장님."

김선수 대위는 병사들에게 후퇴 명령을 내리기 시작했다.

그것을 보며 이필목 대령은 제발 병사들이 큰 피해 없이 최후 방어선으로 후퇴하기를 바랐다.

* * *

무전을 보낸 허창수 상사는 노진수에게 말했다.

"10분 후 지원하기로 했습니다."

"알겠소."

노진수는 애꾸에게 다가갔다.

"애꾸. 준비해."

'컹!'

허창수 상사는 노진수와 애꾸의 대화가 이상하다고 느꼈다.

정확한 지시를 하지 않았기 때문이었다.

그리고 애꾸와 부하 들개들의 움직임도 이상했다.

사방을 경계하듯 살피고 있었다. 마치 적과 곧 싸울 것처럼.

허창수 상사는 노진수에게 다가갔다.

"저기 너무 경계가 심한 것 아닙니까?"

노진수는 아무렇지 않게 대답했다.

"경계는 언제 어느 때나 확실하게 하는 것이 맞습니다."

맞는 말이기는 했다.

하지만 허창수 상사는 이상하다는 느낌을 지울 수가 없었다.

'컹! 컹!'

들개 몇 마리가 짖기 시작했다. 그러자 모든 들개가 털을 세우며

송곳니를 드러냈다.

"이런. 혹시나 했는데."

노진수는 허창수 상사를 봤다. 허창수 상사도 문제가 생긴 것을 알았다.

반대쪽 도로 너머에서 빠르게 달려오는 사람들이 있었다.

숫자가 점점 더 많아졌다.

그리고 곧 달려오는 이들이 사람이 아닌 것을 알 수 있었다.

"뒤에서 지원 부탁합니다."

노진수는 일본도를 손에 들고 뛰었다.

가장 앞에서 인간형 나무 괴물을 상대하기 위해서였다.

곧 들개 무리와 인간형 나무 괴물이 부딪쳤다.

치열한 싸움이 시작된 것이었다.

하지만 얼마 지나지 않아 전세가 불리해졌다. 인간형 나무 괴물의 숫자가 더 많았기 때문이었다.

그리고 인간형 나무 괴물은 노진수와 일대일로 싸우지 않았다.

최소 10마리가 노진수를 포위한 다음 싸웠다.

노진수는 인간형 나무 괴물이 자신을 묶어 놓은 다음 들개 무리를 처리하려는 것을 알았다.

하지만 그것을 알면서도 어떻게 할 수가 없었다.

인간형 나무 괴물은 철저하게 노진수를 막고 있었기 때문이었다.

노진수는 어쩌면 인간형 나무 괴물을 너무 얕봤을 수도 있다는 생각을 했다.

이성팔이 오기 전까지 버틸 수 없을지도 모른다는 생각도 들었다.

* * *

"연대장님!"

김선수 대위는 매립한 폭탄을 지금 터뜨려야 한다고 생각해 이필목 대령을 불렀다.

이필목 대령도 김선수 대위가 왜 불렀는지 알고 있었다.

하지만 아직 후퇴하지 못한 병사가 일부 있었다.

"이러다가 최후 방어선이 뚫리면 끝입니다. 연대장님."

"얼마나 후퇴하지 못했나?"

"확인된 것은 진검대 10개 팀입니다."

5명씩 중요 지점에 10개 팀을 배치해 놨다.

일반 병사는 모두 후퇴했다. 진검대는 최후까지 버틸 생각으로 남은 것 같았다.

이필목 대령은 지금쯤 지원군이 근처까지 왔으리라는 생각을 하며 명령했다.

"폭파해."

"네. 연대장님."

곧 어마어마한 폭발이 포천시에서 일어났다.

하지만 지원군은 기다려도 도착하지 않았다.

대신 살아남아 다시 재정비를 한 인간형 나무 괴물들이 공격을 시작했다.

아직도 100마리 이상이었다.

하지만 최후의 방어선에는 진검대가 60명뿐이었다.

300여 명의 일반 병사는 큰 힘이 되지 않는다.

"김 대위⋯⋯."

이필목 대령은 검을 챙겼다. 직접 나가 싸울 생각이었다.

김선수 대위도 검을 챙겼다.

"연대장님⋯⋯."

"내 옆에서 오래 고생했어."

"아닙니다."

그동안 이필목 대령이 직접 전투에 참여하지 않은 이유가 있었다.

이필목 대령의 능력은 한 번에 여러 개체를 세뇌할 수 없었기 때문이었다.

그래서 이필목 대령이 직접 전투에 참여하는 것보다 지휘하는 것이 더 나은 상황이었다.

하지만 지금은 지휘가 필요 없었다. 힘이 있다면 한 사람이라도 더 전투에 참여하는 것이 낫기 때문이었다.

* * *

나는 까망이를 먼저 거대 소나무가 있는 곳으로 보냈다.

까망이의 능력이라면 들키지 않고 정찰할 수 있기 때문이었다.

정찰을 나갔다가 돌아온 까망이는 인간형 나무 괴물이 떠나고 거대 소나무만 남아 있다는 것을 내게 알렸다.

이건 완벽한 기회였다.

거대 소나무는 내가 온 것을 모르고 있었다.

힘을 숨기고 있었으니까.

거기에 까망이와 고양이들은 빠르고 조용하게 움직일 수 있었다.

나는 거대해진 까망이를 타고 거대 소나무가 있는 곳으로 달렸다.

이연희 역시 다른 고양이의 등에 타고 뒤를 따랐다.

그 뒤에 200마리가 넘는 고양이들이 따라오고 있었다.

거대 소나무에게 점점 가까워지자 거대 소나무의 힘이 느껴지기 시작했다.

드디어 눈에 보이는 거리까지 접근했다.

우뚝 솟은 소나무 하나.

거대 소나무도 이제야 나를 발견한 것 같았다.

"산개!"

내 말에 고양이 무리가 양쪽으로 갈라졌다.

예상대로 거대 소나무가 나를 향해 뛰었다. 하지만 예전과는 상황이 달랐다.

까망이는 간신히 보일 정도로 빠르게 움직인다.

그런데 거대 소나무 역시 예전과는 달랐다.

피잉. 피잉.

뛰어오른 상태에서 무언가 날아오고 있었다.

솔방울이었다. 10개 정도인 것 같았다.

그냥 피하면 그만이라고 생각했다.

파잉! 파잉!

그런데 땅에 부딪힌 솔방울이 터져나가면서 수십 마리의 고양이를 쓸어버렸다.

나야 까망이가 앞으로 뛰고 있었으니 솔방울이 터지는 영향권에서 벗어나 있었다.

쿠웅.

거대 소나무는 땅에 착지하자마자 나뭇가지를 흔들었다.

이번에는 까망이와 나를 노리고 솔방울이 날아왔다.

"틀어."

나는 까망이를 잡고 있는 오른팔을 당겼다. 까망이가 오른쪽으로 방향을 바꿨다.

솔방울이 나와 까망이가 달려가던 방향으로 날아갔다.

"까망아! 올라가자."

까망이는 거대 소나무에게로 방향을 바꿨다.

그러자 거대 소나무가 허리를 굽혔다. 나뭇가지로 쓸어버리려는 것이다.

하지만 까망이와 나는 피하지 않았다.

거대 소나무의 나뭇가지가 부딪치려는 순간 까망이는 땅을 박차며 앞발을 휘둘렀다.

까망이의 앞발에는 기다란 발톱이 튀어나와 있었다.

거대 소나무의 나뭇가지를 쉽게 잘라 버렸다.

거대 소나무의 나뭇가지를 뚫고 지나가자 밑동이 보였다.

'대장! 뛰어요!'

갑자기 까망이가 급정거를 했다. 나는 까망이의 말대로 뛰었다.

그대로 거대 소나무의 몸통을 향해 날아갔다.

그리고 뒤에서는 까망이의 비명 같은 것이 들렸다.

'캬앙!'

까망이는 무언가를 느끼고 내게 뛰라고 한 것 같았다.

지금은 까망이가 어떻게 됐는지 뒤를 돌아볼 수 없었다. 그랬다가
는 거대 소나무의 몸통에 도달할 수 없으니까.

나는 이를 악물고 파이프 렌치를 꽉 잡았다.

파이프 렌치의 끝이 달아오르기 시작했다.

푸욱.

파이프 렌치가 거대 소나무의 몸통에 꽂혔다.

하지만 너무 아래였다. 거대 소나무의 약점인 붉은색 점은 10m
정도 더 올라가야 했다.

그나마 다행인 것은 거대 소나무의 몸통에 잡을 곳이 많다는
것이었다.

나는 거대 소나무의 몸통을 오르기 시작했다. 거대 소나무는
어떻게 해서는 나를 떨어뜨리려는 것 같았다.

몸을 흔들다가 갑자기 뛰었다.

땅에 착지하는 순간 그 충격에 떨어질 뻔도 했다.

하지만 악착같이 견디며 올라갔다. 이번 기회를 놓치면 다시는 거대 소나무를 잡지 못할 것 같았기 때문이었다.

이제 얼마 안 남았다. 조금만 더 올라가면 될 것 같았다.

그런데 거대 소나무가 뒤로 넘어가는 것 같았다.

이상했다. 앞으로 넘어가면 나를 깔아뭉갤 수 있는데 왜?

그런 생각을 할 때 거대 소나무가 뒤로 넘어가는 이유를 알 수 있었다. 바로 앞에 거대한 검은색 구멍이 보였기 때문이었다.

거대 소나무는 입을 벌리고 있었다.

아차 싶었다. 벌린 입을 뛰어넘으려는 순간 거대 소나무의 등이 땅에 닿았다.

쿠웅.

충격 때문에 몸이 거대 소나무의 입안으로 들어갔다.

하지만 손은 그대로 나뭇결을 잡고 있었다.

그런데 거대 소나무의 입이 닫히는 것이 보였다. 이대로 있다가는 손이 잘릴 것 같았다. 그리고 밖으로 뛸 수도 없었다.

거대 소나무의 나뭇가지가 나를 때리려는 듯 내려오고 있었기 때문이었다.

"나를 그렇게 먹고 싶나? 그래 먹어라."

나는 손을 놨다. 그대로 몸이 거대 소나무의 입안으로 떨어지기 시작했다.

하지만 아무 생각 없이 손을 놓은 것은 아니었다.

삶을 포기한 것도 아니고.

나는 거대 소나무의 입 아랫부분에 파이프 렌치를 박아 넣었다.

그리고 있는 힘껏 발로 입 아랫부분을 박차며 뛰었다.

3m 정도 떨어진 입천장을 향해서였다.

푸욱.

파이프 렌치를 입천장에 박았다. 그리고 있는 힘을 다 쏟아부었다.

치이익.

'인간! 협상하자.'

사람이나 괴물이나 지가 불리하면 꼭 이래요.

내 대답은 하나였다.

"싫어."

파이프 렌치가 거대 소나무의 입천장을 태우며 더 들어가기 시작했다.

'나에게는 너를 도울 힘이 있다.'

"나를 죽일 힘이겠지."

이성필의 말대로였다. 거대 소나무는 어떻게 해서든 이 상황을 벗어난 다음 기회를 봐서 이성필을 죽일 생각이었다.

하지만 벗어날 방법이 없었다.

이성필은 점점 더 머릿속을 파헤치고 있었다.

거대 소나무는 자신이 인간 형태의 나무 괴물이었다면 이렇게 당하지 않았을 것 같았다.

자신이 인간 형태의 나무 괴물이 되고 싶었다.

그런 간절한 바람 때문이었는지 거대 소나무는 자신이 변해가고 있다는 것을 알았다.

자신이 간절하게 원하던 인간 형태의 나무 괴물이 된 것이다.

하지만 동시에 원래 몸에서 벗어나지 못하는 제약이 있다는 것도 알았다.

아직 힘이 부족하기 때문이었다.

거대 소나무는 이성필을 죽일 수 있다고 생각했다. 그리고 이성필이 있는 곳으로 갔다.

* * *

거대 소나무의 머릿속으로 가는 중에 이상한 느낌을 받았다.

마치 빈 껍데기 안에 있는 듯한 느낌이었다.

그리고 앞에 무언가가 나타났다.

인간 형태의 나무. 하지만 온몸이 붉은색으로 보였다.

본능적으로 붉은색 인간 형태의 나무가 거대 소나무인 것을 알았다. 익숙한 힘이 느껴졌으니까.

"너 뭐냐."

그냥 순간적으로 나온 말이었다.

'너를 죽일 형태다.'

"그러니까 나를 죽일 형태인데 얼굴은 왜 나와 똑같이 생겼냐고"

인간 형태의 거대 소나무는 나와 똑같이 생겼다.

거대 소나무도 놀라는 것 같았다.

표정도 리얼하게 보였다.

'그런가? 가장 강하다고 생각한 모습이 바로 너였나?'

말도 더 잘하는 것 같았다.

'하기는 내가 두려움을 느낀 존재는 네가 처음이었다.'

"지금은 안 두렵고?"

'증오한다.'

"뭐?"

'나는 인간을 증오한다. 어려운 일이 있을 때는 내게 와서 도와 달라고 빌더니 일이 잘 안 풀리면 내게 와서 원망을 하는 인간을 증오한다. 왜 내가 너희들의 희망이 되고 절망이 되어야 하는가!'

순간 굳건하게 서 있던 소나무가 생각났다.

차를 타고 지나가다가 본 그 소나무.

천연기념물로 지정됐던 것으로 알고 있다.

"인간이니까. 강할 때는 강하고 약할 때는 한없이 약해지는 것이."

'그래서 인간이 싫다.'

인간 소나무의 팔에서 내가 든 파이프 렌치와 똑같은 것이 생겨났다.

'나는 어머니가 한 결정이 옳다고 생각한다.'

"어머니?"

인간 소나무는 내 질문에 대답하지 않고 움직였다.

나무 파이프 렌치를 내게 휘두른 것이었다.

나는 붉게 달아오른 파이프 렌치로 막았다.

놈의 파이프 렌치는 나무로 만든 것이었다. 당연히 타들어 갔다. 그리고 순식간에 부서졌다.

뒤로 물러난 인간 소나무는 다시 파이프 렌치를 만들었다.

'불인가? 하지만 단단하게 뭉친 나무는 생각보다 불에 잘 타지 않지.'

다시 내게 달려들었다.

이번에도 파이프 렌치로 막았다. 하지만 이번에는 놈의 말대로 불타지 않았다.

대신 앞부분이 뾰족하게 변하더니 내 얼굴을 노리고 길어졌다.

머리를 옆으로 숙여서 피해 내는 동시에 발로 놈의 배를 걷어찼다.

그대로 뒤로 날아가던 놈은 벽에 발을 대더니 다시 날아왔다.

펑!

놈의 파이프 렌치와 내 파이프 렌치가 부딪치며 폭발음 비슷한 소리가 났다.

힘이 강해졌다. 내가 뒤로 밀릴 정도였다.

나는 옆으로 뛰며 파이프 렌치를 휘둘렀다. 하지만 놈은 가볍게 내 파이프 렌치를 막았다.

사악.

놈의 다른 팔이 칼로 변해 내 어깨를 베었다.

조금만 몸을 뒤로 늦게 뺐다면 어깨가 잘렸을 것 같았다.

나는 힘을 다리에 줬다.

빠르게 움직이기 위해서였다. 더 빠르게 놈을 공격했다.

놈은 간신히 막기 시작했다. 하지만 시간이 갈수록 놈도 빨라지기 시작했다.

아무래도 놈은 내 행동을 학습하는 것 같았다.

내 능력을 복사하는 것처럼 느껴졌다.

'좋군. 좋아.'

"그렇게 좋은 것만은 아닐 거야."

'너를 죽이고 힘을 더 키워 인간을 멸종시킬 것이다.'

한 팔은 칼로, 한 팔은 파이프 렌치로 만든 놈이 내게 빠르게 달려왔다.

나 역시 놈을 향해 달렸다.

힘을 더 끌어내 파이프 렌치에 실었다. 밝게 빛날 정도로 파이프 렌치가 달아올랐다.

놈의 파이프 렌치가 내 파이프 렌치를 막지 못했다.

아무리 단단한 나무라 해도 더 뜨거운 쇠를 막지는 못하니까.

하지만 놈의 칼을 나도 막지 못했다.

퍽. 푸욱.

놈의 머리를 노렸는데 놈이 머리를 옆으로 숙이면서 어깨를 때렸다.

대신 놈의 칼 역시 내 어깨를 뚫었다.

'인간인 너는 회복이 느리지.'

비아냥거리는 듯한 놈의 말투.

나는 내 어깨를 뚫은 놈의 칼을 손으로 잡았다.

그리고 씨익 웃으며 말했다.

"과연 누가 회복이 느릴지 보자고."

나는 일부러 놈에게 다가간 것이었다. 머리를 한 번에 부술 수 있었으면 좋았겠지만, 아니라도 상관없었다.

내 가장 큰 목적은 놈의 몸에 손을 대는 것이었으니까.

'뭐 하는 짓이냐!'

"이제 알았나 보네."

난 확실하게 알 수 있었다. 내 힘이 놈의 힘보다 크다는 것을.

그렇다면 놈의 붉은색 점을 다 지울 수 있었다.

놈의 팔부터 붉은색이 옅어지기 시작했다.

나를 떨어뜨리려 발광하기 전에 나는 놈을 껴안았다.

어깨에 더 깊숙하게 통과하는 칼 때문에 좀 아프긴 했다.

하지만 힘을 점점 더 잃어가는 놈의 고통보다는 안 아플 터였다.

* * *

"조금만 견뎌라! 곧 구원군이 올 거다!"

이필목 대령은 인간형 나무 괴물의 팔을 자른 다음 있는 힘껏 소리쳤다.

그의 목소리를 들은 병사들은 힘을 내기 시작했다.

자신들이 믿고 따르는 이필목 대령의 목소리이기도 했지만, 세뇌를 당한 영향도 있었다.

쓰러질 것 같아도 마지막 힘을 끌어내어 있는 힘껏 싸웠다.

하지만 병사 한 명이 쓰러질 때마다 다시 회복하는 인간형 나무 괴물을 당해내기에는 역부족이었다.

병사들 중에도 인간형 나무 괴물을 죽여 힘을 얻기도 했다.

그렇지만 힘에 적응할 시간이 부족했다.

다시 인간형 나무 괴물에게 죽임을 당하는 경우가 많았다.

그나마 이필목 대령과 힘을 지닌 진검대가 있어 무너지지 않는 것뿐이었다.

이필목 대령은 간신히 인간형 나무 괴물 하나의 목을 날려 버리고는 상처를 회복하면서 주변을 살폈다.

상처가 워낙 많아서 빠르게 회복되지 않았다.

그리고 이제 곧 최후의 방어선이 무너질 것이란 사실을 알았다.

마지막인가 싶을 때 인간형 나무 괴물들의 움직임이 이상해졌다. 마치 당황하는 것 같았다.

그리고 공격도 적극적으로 하지 않았다. 뒤로 조금씩 물러나고 있었다. 이필목 대령은 직감적으로 지금이 기회라는 것을 느꼈다.

그는 검을 높이 들고 소리쳤다.

"돌격 앞으로!"

이필목 대령이 앞장섰다. 그 뒤를 진검대와 병사들이 뒤따르기 시작했다.

그리고 저 멀리서 개 짖는 소리가 들렸다.

'컹! 컹!'

약 백여 마리 정도 되는 거대한 들개 무리가 달려오고 있었다.

들개 몇 마리 위에는 사람이 타고 있었다.

구원군이라는 것을 알았다.

* * *

'이렇게 끝나는 건가.'

이제 붉은색이 거의 사라진 인간 소나무는 허탈한 것처럼 말하고 있었다.

"맞아."

인간 소나무에게서 힘이 들어오고 있었다.

나는 손에 힘을 줬다. 어깨에 있는 놈의 칼을 부러뜨리기 위해서였다. 놈의 칼은 너무 쉽게 부러졌다.

나는 어깨의 박힌 칼을 뽑았다. 놈의 힘이 내게 들어오면서 상처가 아물기 시작했다. 놈이 지닌 힘이 많았던 것만큼 회복 속도도 빠른 것 같았다.

그리고 온몸을 관통하는 이 쾌감. 이 쾌감에 사로잡히지 않기 위해 애를 썼다. 이 쾌감에 사로잡히는 순간 모든 것을 죽이고 또 죽일 것 같았기 때문이었다.

"어머니가 누구지?"

나는 죽어 가는 인간 소나무에게 물었다. 죽어 가면서 대답해 줄지도 모른다는 생각 때문이었다.

'그것을 모르는 너는 역시 죽었어야 해.'

"무슨 소리야?"

'인간은 자신들만을 위하지.'

"당연한 것 아니야?"

'그렇게 생각하기 때문에 인간은 사라져야 한다는 것이다.'

"말이 안 통하는 것 같네."

'나는 죽지만 이건 끝이 아니라 시작인 것을 잊지 마라.'

"그럴 것 같다. 너 같은 놈이 어딘가 또 있겠지."

'과연 그럴까?'

왜인지 인간 소나무의 말이 찜찜하게 들렸다. 하지만 더는 말할 수 없을 것 같았다.

인간 소나무의 몸이 부서지고 있었다.

힘이 나에게 흡수되니 더는 버티지 못하는 것 같았다.

인간 소나무가 허탈하게 웃고 있었다.

솔직히 기분이 나빴다. 나와 똑같이 생긴 얼굴이었으니까.

파삭.

마지막으로 머리가 부서지며 인간 소나무는 사라졌다.

그때 나는 또 다른 희열을 느꼈다.

감히 엄두도 안 나던 적이었다.

주유소 사거리에서 만났을 때는 죽는 줄 알았다.

있는 힘을 다해 저항했었다.

그런데 지금은 그때와는 다르게 너무나도 쉽게 놈을 이겼다.

화르륵.

이제야 거대 소나무가 불타오르기 시작했다.

나는 불길에 휩싸이기 전에 밖으로 나갔다.

* * *

"오빠. 괜찮아요?"

이연희는 닫힌 입을 검으로 잘라 내고 있었다.

까망이와 고양이들도 사방에서 거대 소나무를 공격하고 있었다.

"괜찮아요. 불이 번지니까 멀리 가죠."

"네."

이연희는 진짜 걱정하는 표정으로 내 몸을 샅샅이 훑었다.

'나는 걱정 안 했다.'

까망이의 말에 이연희가 어이없다는 표정을 지었다.

"야. 너 오빠가 입안으로 사라지자 엄청나게 화내면서 날뛰었잖아."

'그건 내가 저놈을 처리하려고 한 거다.'

고개를 팩 돌리면서 아닌 척하는 까망이가 귀여웠다.

"자. 이러고 있을 때가 아니야. 노 씨 아저씨 지원 가자."

나는 까망이 등에 올라탔다.

"까망아. 죽은 부하들은 나중에 와서 묻어 주자."

거대 소나무의 공격에 수십 마리가 다치거나 죽었다.

'그렇게 하죠.'

까망이는 죽어서 원래 작은 고양이 모습으로 돌아간 부하들을 잠시 본 다음 달렸다.

이연희도 다른 고양이 등에 올라 따라왔다.

* * *

노 씨 아저씨 무리가 있기로 한 곳에 도착했다. 하지만 보이는 것은 들개 사체와 부서진 인간형 나무 조각들뿐이었다.

들개 사체가 꽤 많은 것을 봐서는 피해가 큰 것 같았다.

노 씨 아저씨가 어디로 갔을지는 안 봐도 안다.

"까망아. 노 씨 아저씨에게로 가자."

까망이는 바로 노진수가 있는 방향으로 달리기 시작했다.

까망이는 노진수가 어디로 움직였는지 냄새로 알 수 있었기 때문이었다.

그리고 5분도 되지 않아 포천시에 도착할 수 있었다.

하지만 전투는 이미 끝나 있었다.

노 씨 아저씨와 들개 무리 앞에 군인들이 서 있었다.

그 숫자는 100명 정도인 것 같았다.

까망이와 내가 노 씨 아저씨 앞에 도착했다.

내가 까망이의 등에서 내리자 노 씨 아저씨가 다가왔다.

"대장님, 고생하셨습니다."

"고생은 아저씨가 더 하셨죠."

나는 애꾸에게 다가갔다. 그리고 애꾸의 목을 쓰다듬었다.

"애꾸야. 고생했다. 부하들을 많이 잃었구나. 미안하다."

애꾸는 슬픈 눈빛을 보이며 머리를 내 몸에 비볐다.

"부하들 시체는 곧 묻어 줄게."

'컹!'

애꾸가 머리를 내 몸에서 뗐다. 나는 몸을 돌렸다. 이제 포천시의 군인들과 대화를 하기 위해서였다.

"누가 이필목 대령이신가요?"

"나요."

피곤한 모습의 남자가 앞으로 나왔다.

하지만 눈빛은 살아 있었다. 그런데 옆에 있던 군인 한 명이 더 앞으로 나오며 소리쳤다.

"왜 포천시로 먼저 안 온 건가!"

"김 대위!"

"죄송합니다. 연대장님……. 하지만 이건 꼭 짚고 넘어가야 할 것 같습니다."

이필목 대령이 앞으로 나선 대위를 막지 않는 것 같았다.

내게 더 다가선 김 대위는 소리쳤다.

"왜 먼저 포천시로 오지 않았느냐고 묻고 있지 않나. 먼저 왔다면 저 많은 병사가 죽지 않았을 것을 몰랐나!"

김 대위가 화가 난 것은 이해가 된다. 수많은 아들의 죽음 때문이겠지. 하지만 그렇다고 해서 김 대위의 행동이 마음에 든다는 것은 아니었다.

"화나는 것은 알겠는데 말은 좀 좋게 했음 하는데."

"뭐? 저기가 안 보여? 2천 명의 병사가 있었어! 그런데 지금은 온전하게 서 있는 병사는 100명이 다야!"

"그래서?"

"그래서? 당신은 죄책감 같은 것은 없나?"

"죄책감이라. 이래서 물에 빠진 사람 건져 주면 보따리 내놓으라는 말이 있는 것 같네."

"뭐?"

김 대위의 눈이 번들거렸다.

내게 살의를 갖는 것 같았다. 노 씨 아저씨가 내 앞으로 왔다.

나는 노 씨 아저씨의 몸을 잡으며 말했다.

"아직 상황 파악이 안 되는 것 같은데……. 그냥 돌아갈까? 100명으로 부상자를 돌보고 포천시를 지킬 수 있을 것 같아?"

내 말에 김 대위가 멈칫했다.

그러자 이필목 대령이 나섰다.

"김 대위, 그만해. 이성필 사장님 말이 맞아."

김 대위가 이를 악물며 뒤로 물러났다. 이필목 대령이 다시 앞으로 나섰다.

"조금만 더 빨리 도와 줬으면 좋았을 겁니다. 이성필 사장님."

"수진이 아버님이라 참는 겁니다."

"그렇군요. 그런데 눈이 참 맑으신 것 같습니다."

이필목 대령의 목소리가 낮고 굵게 들렸다.

나는 웃음이 나왔다.

"이필목 대령님의 눈도 참 맑으시군요."

나 역시 낮고 굵은 목소리를 냈다. 그러자 이필목 대령의 눈이 흔들렸다. 그리고 인상을 쓰기 시작했다.

"시작은 이필목 대령님이 먼저 한 겁니다. 복종하시죠."

"크윽."

이필목 대령이 머리를 양손으로 잡으며 뒤로 물러섰다.

그때 김 대위가 단검을 뽑아 들고 나에게 달려들었다.

카앙!

나는 다급하게 소리쳤다.

"죽이지는 마!"

까망이가 내 말을 제대로 들은 것 같았다.

퍼억.

김 대위가 까망이의 발에 맞고 옆으로 튕겨 나갔다.

죽지는 않았지만, 팔과 다리가 부러진 것 같았다. 비정상적인 방향으로 꺾여 있었다.

"어떻게 이런 힘이……."

이필목 대령은 내가 힘이 없다고 생각한 것 같았다.

당연히 그럴 것이다. 힘을 숨기고 있었으니까.

"제가 힘이 없다고 생각해서 이런 일을 벌인 건가요?"

이성필의 말대로였다. 이필목 대령은 이성필에게서 그 어떤 힘도 느끼지 못했다.

그리고 눈이 붉은색이 아닌 것도 확인했다.

힘이 없는 일반인이라고 착각할 수밖에 없었다.

"상황에 따라서 배신을 할 수 있는 사람이었군요. 당신은."

좀 씁쓸했다.

이런 일이 일어나지 않았으면 했다.

"미안합니다. 하지만 이성필 사장님이 어떤 사람인지 확인해야 했습니다."

이필목 대령은 자신의 정신이 점점 더 무너지는 것을 느꼈다.

원래 능력이 정신을 조종하는 것이었기 때문에 그것을 더 잘 알 수밖에 없었다.

그 전에 이성필에게서 확답을 받아야 하는 것이 있었다.

"모든 책임은 저에게 있습니다. 그러니 병사들과 시민들 그리고 제 가족을 부탁드리겠습니다."

이필목 대령은 손에 든 검으로 자신의 목을 베려고 했다.

"뭐 하는 짓입니까!"

나는 빠르게 달려가 그의 검을 쳐 냈다.

깡.

잠시 멍한 표정을 지은 이필목 대령은 씁쓸한 표정으로 말했다.

"힘이 있는 자가 다 가지는 세상 아닙니까. 이런 일을 벌인 제가 살아 있다면 이성필 사장님에게 부담이 될 겁니다."

또다시 이런 일을 벌일 수 있다는 부담을 말하는 것 같았다.

"그럴 수도 있겠죠. 하지만 이필목 대령님이 여기서 이렇게 죽으면 전 뒤에 있는 군인들 다 죽여야 합니다."

"무슨 소리십니까!"

"이필목 대령님만 그런 행동을 하지 않을 것 같으니까요."

"그건 억지입니다."

맞았다. 억지였다.

거대 소나무의 힘을 흡수한 지금 무리를 하면 정신을 조종할 수 있을 것 같았다.

하지만 부작용도 있을 것 같았다.

허창수 상사에게 정신 조종 능력을 사용했었다. 그런데 그는 정신 조종이 안 됐다.

지금 보니 이필목 대령에게 이미 정신을 조종당하고 있었기 때문인 것 같았다.

그리고 이필목 대령이 필요했다.

포천시를 지킨 군인들을 가장 잘 통솔할 사람이라고 생각했기 때문이었다.

이필목 대령 없이 저들을 데리고 오면 문제가 많이 생길 것 같았다.

"어쨌든 내 생각은 변함없습니다. 그리고 의정부에 있는 가족도 생각해야 하지 않나요?"

이필목 대령은 표정을 굳힐 수밖에 없었다.

가족을 생각하면 이렇게 죽어서는 안 되기 때문이었다.

군인이라는 이유로 가정을 제대로 돌보지 않았었다.

가정보다는 군대가 우선인 삶을 산 것이었다. 거기에 먼저 전역한 친구의 사업에 투자까지 했었다.

그 투자가 잘되었으면 좋겠지만, 아니었다.

아내인 김정인이 없었다면 어떻게 됐을지 몰랐다.

"이렇게 하시죠. 부상자는 치료하고 사망자는 묻어 준 다음 결정하는 것으로요."

이필목 대령은 작게 고개를 끄덕였다.

"그럼 부상자들 치료할 준비를 해 주세요. 저는 잠시 이야기 좀 하고 갈 테니까요."

"알겠습니다."

이필목 대령이 기절한 김 대위와 병사들을 데리고 갔다.

그러자 고 씨 아저씨가 내게 말했다.

"대장님. 원래 목적은 이루었으니 저들은 포기해도 되지 않을까요?"

이필목 대령과 군인들에게는 말하지 않은 목적.

거대 소나무를 잡는 것이었다.

사실 처음부터 이필목 대령과 군인들을 이용한 것이었다.

김 대위가 화를 냈던 것처럼 포천시를 먼저 지원했으면 이렇게까지 피해가 크지 않았을 수도 있었다.

하지만 거대 소나무가 살아 있는 한 문제가 해결되지는 않는다.

"아저씨. 그렇게 하면 수진이 볼 수 있으시겠어요?"

"그건 다른 문제입니다."

"으음. 그럼 아저씨만 밥 굶으면 좋겠어요? 김정인 사장님 밥맛에 길들여졌는데."

노 씨 아저씨의 표정이 변했다.

지금 고물상의 식사는 김정인이 맡고 있었다.

어떻게 하는지 몰라도 적은 양념으로도 엄지가 척 하고 올라올 정도로 맛있는 식사를 만들고 있었다.

"저는 그 밥맛을 포기 못 하겠네요. 잘못하면 저도 굶어요."

내가 씨익 웃자 노 씨 아저씨도 수긍하는 것 같았다.

"절대로 굶어서는 안 되죠."

"그렇죠? 그럼 잘 달래서 우리 편 만들어 보자고요."

"어떻게 하시려고요?"

"진심을 보이면 진심으로 나오겠죠. 그 전에 연희 씨."

"네. 오빠."

"까망이하고 애꾸 데리고 가서 죽은 아이들 묻어 주고 와요."

"저 혼자요?"

"나는 좀 바빠서요. 아. 그리고 죽은 아이들 묻어 준 다음 까망이 보내서 김수호 선생님을 포함한 의료진과 움직일 수 있는 차량은 모두 보내라고 해요."

이연희가 또 뭐라고 하려는 것 같았다.

"아주 중요한 일이고 나는 연희 씨가 잘해 낼 것으로 믿어요."

"그렇다면야."

"부탁해요."

"네."

이연희가 까망이와 애꾸 그리고 그들의 부하와 함께 움직였다.

나는 노 씨 아저씨와 포천시로 들어갔다.

* * *

포천시로 들어가면서 꽤 격렬한 전투가 있었다는 것을 알 수 있었다.

안 망가진 곳이 없었다. 더군다나 폭발에 의한 것인지 검게 그을린 건물이 많았다.

건물 역시 멀쩡하지는 않았다. 영화에서나 보는 그런 무너진 건물이었다. 그리고 더 안쪽으로 가자 부상자가 생각보다 많은 것 같이 보였다.

군인만 있는 것은 아니었다. 일반인도 있었다. 그리고 일반인들은 부상당한 군인들을 돕고 있었다.

나와 노 씨 아저씨를 본 이필목 대령이 다가왔다.

"현재 중상자는 453명입니다. 경상자는 285명입니다."

"일반인이 많은 것 같네요."

"네. 현재 포천시에 있는 일반 국민은 1,856명입니다. 성인이 1,243명이고 18세 미만이 613명입니다."

일반인이 이렇게까지 많은 줄은 몰랐다.

"쉬운 선택을 안 하셨네요."

"쉬운 선택이라니요?"

"부상자들을 쉽게 치료할 수 있었을 텐데요. 누군가의 생명으로."

내 말에 이필목 대령이 인상을 썼다.

"지금 사람을 죽여 사람을 살리라는 것입니까?"

"원래 그렇게 하지 않나요? 누군가는 죽어야 누군가는 사는."

"맞는 말이기는 합니다. 하지만 그건 적으로 만났을 때의 상황입니다. 지금 이성필 사장님이 말하는 것은 조금 전까지의 전우를…… 지금까지 목숨 걸고 지킨 국민을 죽이는 것은 다릅니다."

역시 이필목 대령은 다른 것 같았다.

지금까지 만났던 집단을 이끌던 사람은 아무렇지 않게 자신을 따르던 사람을 죽였었다.

힘을 더 얻기 위해서거나 또는, 상처를 치료하기 위해서였다.

"그런 생각으로 부상자를 치료하실 거라면 거부하겠습니다."

"그렇게 할 생각은 아닙니다. 단지, 쉬운 길이 있었는데 그 길을 선택하지 않은 이필목 대령님의 생각이 궁금했을 뿐입니다."

이제야 이필목 대령의 인상이 펴졌다.

"그럼 부상자들 치료할 의료진은 언제 옵니까?"

이필목 대령은 허창수 상사 팀에게 성민 병원 이야기를 들었다.

그래서 이성필이 의료진을 준비했을 것으로 생각했다.

"빨리 오라고 했습니다."

"그렇군요. 최대한 빨리 왔으면 합니다."

"그럴 겁니다. 그 전에 치료부터 시작하죠. 중상자 먼저 볼까요?"

이필목 대령은 내 말을 이해하지 못하는 것 같았다.

표정이 딱 그랬다.

"어떻게 치료를 하신다는 겁니까? 의료 장비가 부족합니다."

이필목 대령은 맨몸인 이성필과 노진수를 보고 의아해했다.

"이 손으로요."

나는 손을 들어 올렸다.

"장난하시는 겁니까?"

"장난 아닙니다. 지켜보시면 압니다. 가장 중상자부터 보죠."

내가 먼저 중상자로 보이는 군인에게 다가갔다.

이필목 대령은 어쩔 수 없이 따라오는 것 같았다.

첫 번째 군인은 머리와 복부에 상처가 있었다.

두 곳 모두 심각했다. 하지만 힘이 있어서 그런지 죽지 않았다.

더 고통스럽게 버티다가 죽을 것 같았다.

"머리 먼저 가죠."

나는 군인의 머리에 손을 댔다. 붉은색 점이 큰 데다가 여기저기 많았다.

몸 안에서 힘이 빠져나가기 시작했다.

그리고 약간 움푹 들어간 군인의 머리가 서서히 올라오기 시작했다. 곧 머리 근처의 붉은색 점은 사라졌다.

이제 복부였다. 지혈해 놓은 붕대를 풀었다.

꿀렁.

붕대 덕분에 그나마 막혀 있던 피가 흐르기 시작했다.

상처 주변의 붉은색 점에 손을 댔다.

곧 피가 멈추기 시작했다.

"위생병! 소독약 가져와!"

이필목 대령은 믿을 수 없는 상황을 보면서 소리쳤다.

진짜로 치료가 되었는지 확인하고 싶었다.

그래서 위생병을 부른 것이었다.

"상처 다 닦아 주세요."

나는 다음 군인에게 갔다. 그 군인 역시 머리를 다쳤다.

하지만 나도 고치지 못하는 것이 있을 것 같았다.

한쪽 눈에 붕대가 감겨 있었다. 눈을 잃은 것 같았다.

상처를 회복시키는 것은 가능해도 없어진 것을 다시 만들어
내는 것은 할 수 없었다.

군인의 붕대를 풀었다.

역시 한쪽 눈이 사라져 있었다. 그리고 그 옆으로 깊은 상처까지.

나는 상처부터 치료하며 안타깝다는 생각을 했다.

눈이 있었으면 치료가 가능했을 텐데.

그런데 내 몸에서 힘이 더 빠져나가기 시작했다.

지금까지 치료했던 것과는 비교도 안 될 정도였다.

"으음……."

기절해 있던 군인이 신음을 냈다.

"으윽. 눈……. 눈이……. 아악. 뜨거워!"

군인이 소리치며 발버둥 치기 시작했다. 노 씨 아저씨가 군인의 몸을 잡아 눌렀다.

"으아아아!"

군인은 계속 비명을 질렀다. 머리를 움직여 내 손을 피하려고까지 했다.

어쩔 수 없이 나는 군인의 머리를 양손으로 꽉 잡았다.

"뜨거워! 뜨겁단 말이야!"

"조금만 참아요. 치료 중이니까."

"그만해!"

군인은 버틸 수 없다는 듯 소리쳤다.

하지만 난 치료를 중단할 수 없었다.

분명 사라졌던 군인의 눈이 다시 생겨나고 있었기 때문이었다.

그렇지만 온전한 눈은 아니었다.

새로 생겨나는 눈동자의 색이 초록색이었다.

마치 나무로 눈동자를 만드는 것 같았다.

아무래도 거대 소나무의 힘을 흡수하면서 이 능력을 얻게 된 것 같았다.

"으아아아!"

기절하지도 않고 비명을 지르며 버티던 군인은 곧 잠잠해졌다.

그리고는 눈을 깜빡였다.

"어떻게……."

군인은 자신의 오른쪽 눈이 사라진 것을 알고 있었다.

인간형 나무 괴물의 공격을 간신히 피했었다. 하지만 오른쪽
눈을 잃었다.

그런데 지금은 눈이 보였다.

"치료가 끝난 것 같네요. 어디 다른 곳은 안 불편한가요?"

"안 불편합니다. 그런데 제 눈은 괜찮은 건가요?"

"괜찮다고 말하기는 좀 그러네요. 다른 눈이 생겼거든요."

군인은 일어나려고 했다. 노 씨 아저씨가 군인을 뇌줬다.

그러자 군인은 손으로 자신의 얼굴을 만졌다.

그리고 눈까지.

그때 이필묵 대령이 내게 와서 말했다.

"어떻게 이런 일이……."

이필묵 대령은 이성필이 처음 치료한 병사가 완벽하게 나은
것을 확인했다.

그리고 눈을 잃은 병사가 다시 눈을 얻는 것도 지켜봤다.

"당신은 신이십니까?"

"네?"

"신이 아니고서는 이런 일이 가능할 리가."

"아닙니다. 그저 특별한 능력을 지닌 사람입니다. 다음은……."

양다리를 잃은 군인이었다.

나는 그 군인에게 다가가 물었다.

"혹시 원래 다리는 아니지만, 다른 다리가 생겨서 다시 걸을 수 있다면 하실 겁니까?"

군인은 고개를 끄덕였다.

"기어 다니는 것보다는 낫겠죠. 고통스러울 것 같은데 입에 뭐 물 것 하나만 주시죠."

다른 군인이 나무 조각을 가져 왔다. 그것을 입에 문 군인은 고개를 끄덕였다.

나는 그의 오른쪽 다리를 먼저 잡았다.

"이쪽 먼저 합니다."

나는 치료를 시작했다. 그리고 군인에게 다리가 생겨나 다시 걸었으면 하는 생각을 했다.

그러자 군인이 나무 막대를 꽉 물었다.

"으으으으……."

식은땀까지 흘리기 시작했다.

그리고 군인의 오른쪽 다리가 조금씩 생겨나기 시작했다.

초록색이었다. 정확하게 말해서 나무였다.

무릎 밑에서부터 조금씩 만들어지는 것 같았다.

5분 정도 지나자 오른쪽 다리가 완성됐다.

툭.

그제야 군인은 입에 문 나무 막대를 떨어뜨렸다.

"정말 죽을 것 같은 고통입니다."

말은 저렇게 해도 군인의 얼굴은 웃고 있었다. 막 만들어진 오른쪽 다리의 발가락이 움직이고 있었기 때문이었다.

"제 다리처럼 반응하는군요."

"다행이네요. 그럼 왼쪽을 시작합니다."

"잠시만요. 입에 좀 물고요."

군인은 다시 나무 막대를 입에 물었다.

나는 왼쪽 다리에 손을 댔다.

"으윽."

군인은 또 신음을 내기 시작했다. 그리고 사람들이 몰렸다.

누군가 작은 목소리로 말했다.

"기적이야."

누군가 작게 말한 기적이란 단어는 들불처럼 사람들 사이로 번져 나갔다.

사람들이 모이기 시작했다.

하지만 가까이 접근할 수는 없었다.

노 씨 아저씨는 물론, 이필목 대령과 군인들이 접근할 수 없도록 막았기 때문이었다.

그렇다고 해서 내가 치료하는 것을 못 보는 것은 아니었다.

또 한 명의 군인을 치료하고 팔을 만들어 줬다.

사람들의 목소리는 더 커지기 시작했다.

"저분은 구원자야."

"하나님 감사합니다."

"우리는 살았어. 진짜 산 거야."

사람들이 이성필을 거의 신처럼 여기는 소리를 들은 이필목 대령은 점점 생각이 바뀌기 시작했다.

그 역시 이성필을 구원자로 여기기 시작했기 때문이었다.

하지만 아직 아무런 말도 하지 않았다.

그저 이성필이 중상자를 치료하는 것을 지켜볼 뿐이었다.

그리고 아직 놀랄 일은 많이 남아 있었다.

이성필이 중상자 치료를 시작한 지 2시간도 안 되어 포천시로 수십 대의 자동차가 몰려왔기 때문이었다.

* * *

"김수호 선생님과 의료진은 경상자를 맡아 주세요."

도착하자마자 달려온 김수호에게 지시를 내렸다.

"네, 대장님. 최 과장이 먼저 분류를 시작해 줘."

"네."

최철민 응급의학과 과장은 경상자이지만 먼저 치료를 받아야 하는 환자를 분류하기 시작했다.

간호사들은 깨끗한 물로 상처 부위를 닦아 내고 김수호를 돕기 시작했다.

나는 중상을 입은 군인 한 명을 더 치료한 다음 멈췄다.

벌써 120명이나 치료를 했기 때문이었다.

몸 안의 에너지가 부족하지는 않았다. 하지만 조금은 쉬어 줘야 했다. 정신적인 피로 때문이었다.

그리고 진짜 심각한 중상자는 다 치료가 끝났다.

"이성필 사장님."

이필목 대령이 작은 생수병과 깨끗한 수건을 내밀었다.

치료에 집중하느라 땀이 많이 흐른 것을 이제야 알았다.

나는 수건을 받아 목과 얼굴을 닦았다.

갈증 난 목에 미지근한 생수를 마시자 시원하게 느껴졌다.

"감사합니다."

이필목 대령은 고개를 저었다.

"아닙니다. 제가 더 감사합니다."

나는 이필목 대령의 눈빛이 변했다는 것을 알았다.

지금은 뭐라고 할까.

나를 의심하거나 적대적이지 않은 그런 눈빛.

부드러운 눈빛이었다.

"이성필 사장님이 병사들을 치료하는 것을 보면서 많은 생각을 했습니다."

나는 이필목 대령이 어떤 생각을 했는지 궁금했다.

"그래요? 어떤 생각인지 물어봐도 될까요?"

이필목 대령은 편안한 미소를 지으며 대답했다.

"당연합니다."

이필목 대령이 편안한 미소를 지을 수밖에 없는 이유가 있었다.

지금까지 이성필을 경계했던 모든 이유를 버렸기 때문이었다.

"병사들을 치료하실 때 주변은 전혀 신경을 안 쓰시더군요. 땀을 삘삘 흘릴 정도로 집중해서 치료하시면서요."

"그래야 제대로 치료하죠."

"맞습니다. 이성필 사장님의 그 모습……. 그리고 한 명의 병사라도 제대로 치료하려는 진심. 저는 병사들을 죽음으로 내몰았지만, 이성필 사장님은 병사들을 죽음에서 데리고 오셨죠."

이필목 대령은 잠시 옆을 돌아봤다.

그곳에는 열심히 환자를 치료하는 김수호를 비롯한 의사와 간호사들이 있었다.

"그리고 저들은 이성필 사장님의 지시에 아무것도 묻지 않고 바로 움직였습니다. 정신을 조종당하는 것 같지도 않은데 말이죠."

"그건 모르죠. 자신들도 모르게 제게 정신을 조종당하고 있을지도."

이필목 대령은 고개를 저었다.

"아닙니다. 전 확실하게 알고 있습니다. 억지로 조종당하는 사람과 자신이 원해서 조종당하는 사람의 차이를요."

이필목 대령은 이성필보다 많은 사람의 정신을 조종했었다.

자신을 따르는 이들과 따르지 않는 이들이 정신 조종의 차이를 확실하게 알고 있었다.

약간의 미묘한 차이.

순간 멈칫거리는 것이었다.

인터넷 사이트를 열었을 때 버퍼링이 걸리는 것과 비슷했다. 바로 실행되는 것과 그렇지 않은 것의 차이.

"그런가요?"

"네. 그렇습니다."

"뭐 그렇다면 좋은 거네요. 저 사람들이 저를 믿어 줘서 그런 거니까요."

"이성필 사장님이 믿게 행동하셨으니 그런 것이라고 생각합니다. 지금처럼요."

"저에 대한 생각이 진짜 많이 변하셨나 보네요."

이필목 대령은 대답 대신 웃었다.

"좀 쉬었으니 다시 치료를 시작해야죠. 제가 치료하는 동안 이필목 대령님께서는 사람들을 의정부로 데려갈 수 있도록 구분 좀 해 주시겠어요?"

이필목 대령의 표정이 조금 굳어졌다.

"필요한 사람과 필요하지 않은 사람으로 구분하면 될까요?"

나는 무슨 소리냐는 듯한 표정으로 이필목 대령을 쳐다봤다.

"이필목 대령님은 저 사람들 다 데리고 갈 생각이 없으신가 봐요?"

"솔직하게 말해 식량 때문입니다. 민간인만 1,800명이 넘습니다. 부상자를 포함한 병사만 해도 1,000명 가까이 됩니다."

이필목 대령이 왜 이런 말을 했는지 알 것 같았다.

거의 3천 명에 가까운 인원을 먹여 살리려면 꽤 많은 식량이 필요했다.

"어쩔 수 없는 선택을 해야만 하는 순간이 있습니다."

"이필목 대령님의 말도 맞아요. 하지만 어쩔 수 없는 선택을 할 필요가 없다면요?"

이필목 대령은 순간 떠오르는 것이 있었다.

"혹시 이곳에 있는 사람들이 합류해도 문제가 안 나요?"

"그럴 겁니다. 맛은 좀 없어도 배도 부르고 영양가 가득한 것을 재배하고 있거든요."

완두콩을 삶아 먹으면 맛은 좀 없기는 했다.

소금을 치고 먹어야 그나마 짭짤한 맛에 먹을 수는 있었다.

벼농사도 조만간 시작할 생각이기는 했다. 하지만 지금은 완두콩와 상추, 고추 그리고 거대 달걀 정도만 식량으로 사용되고 있었다.

소금도 막 쓸 수는 없었다.

"뭐 원하는 것을 먹고 배부르게 해 줄 수는 없지만, 굶지는 않게 해 줄 수 있습니다."

내 말에 이필목 대령이 다가왔다. 그리고 내 손을 잡았다.

"지금까지 제가 저지른 결례를 다 용서해 주셨으면 합니다. 이성필 사장님은 이미 준비를 해 놓으셨군요. 그것도 모르고 전 이성필 사장님이 자격이 없다고 생각했었습니다."

"나중에 다시 이야기하죠. 환자들 먼저 치료하고요. 아! 사람들 한 번에 다 태우고 못 가니까 잘 분류해 주세요."

"물론입니다. 그렇게 하겠습니다."

60트럭 10대와 구형 트럭 12대 그리고 대형 버스 1대로는 수천 명을 한 번에 나를 수 없었다.

이필목 대령이 군인들과 함께 사람들을 분류할 때, 나는 남은 중상자 253명을 치료하기 시작했다.

* * *

2시간 정도가 더 지난 후 더는 부상자가 없었다.

민간인은 모두 차량에 태워 의정부로 보내기 시작했다.

2~3번은 왔다 갔다 해야 할 것 같았다.

일단 성민 병원에 머물게 할 예정이었다. 관리하기도 쉽고 병실도 많아 쉴 곳도 괜찮았기 때문이었다.

이연희도 까망이와 애꾸의 죽은 부하들을 묻어 준 다음 돌아왔다.

까망이의 부하들과 애꾸를 비롯한 부하들은 다시 의정부로 보냈다.

이제 포천시에 남은 것은 이필목 대령과 군인들 그리고 나와 노 씨 아저씨 그리고 이연희와 까망이었다.

이필목 대령이 질서 정연하게 서 있는 군인 맨 앞에 서 있었다.

"이필목 대령님. 그냥 가도 된다니까요."

우리와 이필목 대령 그리고 군인들이 포천시에서 철수하지 않은 이유가 있었다.

이필목 대령의 요청 때문이었다.

"그럴 수는 없습니다. 부대 차렷!"

군인들이 일제히 차렷 자세를 했다.

1천 명에 달하는 군인이 차렷 자세를 하며 착 하고 나는 소리가 좀 멋지게 들렸다.

"대장님께 대하여! 경례!"

[충성!]

"하하. 이럴 필요까지는 없는데요. 그냥 전 마음만 받아도 되는데."

내 말에 손을 내리지 않은 이필목 대령이 크게 말했다.

"그럴 수는 없습니다. 저희는 군인입니다. 예전에도 군인이었고 지금도 군인이며 앞으로도 군인입니다. 경례를 받아 주셔야 합니다."

이필목 대령의 말에 어떻게 해야 하나 싶을 때 경례 동작 그대로 앞으로 나서는 한 사람이 있었다.

김 대위였다.

"받아 주십시오. 제 얕은 생각으로 대장님을 의심했었습니다. 받아 주시는 것으로 제 용서를 구하고 싶습니다."

솔직하게 힘을 지닌 1천여 명의 군인이 충성을 맹세하고 합류한다면 좋은 일이었다.

대한민국 성인 남성은 대부분 군대에 다녀와 총기를 다루거나 전투를 할 수 있기는 했다.

하지만 이들은 괴물과 수많은 전투를 치른 베테랑이었다.

언제 또 다른 괴물과 전투를 할지도 모른다.

"예비역 병장이 경례를 받아도 될지 모르겠네요."

나는 농담처럼 말했다.

그러자 이필목 대령이 말했다.

"원래 군의 최고 사령관은 대통령이십니다. 그분들 역시 대부분 예비역 병장 출신이거나 공익 출신이십니다."

생각해보니 군사 정권 시절을 제외하고 그 후로는 군 출신의 대통령이 나온 적이 없었다.

"지금 저희에게는 이성필 대장님이 최고 사령관이십니다."

경례를 받을까?

그런 생각을 할 때 노 씨 아저씨가 옆에서 조용하게 말했다.

"그냥 받아 주시고 빨리 끝내시죠. 대장님도 계속 경례 동작을 하고 계시면 불편하실 것 같은데요."

노 씨 아저씨의 말대로였다.

나 역시 일반 병사 시절에 비슷한 일을 겪은 적이 있었다.

상급자가 경례를 받아 줄 때까지 절대 손을 내리면 안 된다.

언제인지 잘 기억은 안 나지만 국방부 장관이 부대에 왔다가 병사들의 경례 동작이 어설프다는 말 한마디에 부대 전체가 난리가 났었다.

경례 동작만 하루 4시간 이상 연습해야 했었다.

뭐 사단장이 산책로 있으면 좋겠다는 말 한마디에 산을 깎는 것보다는 낫긴 했지만.

그래도 짜증 나는 것은 마찬가지였다.

나 역시 차렷 자세를 하며 손을 올린 후 내렸다.

그러자 이필목 대령이 소리치며 손을 내렸다.

"바로!"

일사불란하게 모두 손을 내리고 이필목 대령이 다시 소리쳤다.

"신고합니다. 대령 이필목 외 1,021명은 현 시간부로 이성필 대장님에게 충성을 맹세합니다. 이에 신고합니다!"

이걸 하려고 이필목 대령은 포천시에 남겠다고 한 것 같았다.

"충성!"

다시 경례를 하는 이필목 대령.

나도 경례를 받아 줬다.

그리고 수없이 보고 들었던 말을 내가 했다.

"쉬어."

이필목 대령이 미소 지으며 소리쳤다.

"쉬어!"

1천여 명의 군인이 일제히 열중쉬어 자세로 했다가 쉬어 자세로 바꿨다.

그들의 눈은 부담스러울 정도로 초롱초롱했다.

"모두 충성을 맹세한다니 반갑습니다. 악수를 한 번씩 하고 싶네요."

나는 가장 앞에 있는 이필목 대령에게 다가가 손을 내밀었다.

이필목 대령은 내 손을 잡았다. 그리고 인상을 쓰기 시작했다.

하지만 곧 편안한 표정을 지으며 말했다.

"이런 기분이군요. 진심으로 충성한다는 것이."

이필목 대령은 자신이 내게 세뇌 비슷하게 충성하게 된 것을 아는 것 같았다.

"병사 중에 충성 안 하는 병사도 있을 겁니다. 그 병사는 어쩔 수 없지만……."

나는 말을 다 하지 않았다. 하지만 이필목 대령은 고개를 살짝 끄덕였다.

"그건 제게 맡겨 주십시오."

"그렇게 할게요."

다음은 김 대위였다. 김 대위 역시 내 손을 잡더니 인상을 썼다. 하지만 곧 이필목 대령처럼 편안한 표정을 지었다.

김 대위를 지나서 장교들 손은 한 명씩 잡았다. 그들 모두 인상을 쓴 다음 편안한 표정을 지었다.

그냥 인상 쓴 다음 편안한 표정을 짓는 연기를 해 봤자 안 통한다.

내 몸에서 에너지가 조금 빠져나갈 때 정확하게 인상을 써야 하니까.

그런데 내 예상을 벗어난 것이 하나 있었다.

이곳에 있는 군인 모두가 단 한 명도 예외 없이 진심으로 내게 충성을 맹세한 것이었다.

그래도 몇 명은 나올 줄 알았는데.

꽤 시간이 걸려 모두 악수를 한 다음 나는 이필목 대령에게로 갔다.

"모두 진심이군요."

"그렇습니다. 특히나 중상을 입고 죽기 직전까지 갔었던 병사들은 더 그렇습니다."

이필목 대령의 말대로였다.

내가 치료한 중상자들은 내게 고마운 눈빛을 보내고 있었다.

그리고 믿음까지.

"저희 군은 이성필 대장님의 명령에 따라 움직일 것입니다."

"그래 주세요."

"그 전에 건의 드릴 것이 하나 있습니다."

"뭔가요?"

"김수호 선생에게 물어보니 전자기기가 적은 차량을 수리할수 있다고 들었습니다."

"맞아요."

"장갑차와 탱크 그리고 K-9 자주포를 가져왔으면 합니다."

"네?"

"장갑차와 탱크 같은 경우 구동계에 전자기기가 그렇게 많이들어가지 않습니다."

"아니요. 그게 아니라. 장갑차와 탱크가 있어요?"

"이곳은 아니고 가까운 곳에 있습니다."

이거 잘하면 더 대박인 것 같았다.

"얼마나 있나요?"

"1기갑여단의 전력이 고스란히 있다고 생각하시면 됩니다."

"1기갑여단이요?"

"네. 3개 전차대대와 2개 기계화 보병대대 그리고 1개 자주 포병대대가 주력입니다."

일반 보병 출신인 나는 이필목 대령의 설명을 제대로 이해하지 못했다.

"3개 전차대대면 전차가 몇 대죠?"

"전차만 60대 이상입니다. 이것을 움직일 수만 있다면 원거리 공격 및 방어용으로 충분히 이용할 수 있을 겁니다. 포탄 장전은 수동으로도 가능합니다."

"괜찮은 생각 같네요."

"감사합니다. 그럼 이곳 포천시를 전진 기지로 삼고 3사단과 1기갑여단의 전차 및 장갑차 등을 수집하겠습니다."

나는 고개를 저었다.

"그건 좀 천천히 했으면 하는데요."

"다른 생각이 있으신 겁니까?"

"네."

이필목 대령이 자세를 바로 하고 내게 다시 물었다.

"명령만 내려 주십시오."

"제 명령은 일단 의정부로 다 같이 가서 휴식을 취하는 것입니다."

"휴식을 말이십니까?"

"네. 대령님 가족도 만나야죠."

이필목 대령은 사실 아내와 아이들을 먼저 만나고 싶었다.

하지만 군인으로서의 임무를 우선했던 것이었다.

"병사들도 좀 쉬고요. 그동안 쉬지도 못하고 전투를 한 것 아닌가요?"

"그렇기는 합니다."

"그럼 쉬었다가 다시 이곳으로 오자고요. 명령입니다."

이필목 대령은 자세를 바로잡더니 경례를 했다.

"명령대로 따르겠습니다."

"그러시죠."

이필목 대령과 군인들은 가지고 가지 못하는 것들은 안전하게 숨긴 다음 의정부로 출발했다.

* * *

"아빠!"

군인들은 성민 병원에 두고 이필목 대령만 고물상으로 데려왔다.

수진이가 이필목 대령을 보자마자 달려왔다.

이필목 대령은 두 팔을 벌리며 수진이에게 다가갔다.

수진이가 펄쩍 뛰어 이필목 대령의 품에 안겼다.

"수진아!"

"아빠. 정말 보고 싶었어요."

"나도 보고 싶었어."

부인인 김정인이 안쪽에서 아들인 이주영과 함께 나오는 것이 보였다.

"수진아, 잠깐만."

이필목 대령은 수진이를 내려놓더니 부인 김정인에게 다가갔다.

하지만 그 전에 아들 이주영이 울먹이는 것을 보자 아들에게 먼저 갈 수밖에 없었다.

"주영아. 남자는 울지 말아야 한다고 했지?"

"네."

울음을 간신히 참는 이주영의 머리를 쓰다듬은 이필목 대령은 아내에게 시선을 돌렸다.

"여보."

이필목 대령이 애틋하게 부르는 것 같았다.

하지만 부인 김정인의 표정은 담담해 보였다.

"살아서 보네요."

약간은 냉담해 보이는 부인의 모습과 말투에 이필목 대령은 당황했다.

"살아서 보다니. 그럼 죽어서 볼 줄 알았어?"

"죽어서 볼 줄 알았죠."

이필목 대령은 순간 위험하다는 느낌을 받았다.

부인이 이렇게 냉담한 표정으로 존댓말을 할 때는 기분이 안 좋을 때라는 것을 경험적으로 알고 있었기 때문이었다.

"왜 그래."

"왜 그러는지 정말 몰라요?"

이필목 대령은 무조건 숙이고 들어가야 한다고 생각했다.

"내가 잘못했어."

"뭐를 잘못했는데요? 정확하게 알지도 못하면서 그런 말 하지 말라고 했죠."

나는 부부가 만나면 서로 껴안고 살아 있음을 기뻐할 줄 알았다. 그런데 냉기가 풀풀 날린다.

수진이와 주영이는 아빠 엄마의 이런 행동을 옆에서 숨죽여 지켜보고 있었다.

아마 이런 일이 자주 있었던 것 같았다.

"그게……. 그러니까."

"당신이 잘못한 것을 말해 줄게요."

이필목 대령은 고개를 끄덕였다.

"이성필 사장님을 시험했다면서요? 거기다가 이성필 사장님을 어떻게 하려 하기까지 했고요."

"그건……. 그런데 어떻게 알았어?"

"어떻게 알기는요! 당신이 올지도 모른다는 생각에 성민 병원에서 기다리다가 포천에서 온 사람들에게 들었어요!"

"아!"

이필목 대령은 머리를 긁적였다. 할 말이 없었기 때문이었다.

"당신 진짜 가족 생각은 하나도 안 하는군요."

"내가? 아니야!"

"당신이 가족 생각했다면 절대로 이성필 사장님에게 그런 식으로 행동할 수 없었을 거예요. 이성필 사장님에게 무슨 일이 생기면 나와 아이들은 어떻게 될 것 같아요?"

"……."

"그리고 나와 아이들 생명의 은인인 이성필 사장님에게 무릎 꿇고 감사 인사를 해도 모자란데……. 은혜를 원수로 갚으려고 해요?"

"여보, 그건……. 알잖아. 나는 수천 명의 생명을 책임지는 사람 이야."

"그래서 가족을 버려도 된다는 건가요?"

"그건 아니지."

"당신은 가족을 버리는 선택을 한 거잖아요!"

옆에서 보니 이필목 대령을 아주 쥐잡듯 잡고 있었다.

그런데 조금 이상하게 느껴졌다.

"이성필 사장님에게 무릎 꿇고 빌어요!"

"지금? 애들도 보는데?"

"당연하죠."

이거 아무리 봐도 김정인이 일부러 이러는 것 같았다.

이필목 대령이 잘못한 것을 먼저 부각해 일종의 면죄부를 주려는 것 같았다.

"아주머니."

"이성필 사장님, 정말 죄송해요. 이 사람이 잘못한 것 용서해 주세요."

역시 김정인의 반응을 보니 내 생각이 맞는 것 같았다.

"용서라고 할 것도 없어요. 이필목 대령님은 제게 충성을 맹세했 거든요."

"정말이요?"

"네. 정말입니다."

김정인의 얼굴이 이제야 펴졌다. 안심하는 것 같았다.

그리고 바로 주먹을 쥐더니 이필목 대령의 몸을 때리기 시작했다.

"이 양반아. 그런 것은 빨리 말해야지."

"아! 아! 언제 말할 기회나 주고 그런 말을 해."

"그래서 잘했다고?"

"아니. 잘못했어."

이필목 대령은 김정인의 팔을 잡더니 잡아당겼다.

김정인은 자연스럽게 이필목 대령에게 안길 수밖에 없었다.

이필목 대령은 김정인을 꼬옥 안은 다음 말했다.

"살아 있어 줘서 고마워."

"고맙다고 생각하면 좀 잘해."

"노력할게."

이필목 대령은 품에서 아내를 떼어 낸 다음 내게 몸을 돌렸다.

그리고 털썩 소리가 나게 무릎을 꿇었다.

"왜 이러세요?"

"이건 가족을 지켜 준 은인에게 하는 인사입니다."

이필목 대령은 머리가 땅에 닿을 정도로 숙였다.

"감사합니다. 이성필 대장님."

나는 그의 팔을 잡고 일으켜 세웠다.

"이러지 마세요. 보기가 좀 그렇네요."

"아닙니다."

"이제 제 사람이시니까 괜찮습니다. 이곳 사람들과 인사하시죠. 노 씨 아저씨도 제대로 인사 안 했죠?"

"그렇습니다."

"저와 처음부터 함께하신 분이에요."

노 씨 아저씨가 이필목 대령에게 손을 내밀었다.

"노진수라고 합니다."

"네. 이필목입니다. 군인이셨나요?"

"네. 군인이었습니다."

"어쩐지."

"그리고 여기는 이연희 씨."

"이연희라고 해요. 나이는 29살입니다. 오빠에게 신세 지고 있어요."

이필목 대령과 이연희가 인사를 끝내자 어디선가 신세민이 나타났다.

"신세민입니다. 고물상 서열 2위입니다. 사장님 다음이죠. 흠흠."

이필목 대령은 웃으면서 손을 내밀었다.

"그러십니까. 이필목입니다."

"앞으로 잘해 보죠."

"그러시죠."

"여기는 김정수입니다. 수진이 학교 동창입니다."

이필목 대령은 정수에게 다가갔다.

"그래? 수진이 친구구나. 우리 수진이 잘 부탁한다."

"네. 아버님."

"아버님?"

"아니. 그게……. 아저씨?"

나는 물론이고 모두가 정수의 반응에 웃음을 터뜨렸다.

수진이만 얼굴이 붉어진 것 같았다.

"선영 씨는 안 보이네요."

내 질문에 김정인이 대답했다.

"군수부대에 갔어요. 아이들 돌보러요."

"아. 네."

노 씨 아저씨 딸인 노선영은 교회 아이들을 돌보러 간 것 같았다.

아들인 노해진도 같이 간 것 같았다.

"오늘은 모두 푹 쉬죠. 맛있는 것도 먹고요."

"네. 준비할게요. 사장님."

"아주머니는 남편분 오래간만에 만나셨는데 쉬셔야죠."

내 말에 김정인은 고개를 저었다.

"이곳에서 제가 음식 솜씨가 제일 좋잖아요. 맛있는 밥 드시고 싶으시면 맡겨 주세요."

김정인은 몸을 돌려 안쪽으로 들어가면서 말했다.

"연희하고 수진이는 나 좀 도와줘. 세민 씨도."

이연희와 이수진 그리고 신세민은 김정인을 도우러 움직였다.

이필목 대령은 아들인 이주영을 챙겼다.

노 씨 아저씨는 딸과 손자를 보러 군수부대로 갔다.

나는 왜인지 모르게 기분이 좋았다.

모두가 행복해하는 것 같았기 때문이었다.

이런 행복을 계속 지키고 싶었다.

소소한 것 같지만, 절대 소소하지 않은 그런 행복을.

* * *

이틀을 푹 쉬고 삼 일째인 날.

성민 병원 옥상에 8명이 모여 있었다.

모인 이들은 이성필의 최측근이라고 볼 수 있었다.

고물상에서는 노진수와 이연희가.

성민 병원에서는 김수호, 최철민.

의정부역 집단을 대표했던 안성식과 안지연 남매.

그리고 군을 대표해 이필목 대령과 김선수 대위였다.

이 모임을 요청한 것은 이필목 대령이었다.

"이렇게 요청에 응해 주신 것에 감사합니다."

이필목 대령이 가볍게 고개를 숙였다.

그러자 김수호가 물었다.

"왜 대장님 모르게 모이라고 한 겁니까? 혹시 이상한 생각 하는 것은 아니겠죠?"

이필목 대령은 웃으며 대답했다.

"이상한 생각을 했다면 노진수 님이 이 자리에 계시면 안 되겠죠. 그 누구보다도 대장님을 생각하시는 분인데요."

김수호는 고개를 끄덕일 수밖에 없었다.

이필목 대령이 무슨 일을 꾸미든 간에 노진수가 있다면 걱정이 없기 때문이었다.

"그럼 말해 보시죠."

"먼저 노진수 님에게는 대략적인 설명을 했습니다."

노진수와 어느 정도 이야기가 되어 있지 않았다면 이 모임은 이루어지지 않았을 것이다.

"지난 이틀간 이곳을 둘러봤습니다. 그런데 조직이 제대로 정비되어 있지 않더군요."

이필목 대령은 지난밤 노진수와 잠시 이야기를 나눴다.

의정부 집단이 체계적으로 움직이지 않은 것을 보고 놀란 점을 이야기한 것이었다.

모든 것이 이성필이 있어야지만 제대로 굴러갔다.

즉 이성필에게 너무 의존한다는 것이었다. 그것은 이성필에게

과도한 짐을 지워 주는 결과가 된다.

이제는 몇백 명 정도인 집단이 아니었다.

5천 명이 넘어가는 대집단이 됐다.

개선이 필요하다고 말했고 중요한 위치의 사람들을 모아서 의논하자는 것이었다.

"포천시의 민간인은 김수호 선생님이 맡아 주셨지만, 제대로 파악조차 안 되는 것 같더군요."

이필목 대령의 말대로였다.

김수호는 포천시에서 온 민간인 1,800여 명을 그냥 성민 병원에서 지내게만 했다.

의정부역 집단의 분류가 제대로 끝나지도 않았기 때문이었다.

"그건 인원과 시간이 부족해서입니다."

"맞습니다. 지금은 그렇다 해도 앞으로 이런 일이 생기면 또 주먹구구식으로 할 수는 없겠죠."

이필목 대령의 말에 김수호는 입을 닫았다.

김수호도 사실 자신이 부족하다는 것을 알고 있었다. 평생 외과 의사로 살았지 이런 일을 해 보지 않았다. 어쩔 수 없이 자신이 나선 것뿐이었다.

"저기요. 그래서 어떻게 하시자는 거죠? 군인 아저씨?"

안지연이었다.

안지연은 이성필에게 장담한 대로 조직을 만들 준비를 하고 있었다.

이필목 대령이 한발 먼저 나선 것이었다.

"작은 정부 조직을 만들자는 겁니다."

"정부 조직이요?"

"네. 저와 부하들이 합류하면서 군대가 생겼습니다."

이필목 대령의 말에 안지연이 눈을 가늘게 떴다.

"군인 아저씨 당신이 군대를 지휘하겠다는 건가요? 그러니까 국방부 장관?"

안지연은 이필목 대령의 말이 위험하다는 생각을 했다.

"군대를 지휘하는 것은 맞습니다. 하지만 국방부 장관은 아닙니다."

"그럼요?"

"국방부 장관은 이성필 대장님께서 임명하시겠죠. 하지만 먼저 우리가 전문 분야를 나누어 준비를 하자는 겁니다. 안지연 씨도 준비하는 것이 있을 텐데요?"

안지연은 이필목 대령이 자신의 이름을 아는 것에 놀랐다.

"군대는 두 분류로 나뉠 겁니다. 저와 저를 따르는 예전 군인들. 그리고 이성필 대장님의 친위대 성격을 지닌 노진수 님과 괴물들이죠."

"왜 군이 둘로 나누는 건가요?"

"서로 견제하는 기능도 있지만, 저와 군대는 절대로 친위대를 이길 수 없으니까요. 언제든지 숙청이 가능하죠."

충성을 맹세한 것과 별개로 노진수와 까망이 그리고 애꾸의 무리만으로도 이필목 대령과 군인들을 이길 수 있었다.

"이쪽은 그렇다 해도 민간인 조직도 필요합니다. 그것을 여러분께서 의논해 줬으면 합니다."

이필목 대령의 말에 모두 고개를 끄덕였다.

그의 말대로 필요한 일이었기 때문이었다.

안지연은 지금이 자신이 생각한 것을 말해야 할 때라고 생각했다.

"이필목 대령님 말에 저도 동의해요."

"이제야 이름을 불러 주는군요."

"이제 좀 믿음이 가서요."

"안지연 씨 생각을 들어 볼까요?"

"사실 군대 부분이 문제이긴 했어요. 군대는 제 전문 분야가 아니니까요."

잠시 말을 멈추고 모두를 둘러 본 안지연은 확신에 찬 말투로 말했다.

"저는 절대 왕권주의 기반의 정부 조직을 만들었으면 합니다."

안지연의 말에 그 누구도 반대하지 않는 것 같았다.

"조금 더 자세하게 들어 볼 수 있을까요?"

이필목 대령의 말에 안지연은 고개를 끄덕였다.

18. 이성필 대장

　"여기 계신 모두가 조금만 생각해 보면 다 아는 간단한 이치입니다. 이곳의 모든 권력은 이성필 대장님에게 있다. 절대적인 기준입니다."

　안지연은 그 누구도 반박하지 않자 말을 이어 나갔다.

　"그 기준 아래 정부를 만드는 것입니다. 상황에 맞는 법을 만들고 생존에 필요한 일을 효율적으로 할 수 있는 기관을 만드는 것입니다."

　"너무 추상적이군요."

　이필목 대령의 지적이었다. 그러자 안지현이 다시 대답했다.

　"추상적으로 들리지만 그렇지 않습니다. 현재 아무런 기준도 없이 사람들은 밭에 나가 작물을 수확합니다. 얼마나 수확해야 하는지 어떻게 비축해야 하는지 모릅니다. 그것도 이성필 대장님이 관리하십니다."

안지현의 말대로였다. 이성필은 시간 나는 대로 밭과 닭장에 들러 하루 수확량을 확인했다.

사람이 많아졌으니 더 많이 수확하는 것도 이성필의 결정이 필요했다.

그리고 차량과 발전기 같은 것도 수리했다.

"포천시에서 온 민간인 중에는 시청 직원도 있다는 것을 확인했습니다. 주변에 논과 밭이 많은 포천시의 특성상 농무부를 만들 수 있습니다."

안지현은 이필목 대령이 더는 지적하지 않자 다시 말했다.

"경찰 출신도 있더군요. 사람들이 많아지면 당연히 범죄도 발생합니다. 경찰청을 설립해 치안도 확보할 수 있습니다. 치안 유지를 위한 인원은 힘을 지닌 민간인을 뽑으면 됩니다. 그리고……."

안지현은 거침없이 자신이 계획한 것을 말하기 시작했다.

현재 상황에 맞는 법을 제정하는 사법부.

민간인을 대표하는 사람을 뽑아 그들의 의견을 듣고 개선하는 의회 등이었다.

"제가 생각하고 계획한 것은 여기까지입니다. 군대와 친위대는 별개의 조직으로 생각하겠습니다."

안지현은 사실 군대도 정부 관리 안에 넣을 생각이었다.

하지만 이필목 대령이 처음에 군대와 친위대는 이성필의 직속처럼 말했기 때문에 뺀 것이었다.

안지현의 말을 들은 이필목 대령은 미소를 지었다.

"민간 조직은 안지현 씨의 말대로 하면 되겠군요. 이렇게까지 준비하고 있을 줄은 몰랐습니다. 제가 경솔했어요."

"아니에요. 이런 자리가 필요하기는 했습니다. 저 혼자만 생각하고 계획하면 뭐하나요."

"다른 분은 의견 없나요?"

이필목 대령이 물었다. 하지만 그 누구도 대답하지 않았다.

"그럼 노진수 님이 정리해서 이성필 대장님에게 보고해 주셨으면 합니다."

"그렇게 하죠."

"오늘 요청에 응해 주셔서 감사합니다."

이필목 대령은 김수호에게 먼저 다가가 손을 내밀었다.

김수호는 이필목 대령의 손을 잡으며 말했다.

"군대가 합류하니 든든합니다."

"지켜야 할 곳이 있고 지원도 받을 수 있게 되어 제가 더 든든합니다."

다음은 최철민이었다.

"최철민 선생님도 앞으로 잘 부탁드립니다. 5군수 여단 잘 지켜 오셨더군요."

"그렇지 않아도 5군수 여단을 어떻게 해야 할지 의논하려고 했습니다."

"어떻게 하다니요?"

"원래 군부대 아닙니까."

"그게 무슨 상관입니까. 이성필 대장님이 맡기신 건데."

"솔직하게 말해 좀 버겁습니다. 군인을 좀 파견해 주셨으면 합니다."

응급의학과 과장인 최철민은 군수부대를 제대로 운영할 수 없다고 생각했다.

"그건 이성필 대장님 허락을 맡은 후 해 드리죠."

"네. 부탁 좀 드리겠습니다."

최철민은 이연희에게 갔다.

"앞으로 잘 부탁합니다. 이연희 씨."

"저도 잘 부탁해요."

이연희와는 할 말이 거의 없었기 때문에 바로 안지현에게 갔다.

"이성필 대장님을 말할 때의 눈빛을 보니 믿음이 갑니다."

이필목 대령은 안지현이 이성필을 좋아한다고 느꼈다.

그녀의 눈이 너무 반짝였기 때문이었다.

"어지간한 일이면 안지현 씨를 지지하겠습니다."

이필목 대령의 말은 꽤 무게가 나가는 것이었다.

안지현이 하는 일을 군대가 지지하는 것이기 때문이었다.

"감사합니다."

"하지만 안지현 씨가 말했듯이 이성필 대장님의 기준이 최우선입니다."

"당연하죠. 절대 왕권을 지닌 왕이신 분입니다."

"그럼 됐습니다."

이필목 대령은 마지막으로 노진수에게 몸을 돌렸다.

"이성필 대장님과 가장 가까우신 분이시니 이 일이 잘 진행되도록 도와주셨으면 합니다."

"잘 진행될 겁니다."

이필목 대령은 노진수와도 악수를 나눴다.

"이제 내려가시죠. 다들 바쁘신데."

모두 내려가는데 노진수만 가만히 서 있었다.

그것을 본 김수호가 물었다.

"안 가세요?"

"잠시 바람 좀 쐬고 가겠습니다. 먼저들 내려가세요."

"알겠습니다."

모두 내려가고 옥상에는 노진수만이 서 있었다. 노진수는 잠시 귀를 기울여 누군가 다시 올라오지 않는지 확인했다.

그리고 옥상 기계실 건물을 향해 말했다.

"그만 나오셔도 됩니다."

* * *

노 씨 아저씨의 말에 기계실 뒤편에 있던 나는 조용히 나갔다.

"걱정할 일은 없는 것 같네요."

"그런 것 같습니다."

이필목 대령이 옥상에서 사람들을 모으려고 한 것을 노 씨 아저씨가 내게 말해 줬다.

이필목 대령의 의도를 듣기는 했다.

하지만 노 씨 아저씨나 나는 혹시나 이필목 대령이 엉뚱한 생각을 할지도 모른다고 생각했다.

이필목 대령은 자신이 옳다고 생각하지만, 내가 봤을 때 올바른 생각이 아닐 수도 있으니까.

그릇된 기준을 가진 사람처럼 위험한 사람은 없다고 생각했다.

더군다나 이필목 대령은 군인이었다.

어떤 면에서는 과감하게 행동할 수도 있었다.

"그래도 중간에 뛰쳐나갈 뻔했어요."

"어떤 것 때문에……."

"절대 왕권이라니요. 이필목 대령의 입에서 그 말이 나왔으면 뛰쳐나갔을 겁니다. 안지현 씨니까 좀 참은 거죠. 왕이라니."

노 씨 아저씨가 웃고 있었다.

"왜 웃으세요."

"사실 말만 대장님으로 부르지 왕이나 다름없으십니다."

"제가요? 전 왕처럼 행동하지 않았는데요?"

"대장님이 그렇게 행동하지 않으셨다 해도 지금 이곳에 모인 모두는 대장님을 왕처럼 생각하고 있습니다."

노 씨 아저씨의 말에 나는 심각하게 고민할 수밖에 없었다.

"그렇게나 권위주의적으로 행동했나요?"

내 말에 노 씨 아저씨는 또 웃으며 말했다.

"권의주의적으로 행동하시지 않았습니다. 하지만 권위주의적이든 아니든 상관없습니다."

"상관없다니요?"

"대장님이 안 계셨다면 이렇게 많은 사람이 살아남지 못했을 겁니다."

"뭐 열심히 한 것뿐인데요."

"열심히 했다고 다 이런 결과를 내지는 못하죠."

아무래도 더 멋쩍어지기 전에 다른 주제로 넘어가야 할 것 같았다.

"그런데 국방부 장관은 노 씨 아저씨가 하시는 것이 낫지 않아요? 군대를 아저씨가 통솔하는 것이 나을 것 같은데요."

내 말에 노 씨 아저씨는 고개를 저었다.

"군대는 이필목 대령이 지휘하는 것이 맞다고 생각합니다. 전 현장에서 해결사로 일한 경험만 있습니다. 대규모 군대를 지휘해 본 적이 없습니다."

노진수의 말대로 그는 10명 내외의 부하만 데리고 작전을 했었다. 대부분 암살, 후방 교란, 정보 수집, 구출 같은 것이었다.

"이필목 대령이 문제를 일으킨다면 제가 해결할 수 있으니 걱정 안 하셔도 됩니다."

"그럴 일은 없겠죠."

이필목 대령과 군인들이 내게 한 충성의 맹세는 확실했다.

"어쨌든 전 이필목 대령과 안지현 씨가 해 달라는 대로 해 주면 되겠네요."

"그렇게 하시면 될 것 같습니다."

노진수는 이성필에게 대답하면서 다른 생각을 하고 있었다.

만약, 이필목 대령이나 안지현 또는 다른 누군가가 이성필에게 해가 되는 행동을 한다면 자신이 처리할 생각이었다.

까망이와 부하들을 이용해 그들을 몰래 감시할 생각이기도 했다.

"그래도 시간은 좀 걸리겠죠?"

"네."

하루아침에 뚝딱 하고 조직이 만들어질 것 같지는 않았다.

"내려가시죠."

나는 노 씨 아저씨와 함께 옥상에서 내려갔다.

* * *

이틀이 더 지난 후 이필목 대령과 그의 부하들은 다시 포천시로 출발하기 위해 주유소 사거리에서 집결했다.

이필목 대령과 같이 가는 군인은 약 900명이었다.

100명은 5군수 여단에 남기로 했다. 최철민의 요청 때문이었다.

군수품을 다뤘던 장교와 부사관 그리고 병사를 최우선적으로 뽑았다.

5군수 여단에는 무전기도 있었다. 일단 수리할 수 있을 만큼 수리해서 곳곳에 배치했다.

이필목 대령의 부대에도 몇 대 더 배치했다.

그리고 이필목 대령의 요청에 부대 이름이 새롭게 정해졌다.

충성 돌격 부대.

충성 돌격 부대의 임무는 포천시에 머물며 군수 물자 및 낙오 병사 수집과 민간인 구출을 하는 것이었다.

군수 물자가 어느 정도 모이면 의정부로 운송해 비축할 것은 비축하고 수리할 것은 수리하게 된다.

이필목 대령과 그의 부하들은 저 멀리서 이성필이 오는 것을 보고 자세를 가다듬었다.

* * *

"꼭 이런 것을 해야 하나요?"

도열해 있는 군인들 앞에 도착하기 전에 나는 노 씨 아저씨에게 말했다.

"이필목 대령의 말을 들으셨지 않습니까. 이건 사기 문제입니다. 대장님께서 격려의 말 한마디만 해 주시면 병사들은 더 힘을 낼 수 있습니다."

이 말 때문에 어쩔 수 없이 이렇게 할 수밖에 없었다.

이필목 대령과 군인들 앞에 도착해 섰다.

조금 떨어진 곳에는 사람들이 구경하듯 서 있었다.

최소 몇천 명은 될 것 같았다.

[부대 차렷!]

이필목 대령의 목소리가 울려 퍼졌다.

착!

[대장님께 대하여 경례!]

[충성!]

900명의 군인이 일제히 경례를 했다. 나도 손을 올리며 그들의 경례를 받아 줬다.

그리자 이필목 대령이 큰 소리로 말했다.

[충성! 충성 돌격 부대 대령 이필목 외 900명은 포천시 임무를 명 받았습니다. 이에 신고합니다. 대장님 훈시!]

이렇게 한 다음 한마디 하라고 했었다.

나는 목을 가다듬었다.

"흠흠."

그리고 나를 향한 군인들의 시선을 피하지 않았다. 아니 되도록 한 명씩 마주치려고 노력했다.

조금 시간이 걸려도 그들의 눈빛과 모습을 눈에 담아 두고 싶었다.

"제가 어떤 말을 할지 잘 모르겠네요. 하지만 한 가지 당부를 하고 싶습니다. 물건 같은 것 때문에 목숨을 걸지 않았으면 합니다. 그깟 물건 없어도 됩니다."

내가 이렇게 말하는 이유가 있었다.

임무는 무조건 완수해야 한다는 이유로 죽을 줄 알면서도 끝까지 버티는 경우가 있기 때문이었다.

"물건이야 다시 구하면 됩니다. 위험하다 싶으면 버리세요. 그리고 살아서 돌아오세요. 부상을 입어도 상관없습니다. 제가 고쳐 주면 되니까요."

잘린 팔이나 다리도 다시 만들 수 있었다.

마치 자신의 팔이나 다리같이 움직이는 것을 확인했다.

또한, 다시 만든 팔이나 다리 같은 경우 통증을 거의 느끼지 못했다.

이건 다시 만든 팔이나 다리가 나무이기 때문인 것 같았다.

"이제 여러분은 저와 이곳에 있는 사람들을 지키는 군인입니다. 여러분의 최우선 임무는 살아서 이곳을 지키는 것입니다. 다른 말은 더 하지 않겠습니다. 무사히 돌아오세요."

[부대 차렷!]

나를 쳐다보는 군인들의 눈빛이 강렬해진 것 같았다.

[충성!]

"네. 충성."

[뒤로 돌아! 1중대부터 출발!]

군인들이 포천시를 향해 걸어가기 시작했다. 이내 약간 빠른 속도로 뛰었다.

900명의 군인이 모두 출발하고 그 뒤를 60트럭 5대가 따라갔다.

식량을 실은 것이었다.

나는 진심으로 저들이 무사하기를 바라고 있었다.

하지만 내 바람대로 저들이 무사할지는 모르겠다.

"대장님. 안지현 씨와 시민들 대표와의 면담에 가셔야 합니다."

노 씨 아저씨의 말에도 나는 멀어져 가는 군인들에게서 시선을 떼지 않았다.

언덕을 넘어 안 보일 때까지.

"가시죠."

"네. 대장님."

나와 노 씨 아저씨는 성민 병원으로 움직였다.

* * *

안지현이 수립한 정부안은 그대로 수용하기로 했다.

적재적소에 필요한 사람을 뽑아서 관리하게 만들고 민간인들을 분리해서 머물게 했다.

성민 병원에서 계속 머물게 할 수는 없었다.

주변에 남아도는 것이 아파트와 집이었다.

안지현에게 보고만 받고 일을 맡기다시피 하고, 나와 노 씨 아저씨는 의정부 모든 지역을 확인하기 시작했다.

20일 정도 걸려 거의 모든 지역을 확인했다.

그리고 마지막으로 서울 방향인 호원동을 확인하기 위해 움직였다.

그런데 호원동 근처에서 멈출 수밖에 없었다.

호원동에 처음 보는 괴물이 모여 있었기 때문이었다.

괴물은 두꺼비와 비슷해 보였다. 아니 두꺼비가 분명했다.

하지만 그 숫자가 문제였다. 도로는 물론, 건물에도 올라가 있었다.

최소 수만 마리 같아 보였다.

그리고 더 큰 문제는 두꺼비 괴물들이 북쪽으로 움직인다는 것이었다.

괴물 두꺼비의 존재를 확인한 다음 더 철저하게 그것들을 관찰했다.

괴물 두꺼비는 대부분 약 4세 정도의 어린아이 크기였다.

하지만 가끔 성인 남성 정도의 괴물 두꺼비도 존재했다.

"저 큰놈이 중간 보스급인가 보네요."

"그런 것 같습니다."

괴물 두꺼비 무리와 약 1km 정도 떨어진 곳에서 나와 노 씨 아저씨는 망원경으로 지켜보고 있었다.

우리 둘만이 관찰하는 것은 아니었다.

괴물 두꺼비는 호원동뿐만 아니라 장암동 쪽에서 있었다.

어떻게 보면 장암동 방향에서 움직이는 괴물 두꺼비가 더 위협적이었다.

고물상이 있는 곳과 더 가깝기 때문이었다.

하지만 호원동을 지켜보는 이유가 있었다.

호원동 방향에 있는 괴물 두꺼비의 숫자가 압도적으로 많았기 때문이었다.

"저놈들 지금 건물하고 도로도 먹어치우는 건가요?"

망원경으로 보이는 것은 괴물 두꺼비가 있던 건물이 서서히 낮아진다는 것이었다.

어제는 분명 5층이었다. 그런데 오늘은 4층으로 낮아져 있었다.

건물뿐만이 아니었다. 아스팔트 도로도 사라지고 있었다.

빽빽한 괴물 두꺼비 사이로 흙이 보이고 있었다.

"먹어 치우는 것보다는 녹이는 것 같습니다. 자세히 보시면 괴물 두꺼비가 계속 입을 벌려 혀로 침을 바릅니다."

"그것도 맞는데 더 자세히 보면 녹인 것을 다시 먹는 놈들도 있어요."

노진수는 이성필의 말을 듣고 더 자세히 보기 시작했다.

이성필의 말대로 어떤 놈들은 그냥 침만 바르고 어떤 놈들은 녹아내리는 건물 조각이나 아스팔트를 먹고 있었다.

"대장님 말씀대로군요. 먹어치우는 놈들의 덩치가 조금 더 큽니다."

"그러네요."

나는 더 멀리 보기 위해 망원경을 들었다.

내가 보는 곳은 서울 도봉동에서 의정부 호원동으로 들어오는 입구 방향이었다.

그곳에 아파트 단지가 있었다.

그런데 지금은 흔적도 없이 사라졌다.

괴물 두꺼비가 녹이고 먹어 치운 것 같았다.

"금속류는 녹이는 속도가 더 느린 것 같습니다. 대장님."

노 씨 아저씨의 말대로였다. 방치된 자동차나 건물의 창호 같은 것은 아직도 남아 있었다.

하지만 녹아내리고 먹어 치운다는 것은 변함없었다.

"그나마 다행인 것은 저놈들 움직이는 속도가 너무 느리다는 거네요."

마치 하나도 남김없이 다 없앤 다음 움직이겠다는 것처럼 보였다.

인간이 만든 것은 사라지고 자연 그대로의 모습을 만들겠다는 것처럼.

그런데 예상치도 못한 일이 일어났다.

뒤쪽에 있던 괴물 두꺼비들이 일제히 뛰기 시작한 것이었다.

"저것들 왜 저러죠?"

"저도 잘……."

노 씨 아저씨도 나만큼 당황한 것 같았다.

그리고 곧 괴물 두꺼비들이 왜 뛰었는지 알 수 있었다.

괴물 두꺼비들이 앞으로 뛰면서 잠시 빈 공간이 보였다.

"저거……. 다 먹어 치워서 뛴 것 같네요."

이성필 대장 151

빈 공간에는 완벽하게 흙만 보였다. 인간이 만든 그 어떤 것도 보이지 않았다.

아스팔트는 물론, 조그마한 쇳조각 하나도 없는 것 같았다.

"이거 계산을 다시 해야 할 것 같네요."

괴물 두꺼비가 천천히 움직이는 줄 알았다.

그렇게 생각한 속도로는 고물상이 있는 곳까지 약 30일 정도 걸릴 것으로 예상했었다.

하지만 지금은 아니었다.

거의 500m 정도를 한 번에 뛰어넘었다.

20번 정도면 고물상 근처까지 도달할 수 있었다.

"24시간 관찰하면서 시간 계산을 다시 했으면 해요."

"그렇게 하겠습니다."

* * *

괴물 두꺼비를 관찰한 지 2일이 지났다.

놈들을 관찰하면서 많은 것을 알아냈다.

첫 번째로 놈들이 움직이는 속도가 조금씩 빨라지고 있었다.

두 번째로 모든 것을 먹어치우는 괴물 두꺼비는 알을 낳는다. 알은 12시간 만에 부화했다.

괴물 두꺼비의 숫자가 늘어나니 속도가 빨라지는 것이었다.

그만큼 녹이고 먹어치우는 양이 늘어나니까.

그렇다면 괴물 두꺼비에게 무언가 접근하면 어떻게 될까?

방울토마토 나무 하나를 적당하게 기른 다음 까망이에게 괴물 두꺼비 근처에 가져다 놓게 했다.

* * *

방울토마토는 괴물 두꺼비가 접근하지 못하도록 열매를 계속 쐈다. 방울토마토의 열매는 산성이라 괴물 두꺼비가 녹아 내릴 줄 알았다.

하지만 괴물 두꺼비는 아무렇지 않았다.

곧 괴물 두꺼비가 방울토마토의 몸에 달라붙기 시작했다.

순식간에 방울토마토가 괴물 두꺼비에게 점령당했다.

그리고 생각보다 빠르게 방울토마토 나무는 사라졌다.

5분도 버티지 못한 것이었다.

이렇게 된 것, 재배하는 모든 괴물 작물을 실험해 보기로 했다.

그리고 실험 결과는 좋지 않았다.

쇠도 잘라내는 상추의 잎은 괴물 두꺼비의 미끄러운 피부를 뚫지 못하고 다른 곳으로 날아갔다.

최대 성공은 피부에 박히는 정도였다.

노 씨 아저씨가 원거리 저격을 해 봤다. 총알 역시 미끄러운 피부를 뚫지 못했다.

* * *

"자. 천천히 밀어!"

"이쪽으로 먼저 보내. 155mm는 저쪽이라니까. 트럭에 싣고 갈 거야!"

포천시의 충성 돌격 부대는 모든 임무를 중단하고 최우선적으로 K9 자주포와 155mm 포탄을 확보하고 있었다.

이성필의 명령 때문이었다.

현재 충성 돌격 부대는 철원까지 영역을 확대해 300여 명의 군인과 120여 명의 민간인을 찾아냈다.

그리고 1기갑 여단과 5포병 여단의 군수 물자도 확보했다.

워낙 양이 많아서 천천히 포천시로 이동시키는 중이었다.

하지만 괴물 두꺼비가 나타나면서 상황이 바뀌었다.

원거리 포격을 위해 K9 자주포와 곡사포를 의정부로 먼저 보내기로 한 것이었다.

"오 중위. 포병 교육은 끝났나?"

이필목 대령은 새로운 부관인 오진수 중위에게 묻고 있었다.

김선수 대위는 5군수 부대에 남았다.

작전 참모였기 때문에 군수 물자는 물론, 방어 계획을 만드는 일에는 전문가였다.

괴물 두꺼비 포격도 김선수 대위의 의견을 이성필이 받아들인 것이었다.

"완벽하지는 않지만, 끝났습니다."

"K9을 끌고 갈 준비는?"

"쇠사슬로 끊어지지 않게 단단히 고정했습니다."

K9 자주포는 아직 수리하지 않았다. 5포병 여단에서 확보해 포천시로 가져온 K9 자주포는 현재 20대였다.

견인 155mm 곡사포는 10문이었다.

이것들을 K9 자주포 한 대당 5명의 병사가 쇠사슬로 묶어 끌고 갈 수밖에 없었다.

이번 포격을 끝낸 후 의정부에서 본격적으로 수리할 예정이었다.

"김 대위는?"

"포격 관측을 위해 출발했습니다."

김익현 대위는 현재 충성 돌격 부대에 있는 유일한 포병 장교였다.

"좋아. 준비되는 대로 보내."

"알겠습니다."

이필목 대령은 바쁘게 움직이는 병사들을 보며 이번 포격이 성공하기를 바랐다.

* * *

"대장님, 준비가 끝났습니다."

김익현 대위는 이성필 그리고 노진수와 함께 괴물 두꺼비를 관측할 수 있는 장소에 와 있었다.

"몇 발이나 쏜다고 했죠?"

"30발씩 20번⋯⋯. 그러니까 600발을 쏠 예정입니다."

김익현 대위가 보고한 계획에 따르면 처음 몇 발은 정확한 위치에 명중하는지 본 다음 30발을 쏘고, 조금씩 전진하며 30발씩 포탄을 쏘는 것이었다.

한 장소에만 계속 쏘는 것이 아니었다.

"시작하세요."

"네. 대장님."

김익현 대위가 무전기를 들어 포격 개시를 알렸다.

곧 날카로운 소리가 들렸다.

피이이이.

꽈앙.

괴물 두꺼비가 있는 곳 앞에 포탄이 떨어졌다. 그러자 김익현 대위가 좌표 수정을 했다.

그리고 다시 포탄 한 발이 날아왔다.

이번에는 정확하게 괴물 두꺼비가 모여 있는 곳에 포탄이 떨어졌다.

괴물 두꺼비가 폭발 때문에 사방으로 날아가는 것이 보였다.

포탄이 정확하게 떨어지자 김익현 대위는 같은 장소에 포격을 요청했다.

곧 멀리서 포를 쏘는 소리가 들렸다.

그리고 날카로운 소리가 크게 들리더니 30발의 포탄이 괴물 두꺼비를 향해 떨어졌다.

꾕음과 함께 먼지가 피어오르고.

괴물 두꺼비도 사방으로 날아갔다. 포탄에 직접 맞거나 폭발 위치 근처에 있던 괴물 두꺼비가 터져 나가는 것도 보였다.

"성공인가 보네요."

"그런 것 같습니다."

노 씨 아저씨와 김익현 대위의 표정이 좋아 보였다.

"전진 포격을 시작하겠습니다. 대장님."

"그러세요."

김익현 대위가 좌표 수정을 했다.

그리고 또 30발의 포탄이 날아왔다.

30발의 포탄이 떨어질 때마다 터지고 날아가는 괴물 두꺼비를 보니 조금 시원했다.

약 30분에 걸친 600발의 포격이 끝났다.

포격이 떨어진 곳에 괴물 두꺼비는 흔적만 남기고 사라졌다.

최소 1만 마리 이상이 사라진 것 같았다.

"포탄이 얼마나 남았죠?"

"현재 의정부에 2,000발이 남아 있습니다. 포천시에 약 5,000발이 더 있습니다."

"더 확보할 수 있나요?"

"확보 가능합니다."

"그럼 무난하게 저 두꺼비들을 소탕할 수 있겠네요."

"그럴 것 같습니다."

김익현 대위는 웃으며 대답했다.

자신이 이성필에게 인정받는 것 같았기 때문이었다.

그는 충성을 맹세했기 때문에 이성필의 말과 행동은 물론, 기분까지 최우선으로 생각하고 있었다.

김익현 대위는 자신의 왼손을 슬쩍 봤다.

나무로 만들어진 손.

인간형 소나무와 전투 때 손목이 날아갔었다. 그것을 이성필이 고쳐준 것이었다.

"김 대위님."

"네. 대장님."

"시간 끌 것 없이 남은 2,000발 다 쏘죠. 그러면 저쪽까지 완벽하게 소탕할 수 있을 것 같은데요. 아닌가요?"

김익현 대위는 이성필이 가리키는 곳을 봤다.

30발씩 60번 정도 포격하면 이성필이 말한 곳까지 괴물 두꺼비를 소탕할 수 있었다.

"정확하십니다. 원하시는 곳까지 소탕할 수 있습니다."

"나머지는 내일과 모레. 이틀에 걸쳐서 소탕하죠."

"그렇게 준비하겠습니다."

"바로 포격 부탁해요."

"네. 대장님."

김익현 대위는 무전기로 좌표를 보낸 다음 포격 지시를 내렸다.

5분도 걸리지 않아 포탄이 날아오기 시작했다.

이제 호원동 일대는 괴물 두꺼비 때문이 아닌 포탄 때문에 황폐화될 것이다.

포탄 세례가 괴물 두꺼비 무리 위로 떨어지기 시작했다.

괴물 두꺼비에게는 지옥이 시작된 것이었다.

* * *

탄착군 오차 조정과 포신 문제로 포격은 3시간 정도 이루어졌다.

내 예상대로 호원동 일대는 초토화되었다.

괴물 두꺼비의 파편이 너저분하게 널려 있을 뿐이었다.

조금은 역겨운 장면이었다.

끈적한 것이 사방에 널려 있었고 파란색 피가 질퍽하게 고여 있었다.

"이제 여기까지 다시 오려면 시간이 걸리겠죠. 내일과 모레 나머지를 소탕하죠."

"네. 대장님."

김익현 대위가 자신 있는 모습으로 대답했다.

그런데 망원경으로 저 멀리 있는 괴물 두꺼비를 살펴보던 노 씨 아저씨가 내게 망원경을 내밀며 말했다.

"대장님 좀 보셔야 할 것 같습니다."

노 씨 아저씨가 내민 망원경으로 보지 않아도 왜 이런 말을 하는지 알 수 있었다.

괴물 두꺼비들이 펄쩍펄쩍 뛰는 것이 보였기 때문이었다.

펄쩍 뛰어온 괴물 두꺼비들은 동료의 시체를 먹어치우기 시작했다.

그리고 30분도 되지 않아 동료의 시체를 먹어치운 괴물 두꺼비들은 포격이 있기 전과 똑같이 호원동 일대를 점령했다.

나는 헛웃음이 나올 수밖에 없었다.

"하하. 원점이네요."

괴물 두꺼비는 끝이 보이지 않을 정도로 숫자가 많았다.

12시간 뒤에는 그 숫자가 더 늘어날 것이 분명했다.

덩치가 더 큰 암컷 괴물 두꺼비가 알을 낳는 것이 보였기 때문이었다.

"김 대위님."

"네. 대장님."

김익현 대위의 목소리가 좋지 않은 것 같았다.

"5,000발로는 모자랄 것 같죠?"

"죄송합니다. 대장님."

"김 대위님이 왜 죄송해요."

"1만 발을 쏟아부어도 안 될 것 같은데."

내 말에 김익현 대위는 대답하지 않고 고개를 숙였다.

그런데 내 눈에 무언가 보였다.

"아저씨. 망원경 좀요."

노 씨 아저씨가 망원경을 건네줬다. 나는 망원경으로 발견한 것을 살폈다.

전형적인 괴물 두꺼비 대장이었다.

덩치가 3층 건물 정도였다.

괴물 두꺼비의 눈꺼풀이 사악 닫혔다가 열렸다.

그리고 나를 쳐다봤다.

무언가 이상하다는 듯한 눈빛이었다.

내가 힘을 숨기고 있으니 그런 것 같았다.

"김 대위님."

"네. 대장님."

"저기 있는 저놈이 대장 같네요. 내일 바로 포격 가능할까요?"

김익현 대위도 망원경으로 확인했다.

"가능합니다."

"대장만 처리하면 나머지는 천천히 소탕해 보죠."

"알겠습니다."

지금까지 경험에 의하면 괴물 무리는 대장만 처리하면 거의 와해됐다.

이번에는 쉽게 처리했으면 하는 마음이었다.

* * *

포천시에서 5천 발의 포탄을 가져 왔다.

그리고 10대의 K9 자주포도.

한 번에 40발의 포탄을 발사할 수 있게 된 것이었다.

포격 준비가 끝나자마자 괴물 두꺼비 대장을 향해 포격을 개시했다.

멀리서 발사음이 들리고 곧 날카로운 소음이 들렸다.

그리고 괴물 두꺼비 대장을 향해 포탄이 떨어졌다.

그런데 괴물 두꺼비들이 일제히 고개를 들더니 입을 벌리고 무언가를 쏘기 시작했다.

최소 수만 마리가 넘는 괴물 두꺼비가 쏜 것은 점액 같았다.

하늘에서 뭉치더니 막 같은 것을 만들어 냈다.

그리고 포탄을 막았다. 아니 감쌌다는 것이 더 정확한 표현이었다.

점액에 둘러싸인 포탄은 폭발하지 않고 그대로 땅에 떨어졌다.

"하하. 저거 지금 막은 거죠?"

나는 어이가 없어 헛웃음이 나왔다.

내 말에 김익현 대위가 어두운 표정으로 대답했다.

"그렇습니다. 그리고 더는 포격이 효과를 내기 어려울 것 같습니다."

김익현 대위의 말이 맞는다 해도 나는 더 시도해 보고 싶었다.

"그런가요? 그래도 이번에는 더 빠르게 더 많이 포격을 해 봤으면 해요. 대장 두꺼비만 처리할 수 있다면 그 정도 시도는 해 봐도 되지 않을까요?"

김익현 대위는 잠시 생각하더니 대답했다.

"알겠습니다. 속사 준비를 하겠습니다."

김익현 대위는 무전기로 포격 준비를 하기 시작했다.

이런 김익현 대위를 보며 나는 그냥 세뇌한 것과 진심으로 충성을 맹세한 것에 대한 차이를 느꼈다.

그가 그냥 세뇌를 당했다면 내가 말한 것을 맹목적으로 실행했을 것이다.

그것이 옳든 그르든 상관없이.

하지만 김익현 대위는 자신의 의견을 말하고 내 의견에 대해 생각한 다음 시도해 볼 만한 일이라고 생각했기 때문에 행동하는 것 같았다.

"대장님. 준비가 끝났습니다."

"네."

"하지만 말씀드릴 것이 있습니다."

"네. 말하세요."

"정확도와 안전을 위해 시간 차를 두고 포격했었습니다만, 지금은 빠르게 많은 포탄을 쏴야 하므로 정확도가 조금 떨어질 수 있습니다."

"그건 고려해야겠죠."

"알겠습니다. 그럼 포격을 개시하겠습니다."

"네. 개시하세요."

김익현 대위가 포격 지시를 내렸다.

곧 포성이 울리고 포탄이 날아왔다.

그리고 포탄이 도착하기도 전에 포성이 또 울렸다.

포탄이 도착할 때쯤 포성이 한 번 더 들렸다.

괴물 두꺼비들은 똑같이 점액을 하늘로 향해 발사했다.

첫 번째 포탄은 점액에 둘러싸여 그대로 떨어졌다.

두 번째 포탄 역시 괴물 두꺼비들이 또 점액을 쏴서 막았다.

하지만 세 번째는 아니었다.

괴물 두꺼비들이 점액을 쏘기도 전에 포탄이 도착했다.

콰광!

콰과광……. 펑! 쾅!…….

포탄의 폭발이 더 강한 것 같았다.

"폭발하지 않은 포탄이 연쇄 폭발을 일으킨 것 같습니다. 대장
님."

사방으로 파란색 피가 튀어 오르고 폭발에 의한 파편 때문에
시야가 잘 보이지 않을 정도였다.

조금 시간이 지나자 시야가 확보됐다.

하지만 원하는 결과는 나오지 않았다.

거대한 실루엣이 그대로였기 때문이었다.

더 자세히 확인하기 위해 망원경을 들었다.

그리고 거대한 대장 두꺼비의 눈이 끔뻑대는 것을 확인했다.

대장 두꺼비는 살아 있었다.

"대장님. 놈의 몸 주위에도 점액 같은 것이 있습니다. 파편이

점액을 뚫지 못하는 것 같습니다."

노 씨 아저씨의 목소리였다.

나는 망원경으로 거대 두꺼비의 몸을 자세히 살폈다.

아저씨의 말대로였다.

"아무런 피해를 입지 않은 것 같네요."

"그건 아닙니다. 주변의 두꺼비들은 모두 처리하지 않았습니까."

아저씨의 말에 그래도 수확이 있었다는 생각을 하려고 했다.

하지만 곧 뒤에서 밀려온 괴물 두꺼비 때문에 그 생각은 사라졌다.

시체를 먹어치우고 언제 그랬냐는 듯이 대장 괴물 두꺼비의

주변을 가득 채웠기 때문이었다.

"이렇게 되면 포탄이 모자라겠네요."

이번에는 아무도 대답하지 않았다.

"다른 방법을 찾아보죠."

* * *

괴물 두꺼비를 감시하는 팀을 편성한 다음 회의를 소집했다.

회의는 고물상에서 하기로 했다.

참석자는 나와 고 씨 아저씨 그리고 이필목 대령과 김수호,

최철민, 오민택, 안지연이었다.

이필목 대령은 군을 대표했다. 김수호와 최철민은 일반인을

대표했다. 오민택은 성민 병원 경비과장과 그동안 내부 치안을

맡은 것을 인정받아 치안대장이 됐다. 안지연은 행정부 대표였다.

그동안 괴물 두꺼비를 처리하기 위해 진행했던 일은 모두 알고 있었다.

"여러분을 이렇게 모이라고 한 것은 몇 가지 의견을 듣기 위해서입니다."

내 말에 모두 집중하기 시작했다.

"괴물 두꺼비를 처리하는 방법과 만약……. 처리하지 못하면 어떻게 할 것인지에 관한 것입니다. 먼저 괴물 두꺼비를 처리할 의견을 내 줬으면 합니다."

사실상 지금까지 할 수 있는 일은 다 한 것이었다.

그래서인지 모두 쉽게 입을 열지 않았다.

"이건 조금 더 생각해 보기로 하죠. 그렇다면 괴물 두꺼비를 처리하지 못했을 때 어떻게 했으면 좋을까요?"

이번에는 안지연이 손을 들었다.

"네. 말하세요."

"괴물 두꺼비를 처리하지 못하게 되면 결국, 이곳을 버리고 다른 안전한 곳으로 가야 합니다."

당연한 의견이었다. 누구나 생각하고 있던 것이다.

내가 원하는 것은 이런 의견이 아니었다.

그리고 안지연 역시 내가 원하는 것을 알고 있었다.

"현재 안전이 확보된 곳은 이곳과 포천시입니다. 만약을 대비해 포천시로 이전할 준비를 해야 합니다. 이전 준비는 군과 치안대의 협조가 필요합니다."

안지연의 말이 끝나자 김수호가 입을 열었다.

"지금까지 만든 기반을 다 버리고 가자는 겁니까?"

안지연은 바로 반응했다.

"옮길 수 있는 것은 다 옮겨야죠."

"며칠 안에 사람과 물자를 다 옮기는 것은 불가능한 일입니다."

"우선순위를 만들면 됩니다."

"뭐가 우선인지 누가 정합니까?"

"그건 서로 협의를 해야죠."

김수호와 안지연의 대화가 끝날 것 같지 않았다.

"잠시만요. 먼저 안지연 씨가 말한 포천시로의 이전을 결정하죠. 반대하시는 분이 있다면 손을 들어 주세요."

아무도 손을 들지 못했다.

괴물 두꺼비를 해결하지 못하면 이전할 수밖에 없었다.

그것을 모두 알고 있어서 그런 것 같았다.

"그럼 포천시로 이전하는 것으로 결정할게요. 하지만 이건 알아 두세요. 포천시 이전 역시 약간의 시간을 버는 것뿐입니다."

원인을 해결하지 않으면 결국, 문제가 생긴다.

괴물 두꺼비가 계속 늘어나고 포천시까지 올 것이 분명했다.

"대장님."

이필목 대령이 손을 들었다.

"네."

"의견을 말해도 될까요?"

"말하세요."

"대장님께서 말씀하신 시간을 버는 것뿐이라는 것에 동의합니다. 그렇다면 최대한 시간을 더 벌어야 한다고 생각합니다."

"방법이 있나요?"

"어차피 이전하면 이곳은 필요 없는 곳이 됩니다. 괴물 두꺼비들에 의해서 폐허가 됩니다."

나는 이필목 대령이 무슨 말을 할지 알 것 같았다.

"혹시 이곳을 거대한 함정으로 사용하자는 건가요?"

"그렇습니다. 현재 남은 포탄과 폭약 등을 땅을 파서 묻어 놓은 다음 한꺼번에 터뜨리는 것입니다. 잘하면 대장 두꺼비도 잡을 수 있을지 모릅니다."

이필목 대령의 말에 문득 떠오르는 생각이 있었다.

"그 방법을 미리 사용하는 것은 어떨까요? 대장 두꺼비가 움직일 곳을 예측해서 포탄과 폭약을 묻어 놓는 겁니다."

내 말에 이필목 대령이 어색하게 웃으며 대답했다.

"좋은 방법이긴 합니다. 하지만 문제가 있습니다. 대장 두꺼비가 움직일 곳을 정확하게 예측하기 힘듭니다. 예측이 빗나가면 이곳에 설치할 폭탄과 폭약이 부족하게 됩니다."

"그 예측을 정확하게 할 수 있다면요?"

"그렇다면 해 볼 만한 계획이라고 생각합니다."

"좋습니다. 이필목 대령님은 가장 효과적인 곳을 찾아서 함정을 준비해 주세요."

이필목 대령은 고개를 갸웃거렸다.

"대장님께서 예측하시는 곳이 아닙니까?"

"이필목 대령님께서 함정을 만드는 곳이 정확하게 예측한 곳이
될 겁니다."

이필목 대령은 혹시나 하는 생각에 물었다.

"대장님께서 대장 두꺼비를 유인하실 생각이십니까?"

나중에 알려 줄 생각이었는데 눈치챈 것 같았다.

"네."

"안 됩니다."

"저도 반대입니다."

"대장님께서 직접 움직이시는 것은 위험합니다."

사방에서 반대하고 있었다.

하지만 내 생각은 변함없었다.

"어쩔 수 없는 일입니다."

"아닙니다. 다른 방법이 있을 겁니다."

나를 걱정하는 것이 느껴졌다. 나는 이들에게 내 생각을 말해야
할 것 같았다.

"이건 힘을 지닌 제 운명이라고 생각합니다. 지금까지 보면
제가 나서지 않으려고 해도 나설 수밖에 없는 상황이 되더군요."

모두 입을 다물었다. 그리고 표정이 굳어졌다.

"지금까지 나타났던 괴물의 대장들은 모두 저를 노렸습니다.

그 무엇보다 우선해서요. 그렇다면 대장 두꺼비 역시 저를 노릴 것이 분명합니다. 아닌가요?"

이곳에 있는 이들은 모두 알 수밖에 없었다.

"그리고 대장 두꺼비를 제가 마지막에 죽인다면 제 힘이 그만큼 늘어나는 겁니다. 앞으로 또 어떤 괴물이 나타날지 모릅니다. 힘을 더 키워야 한다고 생각합니다."

"힘을 키우는 다른 방법도 있습니다. 괴물을 재배해 힘을 키울 수 있지 않습니까."

김수호는 내 말을 그냥 넘기지 않고 있었다.

나는 어쩔 수 없이 목소리에 힘을 실었다.

"반대는 받지 않겠습니다."

이번에는 아무도 말을 하지 않았다.

"내 말대로 해요."

모두 대답 대신 불만이 가득한 표정으로 고개를 끄덕였다.

"이번에도 결과가 좋을 겁니다."

내 말에 이필목 대령이 입을 열었다.

"대장님께서 그렇게 하시겠다면 따르겠습니다. 하지만 대장님을 돕게 해 주십시오."

"그럼 안 도와주시려고 했어요?"

조금 분위기를 바꿔 보려고 한 말이었다. 하지만 이필목 대령은 굳은 표정으로 대답했다.

"모든 것을 다 동원해서 대장님을 돕겠습니다."

이필목 대령뿐만이 아니었다. 이곳에 모인 모두의 표정이 굳어 있었다.

"최대한 빨리 폭발물을 매설할 장소를 찾아 보고하겠습니다."

"그렇게 해 주세요. 그리고……."

내가 실패할 때를 대비한 계획은 그대로 진행되어야 한다고 생각했다.

"그리고 김수호 선생님과 안지현 씨는 이전 계획을 세워 주세요."

"알겠습니다."

"네. 대장님."

"저도 저 나름대로 대장 두꺼비를 상대할 준비를 하죠. 그럼 움직입시다."

일단 회의를 끝내고 각자 할 일을 하러 갔다.

* * *

이필목 대령이 폭발물을 묻을 장소를 찾는 동안 나는 덤프트럭 한 대를 고물상으로 가져왔다.

"이것으로 대장 두꺼비를 유인하시려는 겁니까?"

노 씨 아저씨의 말대로였다.

"네. 맨몸으로 수만 마리 두꺼비를 뚫고 갈 수는 없잖아요. 이 덤프트럭을 개조해서 뚫을 생각이에요."

덤프트럭이 움직일 수 있게 수리하는 것은 나 혼자 할 수 있었다.

하지만 개조는 아니었다.

시간이 부족하기 때문이었다.

고물상 안으로 사람들이 들어오고 있었다.

용접 기술을 지닌 이들과 강판을 다룰 줄 아는 사람들이었다.

"거기 발전기는 이곳으로 가져와요."

5군수 부대에 보관해 뒀던 발전기도 가져 왔다.

용접기와 용접봉 같은 것은 의정부 시장의 기계 공구상을 뒤져서 가져왔다.

"자. 이 덤프트럭을 하루 안에 개조할 겁니다."

나는 덤프트럭 개조를 위한 그림을 꺼냈다.

"영화 같은 곳에서 본 적이 있을지도 모릅니다. 앞부분은 뾰족하게 철판을 댑니다. 이건 용접하는 것이 아니라 통째로 구부려서 만듭니다."

고물상 한쪽에 두께가 15cm나 되는 철문이 있었다.

어디 공장이 망해서 대금 대신에 철문을 뜯어 온 것을 고물상에 판 것이었다.

ㅅ자로 구부려서 덤프트럭 앞에 장착하면 딱 맞을 크기였다.

그것뿐만 아니었다. 5cm 정도 되는 두께의 철판도 꽤 있었다.

"운전석과 엔진을 최우선으로 보호할 수 있도록 철판을 덧댑니다."

내가 그린 그림을 보더니 누군가 말했다.

"이건 덤프트럭을 장갑차나 전차처럼 만드는 것 아닌가요? 이렇게 하는 것보다 그냥 장갑차나 전차를 끌고 가면 될 것 같은데요."

대부분 저렇게 생각하는 것이 정상이다.

"어허. 대장님이 만들라고 하면 그대로 만들면 되지 무슨 말이 많아?"

"아니. 비효율적이잖아요."

생각의 차이 때문에 목소리가 높아지는 것 같았다.

"왜 덤프트럭으로 해야 하는지 설명해 주죠."

내 말에 모두 조용해졌다.

"전차나 장갑차는 회전력이나 기동성이 떨어집니다. 빠르게 움직이기 위해 덤프트럭을 선택한 겁니다."

이런 이유도 있지만, 전차나 장갑차를 운전해 본 적이 없었다.

덤프트럭 정도는 자신 있게 운전할 수 있었다.

해 본 적도 있었고.

"거봐라. 그냥 대장님이 하라는 대로 하면 된다. 그래서 우리가 이렇게 살아 있는 거 아니냐. 너 대장님 아니었으면 살아 있어도 산 것처럼 살지 못하고 있었을 거다."

"에이."

"에이? 이놈 말하는 것 보게. 언제 어디서 어떻게 죽을지도 몰라 벌벌 떨지 않아도 되고 깨끗한 물에 굶지도 않는데 에이?"

"왜 화를 내고 그러세요. 그리고 매일 콩만 먹는데."

"콩만 먹어? 가끔은 고기도 먹잖아."

"너무 같은 것만 먹잖아요."

불만을 말하는 사람을 보니 힘을 지니지 않았다. 눈이 정상이었다.

"이 자식이! 용접할 줄 안다고 해서 데려왔더니만!"

이제는 멱살까지 잡을 것 같았다.

"싸움은 그만하시고 일에 집중했으면 합니다."

"죄송합니다."

화를 내던 남자는 바로 내게 고개를 숙였다.

하지만 불만을 말하던 남자는 아니었다.

나는 그를 향해 말했다.

"열심히 자기 일처럼 일할 사람이 필요한 겁니다. 당신은 돌아가세요."

"네?"

남자는 당황하는 것 같았다.

"돌아가서 다른 일 하라는 겁니다."

"그게……. 죄송합니다."

남자도 아예 눈치가 없지는 않은 것 같았다. 하지만 이미 늦었다.

"다시 말하게 하지 마세요. 돌아가세요."

남자기 쭈뼛대며 어쩔 줄 몰라 하고 있었다.

"아저씨."

"제가 돌려보내겠습니다."

노 씨 아저씨가 남자의 팔을 잡았다.

"아. 아. 아파요."

"조용히 가자."

노 씨 아저씨가 남자를 거칠게 끌고 갔다.

"이제야 제대로 일하겠네요. 시작하시죠."

발전기를 가동하고 용접 준비를 하는 동안 철문과 철판을 가져왔다.

덤프트럭을 개조하는 동안 이필목 대령은 폭발물을 매설할 것이다.

하루나 늦어도 이틀 안에 개조를 끝내고 대장 두꺼비와 결판을 낼 생각이었다.

* * *

덤프트럭 개조를 끝내고 회룡역으로 갔다.

함정을 설치한 곳이 회룡역 주변이기 때문이었다.

회룡역에 가기 직전 사거리에 도착했다.

나와 노 씨 아저씨가 덤프트럭에서 내리자 현장을 지휘하던 이필목 대령이 뛰어왔다.

"대장님, 오셨습니까?"

"네. 고생이 많으시네요."

"고생은요. 브리핑을 받으시겠습니까?"

"그러죠."

예전처럼 그냥 주먹구구식으로 함정을 설치한 것이 아니었다.

거대 소나무 때에는 사람도 물자도 없었다.

하지만 지금은 수천 명의 사람은 물론, 물자도 풍부했다.

그것을 이용할 수 있는 것이다.

때문에 어떻게 함정이 설치되었고 내가 어떻게 움직여야 하는지 알아야 했다.

나와 노씨 아저씨는 이필목 대령을 따라갔다.

곳곳에 서 있는 군인들이 지나갈 때마다 경례를 했다.

"대장님께서 이 다리를 건너시자마자 매설한 폭탄을 터뜨릴 것입니다."

화룡역 근처에는 개천이 하나 있었다. 그 개천에서 호원동 방향으로 땅굴을 팠다. 아스팔트를 뚫고 폭탄을 매설하면 여러 가지 문제가 생길 수도 있기 때문이었다.

이필목 대령에게 맡겨 놓은 것이니 더 자세히는 묻지 않았다.

하지만 효과는 확실하다고 했다.

"이 파란색 페인트를 지나시면 안전합니다."

다리를 건너자마자 아스팔트에 파란색 페인트가 칠해져 있었다.

"대장님께서 유인해 온 대장 두꺼비를 이곳에서 잡은 후 저쪽에 있는 아파트를 폭파해 무너뜨릴 것입니다."

수만 마리의 괴물 두꺼비 때문이었다. 그것들의 움직임을 아파트로 막는 것이었다.

"그래도 뚫고 나오는 것들은 사거리 뒤에 500m 지점 개천에 준비한 방울토마토 괴물과 완두콩 괴물 등이 저지할 것입니다."

회룡역을 지나 의정부역 방향에 개천이 하나 더 있었다.

그곳에 수진이가 방울토마토와 완두콩 등을 심어 방어선을 만들었다.

대장 두꺼비를 처리하면 수만 마리의 괴물 두꺼비가 움직이는 것을 막기 위해서였다.

괴물 두꺼비가 막히면 들개 무리와 고양이 무리 등이 조금씩 괴물 두꺼비를 처리해 나갈 계획이었다.

그리고 만약, 대장 두꺼비를 해치우지 못하면 그냥 시간벌기용밖에 되지 못한다.

포천시로 이전하기 위한 시간을.

"거긴 오다가 봤어요. 개천을 따라 엄청나게 심었더군요."

작물 재배 능력이 있는 사람들이 모두 투입된 것 같았다.

"그럼 준비가 끝난 건가요?"

"네. 끝났습니다. 명령만 하시면 언제든지 작전을 개시할 수 있습니다."

"시간 끌 필요는 없겠죠. 1시간 뒤에 시작하죠."

"준비하겠습니다."

나는 개조한 덤프트럭으로 갔다.

* * *

"정말 혼자서 타고 가실 겁니까?"

노 씨 아저씨는 불만이 가득한 표정으로 말했다.

"아저씨는 애꾸하고 까망이 데리고 준비해 주세요."

"그건 다른 사람이 해도 됩니다. 저도 같이 가겠습니다."

"애꾸와 까망이를 제대로 다룰 수 있는 사람은 아저씨뿐이에요."

내 말에 노 씨 아저씨는 대답하지 않고 덤프트럭 조수석 문을 열고 올라탔다.

나는 어쩔 수 없이 운전석에 탈 수밖에 없었다.

운전석에 타자마자 노 씨 아저씨가 어색한 표정으로 말했다.

"제가 덤프트럭 운전은 안 해 봐서……. 죄송합니다."

"그러니까 혼자 간다니까요."

"그건 안 됩니다."

"잘못되면 둘 다 죽어요."

"그래도 됩니다."

노진수는 그래도 된다고 말하면서 만약, 일이 잘못되면 자신이 죽을 생각이었다.

하지만 절대 일이 잘못되리라고는 생각하지 않았다.

아니 일이 잘못되더라도 이성필을 어떻게든 구할 수 있다고 자신했다.

이성필을 구하려면 옆에 있어야 했다.

"가끔 보면 아저씨도 고집이 엄청 세요."

"대장님만 하겠습니까."

"명령이라고 하면요?"

노 씨 아저씨가 머리가 아픈 듯 인상을 썼다.

"강제로 명령하시면 어쩔 수 없지만 그렇게 하지 않으시리라 믿습니다."

노 씨 아저씨는 고통을 참으며 나를 빤히 쳐다보는 것 같았다.

"알았어요. 같이 가요."

노 씨 아저씨가 웃었다. 고통이 사라진 것 같았다.

"감사합니다."

"뭐 어떻게든 되겠죠."

노 씨 아저씨와 같이 가기로 결정한 후 덤프트럭 시동을 걸었다.

이제 출발할 시간이었다.

* * *

대장 두꺼비는 가장 앞에 있는 괴물 두꺼비와 약 1.2km 정도 떨어진 곳에 있었다.

괴물 두꺼비가 뛰는 것을 봤을 때 대장 두꺼비가 한 번에 뛰는 거리를 대략 계산할 수 있었다.

약 300m였다.

대장 두꺼비가 4번 뛰면 가장 앞까지 올 수 있는 것이다.

그렇다면 언제 힘을 드러내느냐.

너무 멀리서 하면 안 된다. 대장 두꺼비가 내 힘을 감지 못할 수도 있다. 그리고 거리 조절을 잘못하면 함정을 뛰어넘을 수도 있었다.

계산에 의하면 0.9km 지점.

그러니까 괴물 두꺼비를 약 300m 정도 뚫었을 때 힘을 드러내는 것이 좋았다.

그리고 덤프트럭을 돌려 도망친다.

시속 100km의 속력으로 달렸을 때 대장 두꺼비가 함정에서 벗어날 오차 범위는 약 +-5m로 예상됐다.

함정의 효과에 전혀 지장이 없는 오차 범위였다.

끼이익.

덤프트럭을 멈췄다.

약 20m 앞에 괴물 두꺼비의 선두가 있었다.

"잘 버티겠죠?"

"버틸 겁니다."

괴물 두꺼비의 산성액에 덤프트럭이 녹아내릴까 싶었다.

나는 그러지 않기를 바라며 노 시 아저씨에게 말했다.

"방독면 쓰세요."

노 씨 아저씨가 방독면을 썼다.

괴물 두꺼비를 그냥 밀고 갈 생각은 없었다.

내가 지닌 능력 중 하나인 장미 향을 이용할 생각이었다.

장미 향이 제대로 통한다면 덤프트럭을 중심으로 반경 200m 안의 괴물 두꺼비는 다 잠이 들 것이다.

덤프트럭을 공격하지 못한다는 것이다.

"시작합니다."

나는 장미 향을 내뿜기 시작했다.

조금 지나자 가장 앞에 있던 괴물 두꺼비가 눈을 감기 시작했다.

그리고 곧 덤프트럭으로부터 200m 앞까지 모든 두꺼비가 눈을 감은 것 같았다.

움직임이 없었다.

기어를 넣고 액셀러레이터를 힘껏 밟았다.

순식간에 시속 20km가 넘어가고 기어를 변환했다.

시속 40km.

파지직.

괴물 두꺼비를 밀어 버리고 밟는 느낌이 났다.

시속 60km.

좌우로 괴물 두꺼비들이 튕겨나가는 것이 보였다.

하지만 그 어떤 괴물 두꺼비도 덤프트럭을 공격하지 않았다.

1분이면 1km를 움직일 수 있는 속도.

나는 바로 감춘 힘을 드러내며 브레이크를 밟았다. 동시에 핸들을 틀었다.

끼기기기긱…….

덤프트럭이 미끄러지며 회전했다.

"아저씨! 확실하게 봐 주세요."

사이드미러로 대장 두꺼비가 뛰는 것을 확인할 수가 없었다.

노 씨 아저씨는 조수석 창문을 열고 고개를 내밀었다.

그리고 소리쳤다.

"대장님, 밟아요!"

덤프트럭이 180도로 완벽하게 회전했으면 좋겠지만, 아니었다.

약 210도 정도 회전한 것 같았다.

다급한 노 씨 아저씨의 외침에 액셀러레이터를 밟으며 운전대를
꺾었다.

급하게 튀어나가는 덤프트럭.

"쫓아와요?"

"네. 엄청 빠르게 쫓아옵니다!"

성공인가 싶었다. 그런데 노 씨 아저씨의 말이 좀 이상했다.

뛰어서 쫓아오는 것이 아니라 빠르게라니.

"얼마나 빠른데요?"

"따라잡힐 것 같습니다. 더 밟으세요!"

나는 액셀러레이터를 힘껏 밟으며 사이드미러를 힐끗 봤다.

그리고 노 씨 아저씨가 왜 더 밟으라고 한 것인지 알았다.

대장 두꺼비는 점프를 하지 않았다.

네 발을 아주 빠르게 앞뒤로 움직이고 있었다.

뒤뚱거리며 달려오는 것이었다. 뒤뚱거리는데도 쓰러지지 않는
것이 신기했다.

그보다 소름이 돋을 것 같았다.

혀를 날름거리며 엄청나게 빠르게 달려오는 대장 두꺼비.

부하 두꺼비가 깔리든 말든 신경쓰지 않고 있었다.

그리고 사이드미러에 적힌 글귀가 보였다.

[사물이 거울에 보이는 것보다 가까이 있음]

나는 액셀러레이터를 더 힘껏 밟았다.

순식간에 RPM이 치솟아 오르며 속도계가 60km를 넘어갔다.

20초도 되지 않아 100km가 됐다. 원래 계획이라면 이 속도를 유지하면서 가야 했다.

하지만 그럴 수 없었다.

대장 두꺼비의 사이드미러에 비친 모습이 조금전과 비슷한 크기였기 때문이었다.

속도를 더 높일 수밖에 없었다.

안 그랬다가는 따라잡힐 것 같았으니까.

* * *

"연대장님, 옵니다."

"준비해."

이필목 대령은 망원경으로 덤프트럭과 대장 두꺼비를 봤다.

그리고 무언가 잘못됐다는 것을 알았다.

덤프트럭의 속도가 빨라도 너무 빨랐다.

하지만 그보다 더 문제는 대장 두꺼비였다.

덤프트럭과 대장 두꺼비의 거리가 50m도 되지 않는 것 같았기 때문이었다.

이성필 대장 183

"오 중위!"

"네. 연대장님."

"저격수 준비됐나?"

"네. 준비됐습니다."

이필목 대령은 혹시 모를 상황을 대비해 대물 저격총을 지닌 저격수를 배치해 놨다.

12.7mm 탄환을 쏘는 대물 저격총은 장갑차의 철판을 뚫을 정도의 위력을 지녔다.

저격수를 배치한 이유는 전선에 의한 원격 폭파가 안 되는 경우 저격총으로 직접 폭파하기 위해서였다.

"저 괴물을 저지해야 해. 저 정도 거리면 대장님까지 폭팔에 휘말려. 즉시 저격해!"

"알겠습니다."

오진수 중위는 무전기로 저격수에게 지시를 내렸다.

곧 곳곳에 배치된 저격수가 총을 쏘기 시작했다.

＊　＊　＊

"이필목 대령이 도움을 주는 것 같습니다. 대장님."

노진수는 익숙한 저격총 소리를 감지했다.

"하지만 별 소용이 없는 것 같네요."

사이드미러에 보이는 대장 두꺼비는 점점 커지고 있었다.

가까워진다는 것이다.

펑!

저 앞에서 신호탄이 솟구쳐 올랐다.

곧 함정이 있는 다리에 도착한다는 신호였다.

눈에도 보이기 시작했다.

"이대로 가다가는 이필목 대령이 폭파하지 않을 겁니다. 우리까지 폭발에 휘말릴 테니까요."

"알아요. 이필목 대령에게 무조건 터뜨리라고 하세요. 이건 명령이라고요. 아니 무전기 켜요. 제가 직접 명령할게요."

내가 강하게 명령한다면 이필목 대령은 어쩔 수 없이 설치한 폭탄을 터뜨릴 것이다.

폭발에 휘말리더라도 어쩔 수 없었다. 튼튼하게 개조한 덤프트럭이 견뎌 주기만을 바라는 수밖에.

"다른 방법이 있습니다. 대장님."

"뭔데요?"

너무 급하다 보니 그냥 물어볼 수밖에 없었다.

"제 등에 업혀서 가면 됩니다."

무슨 말인가 싶었다. 물어보려는 순간 노 씨 아저씨가 이해하는 말을 했다.

"까망이가 빠르게 움직이는 능력을 제가 가져온 것 같습니다."

까망이가 빠르게 움직이면 눈으로 쫓기 힘들 정도다.

"이것으로 액셀을 고정하세요."

노 씨 아저씨가 어디선가 구한 막대기를 건넸다.

파이프 렌치로 고정하려고 했는데.

나는 막대기를 액셀러레이터에 대고 의자에 끼듯이 고정했다.

"앞 유리창 부숴요."

앞 유리창에는 철근이 용접되어 있었다. 하지만 노 씨 아저씨는 일본도를 꺼내더니 쉽게 한쪽을 베어 냈다.

그리고 유리창을 완전히 깨고 철근을 손으로 잡더니 밖으로 밀어냈다.

그냥 밀어내는 것만으로는 안 되는지 노 씨 아저씨는 앞으로 나가 철근을 완전히 구부렸다.

이제야 내가 나갈 수 있을 것 같았다.

"자 업히세요!"

노 씨 아저씨는 덤프트럭 보닛 위에서 내게 등을 보이며 앉았다.

나는 의자에 발을 올리고 바로 뛰었다.

팔을 활짝 펴고 노 씨 아저씨의 등을 향해.

그리고 내가 노 씨 아저씨의 등에 업히는 순간.

노 씨 아저씨는 덤프트럭 보닛을 박찼다.

후웅.

바람이 얼굴 살을 베는 듯한 느낌이 들었다.

그리고 곧 덜컥하고 멈추는 느낌이 들었다.

어느새 다리를 지나 파란색 페인트가 칠해진 곳에 도착한 것이었다.

나는 그대로 고개를 돌렸다.

덤프트럭은 아직 500m 정도 밖에 있었다.

나는 노 씨 아저씨 등에서 내려와 앞으로 뛰면서 말했다.

"아저씨, 뛰어요!"

그런데 노 씨 아저씨가 따라오는 소리가 들리지 않았다.

나는 멈춰서 뒤를 돌아봤다.

노 씨 아저씨가 코에서 피를 흘리고 있었다. 그리고 나를 보며 미소 짓고 있었다.

무언가 잘못된 것이 분명했다.

노 씨 아저씨의 저 눈빛.

마지막이라는 듯한 느낌.

파란색 페인트가 칠해진 곳에서 100m 정도는 떨어져야 안전하다는 것이 떠올랐다.

"아저씨!"

나는 노 씨 아저씨를 향해 뛰었다.

"오지 마세요!"

나는 노 씨 아저씨를 포기할 생각이 없었다.

그리고 대장 두꺼비가 덤프트럭을 잡았다. 그리고 멈췄다.

혀로 잡아서 입에 덤프트럭을 문 대장 두꺼비는 눈을 끔뻑였다.

내가 덤프트럭에 없다는 것을 안 것이다.

대장 두꺼비는 정확하게 함정 위에 있었다.

"안 돼!"

폭파하지 말라는 명령을 내리기도 전에 굴을 파고 매설한 폭탄이
터졌다.

엄청난 굉음과 함께 땅이 흔들렸다.

나는 다리에 힘을 줘서 노 씨 아저씨를 향해 있는 힘껏 뛰었다.

노 씨 아저씨의 몸을 잡고 바닥에 쓰러지는 순간 폭발 때문에
사방으로 퍼져 나가는 돌과 흙이 우리 위로 떨어지기 시작했다.

* * *

이필목 대령은 덤프트럭에서 무언가 튀어나오는 것을 봤다.

흐릿하지만 분명히 무언가 튀어나왔다.

튀어나온 것을 향해 시선을 돌린 이필목 대령은 그것이 이성필과
노진수인 것을 알았다.

이필목 대령은 다시 덤프트럭을 향해 시선을 돌렸다.

대장 두꺼비가 덤프트럭을 거의 따라잡았다.

이제 곧 함정에 도착할 것이 분명했다. 그런데 이성필과 노진수의
위치가 문제였다.

폭발에 휘말릴 수 있었다.

이필목 대령은 입술을 깨물며 이성필과 노진수가 있는 곳으로
다시 시선을 돌렸다.

그런데 이성필이 앞으로 뛰는 것이 보였다.

노진수는 그냥 서 있었다. 이필목 대령은 본능적으로 노진수에게

문제가 생겼다는 것을 알았다.

하지만 이성필만 무사하면 된다는 생각으로 대장 두꺼비를 확인했다.

대장 두꺼비가 덤프트럭을 덮치는 것이 보였다.

함정 위치에서 약간 벗어나기는 했다. 하지만 큰 문제는 없었다. 오차 범위 안이었기 때문이었다.

"폭파해!"

이필목 대령이 소리쳤다. 하지만 폭발이 바로 일어나지 않았다. 오진수 중위가 폭파 스위치를 누르지 않았기 때문이었다.

"뭐 해?"

"저기 대장님께서……."

오진수 중위의 말에 이필목 대령은 이성필이 몸을 돌려서 노진수를 향해 뛰는 것을 볼 수 있었다.

그는 거칠게 오진수 중위 손에 있는 폭파 장치를 빼앗았다. 그리고 망설임 없이 스위치를 눌렀다.

지하에서 일제히 폭탄이 폭발하며 굉음이 울리고 땅이 뒤집혔다. 그 중심에는 대장 두꺼비와 덤프트럭이 있었다.

대장 두꺼비와 덤프트럭이 폭발의 충격을 그대로 받은 것이 분명했다.

"두꺼비들 확인하고……."

이필목 대령은 오진수 중위에게 명령을 내리며 이성필과 노진수가 있던 자리를 봤다.

그리고 폭발의 여파 때문에 날아오른 돌과 흙이 그 자리를 덮고 있는 것도.

오진수 중위가 이필목 대령에게 말했다.

"대장님을 구출하기 위해 근처 팀을 보내겠습니다."

"아니. 팀은 그대로 위치를 사수하고 임무를 계속 수행한다."

근처에 배치한 팀들은 다른 임무가 있었다.

대장 두꺼비를 해치웠는지 확인하고 괴물 두꺼비들이 접근하는 것까지 확인하는 임무였다.

괴물 두꺼비들이 대장 두꺼비의 이상을 알고 달려오면 아파트를 바로 폭파해야 했다.

그리고 대장 두꺼비가 살아 있거나 아파트를 폭파해서 엄청난 숫자의 괴물 두꺼비를 막을 수 없는 경우라면 시간을 벌어야 했다.

"그럼 대장님은……."

"대기 중인 오 과장에게 연락해."

오진수 중위는 이필목 대령의 말에 눈을 가늘게 떴다.

"명령이시니 그렇게 하겠습니다. 하지만 이번 일은 문제가 될 수도 있습니다."

"그런 말 할 시간에 오민택 과장에게 무전을 쳐!"

오진수 중위는 들개 무리와 함께 있는 오민택 과장에게 무전을 보냈다.

곧 애꾸와 들개 무리 그리고 까망이와 고양이 무리가 이성필과 노진수를 구하기 위해 뛰어왔다.

* * *

폭발에 의해 흙과 돌이 엄청나게 많았다.

하지만 대장 두꺼비를 다 덮을 수는 없었다. 대장 두꺼비의 덩치가 워낙 컸기 때문이었다.

배를 보이며 누워 있는 대장 두꺼비를 향해 검은색 옷을 입은 병사 5명이 달려가고 있었다.

대장 두꺼비가 죽었는지 확인하기 위해서였다.

병사들은 대장 두꺼비의 배가 움직이지 않는 것을 확인했다.

숨을 쉬지 않는 것이었다.

"박 팀장님. 진짜 죽은 것 같습니다."

"그런 것 같네."

"혹시 모르니 찔러 볼까요?"

병사 중 한 명이 대검을 들었다. 그러자 박 팀장이 한쪽 입꼬리를 올리며 대답했다.

"확실하게 가자. 배를 가르고 내장을 꺼내."

"네."

박 팀장을 제외한 4명의 병사가 대검을 대장 두꺼비의 배에 찔러 넣었다.

하지만 대검은 대장 두꺼비의 배를 제대로 찌를 수 없었다.

"이거 너무 미끄러운데요?"

휴지도 그냥 자를 정도로 날카로운 대검이 대장 두꺼비의 피부에 있는 점액을 뚫지 못했다.

조금이라도 균형이 어긋나면 대검이 미끄러졌다.

"비켜 봐. 제대로 힘을 줘서 찔러야지."

박 팀장은 대검을 양손으로 잡고 힘을 끌어올렸다.

힘을 집중해서 단숨에 대장 두꺼비의 점액을 뚫을 생각이었다.

"후우."

모든 힘을 양손에 실은 박 팀장은 천천히 대검을 밀어 넣었다.

몸과 대검의 각도가 90도에서 벗어나지 않게 하면서.

점점 대검이 대장 두꺼비의 점액을 뚫고 들어가기 시작했다.

그리고 대장 두꺼비의 피부에 닿았다.

박 팀장은 대검이 대장 두꺼비의 피부도 뚫고 들어가는 것을 느꼈다.

손에 감촉이 달랐다.

어느 정도 대검이 들어가자 박 팀장은 대검을 아래로 그었다.

조금씩 대검이 아래로 내려가면서 파란색 피가 흐르기 시작했다.

"어……. 어……. 팀장님!"

팀원이 소리치기 전에 박 팀장이 먼저 알았다.

대장 두꺼비는 죽지 않았다.

배가 먼저 움직였다.

"피해!"

박 팀장은 대검에서 손을 떼며 뒤로 뛰었다.

하지만 대장 두꺼비가 더 빨랐다.

한쪽 발로 땅을 치며 몸을 뒤집었다.

박 팀장과 팀원 4명은 그대로 대장 두꺼비의 배에 깔렸다.

* * *

"연대장님!"

오진수 중위가 소리치자 이필목 대령은 망설이지 않고 명령을 내렸다.

"아파트 폭파해!"

이필목 대령은 확인 팀이 대장 두꺼비에게 깔리는 것을 봤다.

상처도 거의 없어 보였다.

아직 이성필과 노진수를 구출하지 못했다.

시간을 벌어야 했다. 하지만 대장 두꺼비를 상대할 방법이 없었다.

그래서 수만 마리 괴물 두꺼비의 속도를 늦추기 위해 준비했던 아파트 폭파를 명령한 것이었다.

아파트 잔해가 대장 두꺼비를 덮치게 할 생각이었다.

꽤 많은 잔해 때문에 대장 두꺼비가 움직이지 못하는 동안 이성필과 노진수를 구출하는 것이 최선이라는 판단을 순간적으로 내린 것이었다.

이성필 대장 193

"폭파가 안 됩니다."

함정이 폭발할 때 무언가 잘못되었는지 아파트에 설치한 폭탄이 터지지 않았다.

"저격팀 1팀 폭파해!"

이필목 대령이 무전기에 대고 소리쳤다. 그러자 총성이 들리고 아파트에 설치한 폭탄이 폭발했다.

정밀한 계산 끝에 설치한 폭탄은 아파트 한쪽 축을 무너뜨렸고, 곧 아파트는 아직 벗어나지 못한 대장 두꺼비를 향해 무너져내렸다.

대장 두꺼비가 아파트 2개 동에 깔리는 것을 확인한 이필목 대령은 이성필이 묻힌 곳을 향해 바로 움직였다.

이제 지금 가장 중요한 것은 이성필의 안전이었다.

이필목 대령이 도착할 때쯤 이성필은 흙과 돌을 스스로 파헤치며 나오고 있었다.

* * *

흙과 돌이 등을 두드리고 있었다.

최대한 공간을 확보하려고 노 씨 아저씨를 머리 옆에 팔을 두고 버텼다.

"죄송합니다."

"그런 말 하지 마세요. 흙 들어가요."

나야 하늘을 향해 등지고 있지만, 노 씨 아저씨는 그대로 누워 있었다.

노 씨 아저씨는 자신의 입 주변을 손으로 막았다.

"아직 안 늦었습니다. 대장님 혼자라도 빠져나가세요. 숨을 참고 견디겠습니다."

"아니요. 늦었어요."

등에 느껴지는 느낌은 무겁다였다.

수백kg을 들어도 무겁다는 느낌을 받지 않을 정도로 강해졌다. 그런데 지금은 무거웠다.

흙과 돌의 무게가 엄청나다는 것이다.

다행인 것은 흙과 돌이 몸에 상처를 내지 못한 것이었다.

그냥 짓누르고 있을 뿐이었다.

사실 노 씨 아저씨의 말대로 혼자서 빠져나갈 수 있을 것 같았다.

위로 계속 파면 언젠가는 뚫고 나갈 수 있다.

하지만 그렇게 하면 노 씨 아저씨는 무조건 숨도 못 쉴 정도로 파묻히고 말 것이다.

"곧 구해 주겠죠."

운이 좋게도 나와 노 씨 아저씨 주변으로 좀 큰 아스팔트 조각이 몇 개 떨어졌다. 그래서 이렇게 말도 하고 숨도 쉴 수 있는 공간이 확보됐다.

공간이 확보됐다 해도 그렇게 크지는 않았다.

"대장 두꺼비는 잡았을까요?"

노 씨 아저씨의 말을 듣기 전까지 잊고 있었다.

나는 대장 두꺼비의 힘을 느껴 보려고 집중했다.

"잡은 것 같네요. 그놈 힘이 안 느껴져요."

"다행이군요."

"아저씨 몸은 어때요? 무리해서 그런 거죠?"

"죄송합니다. 한계까지 힘을 끌어올렸더니……."

노진수는 사실상 한계 이상의 힘을 낸 것이었다.

이성필을 구해야 한다는 의지 덕분에 그런 힘을 낼 수 있었다.

하지만 항상 필요 이상의 것을 하게 되면 대가가 크게 돌아온다.

이성필을 업고 뛴 다음 몸을 못 움직일 정도로 충격이 왔었다.

지금도 그 충격에서 벗어나지 못했다.

"어?"

나는 등에서 무언가 느껴졌다.

"왜 그러십니까?"

"우리를 구출하려나 봐요. 등 쪽에서 파헤치는 느낌이 나네요."

"잘됐군요."

"네. 대장 두꺼비도 잡고 이렇게 구출도……."

갑자기 거대한 힘이 느껴졌다.

이 정도 힘.

그리고 느낌은…….

대장 두꺼비가 분명했다.

"아저씨 숨 좀 참아요."

"왜 그러십니까?"

"대장 두꺼비 살아 있는 것 같네요."

나는 노 씨 아저씨가 숨을 들이마시는 것을 확인한 후 있는 팔에 힘을 줬다.

약간 위로 올라가는 느낌이 왔다. 그 순간 다리에 힘을 주고 팔을 위로 들어 흙과 돌을 파헤쳤다.

내가 몸을 움직이자 흙과 돌은 노 씨 아저씨의 얼굴과 몸으로 떨어졌다.

최대한 빠르게 이곳을 벗어나야 했다.

그리고 위에서 흙과 돌을 치우고 있으니 노 씨 아저씨가 견딜 수 있을 것 같았다.

빠르게 흙과 돌을 팠다.

얼마 지나지 않아 빛이 보였다. 완전히 뚫고 나온 것이었다.

더 힘을 줘서 몸을 일으켰다.

애꾸와 까망이가 보였다. 아무래도 냄새를 잘 맡으니 내가 있는 곳을 확실하게 알고 판 것 같았다.

그리고 오민택 과장도 보였다.

"까망아. 아래 노 씨 아저씨 있어. 더 파."

나는 당장 대장 두꺼비를 향해 달려갈 생각이었다. 주변에 아무것이나 손에 잡히는 대로 들고 가려고 주위를 두리번거렸다.

그런데 애꾸 옆에 내 파이프 렌치가 있는 것이 아닌가.

"애꾸. 너 이거 먼저 찾았구나."

노 씨 아저씨를 향해 뛰는 순간 파이프 렌치를 위로 던졌었다.

나는 파이프 렌치를 집어 들었다.

"대장님!"

이필목 대령이 보였다. 하지만 나는 그에게 대답하지 않고 대장 두꺼비의 힘이 느껴지는 곳으로 뛰었다.

울퉁불퉁한 길이었지만 상관없었다.

지금이 아니면 절대 저 대장 두꺼비를 죽일 수 없을 것 같았기 때문이었다.

곧 아파트에 잔해에 깔린 대장 두꺼비를 볼 수 있었다.

이리저리 몸을 흔들고 있었다.

잔해를 털어내기 위해서인 것 같았다. 하지만 잔해는 쉽게 떨어지지 않았다.

아이러니하게도 대장 두꺼비를 보호하는 점액이 이번에는 다르게 작용하고 있었다.

놈도 나를 느낀 것 같았다. 아파트 잔해를 떨구려는 몸부림이 더 빨라졌다.

"대장님!"

내 뒤에서 이필목 대령의 목소리가 들렸다.

"기다리십시오."

나는 그냥 앞으로 뛰었다.

"혼자서는 위험합니다."

이필목 대령의 목소리가 멀어지지 않았다. 나를 따라오는 것 같았다.

놈에게 가까워질수록 놈을 죽일 수 있을까?

그런 생각이 들었다.

점액으로 둘러싸인 놈의 피부를 뚫는다고 해도 놈에게는 작은 상처일 뿐이었다.

그렇다고 포기할 수는 없었다.

항상 그렇듯 포기하면 끝이었다. 그런데 내가 가까이 가자 놈이 눈을 반쯤 감는 것이 보였다.

그리고 발버둥 치는 것을 멈추고 어떻게 해서든 입을 벌리려 하고 있었다.

커다란 눈은 왜 반쯤 감는지 모르겠다. 하지만 입은 왜 벌리려고 하는지 알 것 같았다.

점액을 뱉거나 긴 혀로 나를 공격하려는 것이다.

더 빠르게 달렸다.

그러자 놈이 눈을 더 감았다. 이제는 3분의 1쯤 뜬 것이다.

순간 놈의 확실한 약점을 알 것 같았다.

대장 두꺼비는 온몸이 붉은색이었다.

어디가 약점인지 정확하게 알 수 없었다. 그런데 놈이 행동으로 자신의 약점을 알려 주고 있었다:

그리고 놈이 눈을 완전히 감아 버리기 전에 도착해야 한다는 것도 알았다.

입을 벌리는 것을 포기했는지 놈이 다시 몸부림치고 있었다.

놈의 눈꺼풀이 더 닫히고 있었다.

점액을 머금은 눈꺼풀은 뚫기 어려울 것 같았다.

그때 옆에 검은색의 무언가가 보였다.

'타요.'

까망이었다.

까망이의 순간 속도라면 놈의 눈꺼풀이 닫히기 전에 도착할 수 있을 것 같았다.

나는 까망이의 등에 올라타는 순간 파이프 렌치에 힘을 집중했다.

순식간에 달아오르는 파이프 렌치.

"최대한 빠르게!"

나는 까망이의 털을 꽉 잡았다.

후웅.

어느새 나와 까망이는 놈의 눈앞에 있었다.

놈은 깜짝 놀랐는지 눈을 감기는커녕 눈을 더 크게 떴다.

나는 까망이의 등에서 날아올라 놈의 왼쪽 눈을 향해 몸을 날렸다.

파이프 렌치가 놈의 눈에 박혔다.

화르륵.

'끼에에에엑!'

왼쪽 눈알이 순식간에 새까맣게 타 버렸다.

바사삭.

왼쪽 눈알이 재가 되어 떨어졌다.

나는 그대로 놈의 눈 안으로 들어갔다. 그 순간 놈의 눈꺼풀이 덮였다.

19. 금두꺼비

이제는 어두운 곳도 익숙했다.

파이프 렌치가 달아올라 어렴풋이 보일 정도여서이기도 했다.

주변에서 무언가 꿈틀거리기 시작했다.

놈의 눈이 재생되는 것이다.

무지막지한 회복력인 것 같았다. 하지만 그뿐이다.

달궈진 파이프 렌치를 사방으로 휘둘렀다.

재생되던 눈알은 다시 타 버렸다.

그리고 난 안쪽을 향해 한 걸음씩 들어가기 시작했다.

파이프 렌치로 태워 버리며.

그런데 갑자기 원심력이 느껴지며 내 몸이 옆으로 날아갔다.

좌우로 날아가며 벽에 부딪혔다.

아무래도 놈이 고통 때문에 머리를 흔드는 것 같았다.

그리고 빛이 들어왔다.

놈이 눈꺼풀을 뜬 것이다.

나를 눈 안에서 떨쳐내려는 듯 위아래로 흔들기 시작했다.

자칫 잘못했다가는 밖으로 튕겨 나갈 것 같았다.

파이프 렌치를 벽처럼 느껴지는 놈의 살에 박고 등반하듯 안으로 조금씩 들어갔다.

목표는 놈의 뇌였다.

뇌가 사라지고 나서도 움직이나 보자고.

* * *

이성필이 대장 두꺼비의 눈 안으로 들어가고 나서 까망이는 어떻게 해서든 대장 두꺼비의 시선을 끌려고 노력했다.

하지만 대장 두꺼비는 까망이 따위는 신경도 쓰지 않았다.

아니 신경 쓸 겨를이 없었다.

눈 안에 들어온 이성필 때문이었다.

재생하려는 눈을 다시 태워 버리고 안쪽으로 들어가는 것이 느껴졌다.

고통이 심했다. 이대로는 안 되겠다는 생각에 고개를 흔들었다.

하지만 고통은 더 심해졌다.

안전을 위해 눈꺼풀을 닫았는데 안전하지 않았다.

그래서 눈꺼풀을 열고 고개를 위아래로 세차게 흔들었다.

제발 이성필이 튀어나와 주기를 바라면서.

하지만 이성필은 대장 두꺼비의 바람을 들어주지 않았다.

대장 두꺼비는 이성필을 빼낼 수 없다는 것을 알았다.

그래서 움직임을 멈췄다.

그리고 고개를 들고 앞발을 들며 몸을 세웠다.

* * *

대장 두꺼비가 이상한 동작으로 멈추자 까망이는 물론, 대장 두꺼비 근처까지 다가온 이필목 대령과 군인들 그리고 몸을 어느 정도 회복한 노진수도 멈췄다.

대장 두꺼비가 어떻게 나올지 모르기 때문이었다.

하지만 곧 다시 움직였다.

대장 두꺼비가 어떤 행동을 해도 이성필이 대장 두꺼비 안에 있다는 사실은 변하지 않기 때문이었다.

대장 두꺼비를 완벽하게 포위하듯 둘러쌌다.

"노진수 님. 어떻게 할까요?"

"그 전에 저기 몸에 붙어 있는 병사들부터 구하죠."

노진수가 가리키는 곳에는 대장 두꺼비를 확인하기 위해 접근했던 병사들이 있었다.

그리고 아직 살아 있었다. 몸을 꿈틀대고 있었기 때문이었다.

노진수가 다가가 일본도로 그들을 둘러싸고 있는 점액을 조심스럽게 베어 내려고 했다.

하지만 너무 미끄러워 제대로 잘리지 않았다.

조금 더 힘을 주자 조금씩 잘렸다.

이필목 대령과 군인들도 다가와 다른 군인을 떼어 내기 시작했다.

곧 5명의 군인을 떼어 낼 수 있었다.

그리고 대장 두꺼비의 피부를 베어 내려고 했다.

하지만 대장 두꺼비의 피부는 베어지지 않았다. 마치 강철처럼 단단해졌기 때문이었다.

"이런."

노진수는 일본도를 다급하게 회수했다.

다시 점액이 흘러 빈 공간을 채우고 있었기 때문이었다.

대장 두꺼비의 피부가 다시 점액으로 채워지자 노진수는 물론 군인들과 까망이 그리고 들개 무리까지 달려들어 다시 점액을 베어 내기 시작했다.

* * *

깡.

"응?"

놈이 머리를 세웠는지 등반하듯 뇌를 향해 올라갈 수밖에 없었다.

그런데 갑자기 쇠를 때리는 소리가 났다.

파이프 렌치가 파고들지 못할 정도로 단단했다.

"이거 왜 이래."

생각할 수 있는 것은 놈이 자신의 피부를 단단하게 해서 파이프 렌치가 파고들지 못하게 했다는 것이다.

"그렇다고 못 올라갈 줄 알았다면 잘못 생각한 거다."

파이프 렌치에 힘을 더 집중했다. 그리고 단단해진 피부에 댔다.

조금씩 파이프 렌치가 파고들었다.

"시간이 더 걸리겠네."

그래도 다행인 것은 놈이 몸을 움직이지 않는다는 것이었다.

조금만 더 가면 될 것 같았다.

* * *

"아무리 베어도 다시 채워집니다."

"대검 날이 나갔습니다."

사방에서 대장 두꺼비를 공격하다가 생긴 일을 보고하고 있었다.

이필목 대령은 대장 두꺼비를 공격하다가 전체적인 지휘를 위해 뒤로 빠져 있었다.

효율적으로 공격을 하기 위해서였다.

"더 빠르게 베어! 그리고 팀을 나눠서 공격한다. 대검 날이 나간 팀은 날을 간다."

이필목 대령은 다른 것이 걱정되기 시작했다.

"허 상사."

"네. 연대장님."

막 교대를 위해 뛰어가던 허창수 상사가 멈췄다.

"허 상사 팀은 두꺼비들이 어디까지 왔는지 정찰을 해."

"알겠습니다."

허창수 상사 팀 5명이 장비를 챙겨서 정찰을 떠났다.

이필목 대령은 노진수에게 다가갔다.

"노진수 님."

"네."

노진수는 점액을 베어 내는 것을 멈추지 않고 대답했다.

"점액이 다른 곳으로 흐르도록 하는 것이 나을 것 같습니다. 점액이 없는 피부를 확보하고 집중적으로 공격하죠."

이필목 대령이 이렇게 제안할 수 있는 이유가 있었다.

노진수가 베어 내는 점액의 양이 수십 명이 베어 내는 것보다 많았기 때문이었다.

가끔 노진수는 피부까지 베고 있었다.

노진수 역시 이렇게 해서는 답이 없다는 생각에 이필목 대령의 의견에 동의했다.

"그렇게 하시죠."

"감사합니다. 준비하겠습니다."

이필목 대령은 넓은 판과 지지대를 준비해 점액을 다른 곳으로 흐르게 할 준비를 했다.

하지만 곧 다른 문제가 생겼다.

허창수 상사 팀이 생각보다 빠르게 돌아온 것이었다.

"연대장님!"

허창수 상사를 본 이필목 대령은 불안한 느낌을 받았다.

"혹시 괴물 두꺼비들이 가까이 온 건가?"

"그렇습니다. 그뿐만 아닙니다. 멈추지 않고 달려오고 있습니다."

이필목 대령은 괴물 두꺼비들이 대장 두꺼비를 구하러 온다고 생각했다.

조금 시간을 두고 생각하던 이필목 대령은 결정을 내렸다.

"방어선을 만든다."

이성필을 구하기 전까지 견딜 생각이었다.

수만 마리의 괴물 두꺼비를 먼저 공격해서 막을 수 없기 때문이었다.

* * *

"진짜 단단하네."

위로 올라갈수록 피부가 더 단단했다. 덕분에 시간이 더 걸렸다.

그래도 포기하지 않은 덕분에 뇌가 있는 곳에 도착했다.

그런데 어렴풋이 보이는 놈의 뇌는 작아도 너무 작았다.

덩치에 비해 작다는 것이지 성인 남성보다 더 크기는 했다.

"이것도 단단하려나?"

파이프 렌치로 뇌를 툭 건드렸다.

하지만 뇌는 단단하지 않았다. 파이프 렌치가 쑤욱 하고 들어갔다.

그리고 순식간에 불이 붙어 재가 되어 버렸다.

나는 고개를 갸웃거릴 수밖에 없었다.

너무 쉬웠기 때문이었다.

"이렇게 쉽게 타 버린다고?"

그리고 곧 뇌만 태운다고 되는 것이 아니란 것도 알았다.

놈의 붉은색이 사라지지 않았기 때문이었다.

놈이 죽었다면 붉은색이 보이지 않아야 했다.

그리고 놈의 힘이 내게 들어와야 했다. 그런데 아무런 일도 일어나지 않았다.

"뭐지?"

나는 입술을 깨물며 주변을 살폈다.

그때 조금 이상한 것이 보였다. 타지 않고 남은 기다란 줄 같은 것이었다.

그것은 다른 곳보다 더 붉은색을 띠고 있었다.

약간의 차이긴 했다. 자세히 보지 않았다면 눈치채지 못할 정도로.

그 줄은 안쪽으로 향해 있었다.

그리고 벽으로 막혀 있었다.

파이프 렌치로 가볍게 두드렸다.

투웅. 투웅.

달궈진 파이프 렌치가 튕겼다.

단단한 고무를 두드리는 느낌이었다.

파이프 렌치를 벽에 댔다.

하지만 녹아내리지도 타지도 않았다. 마치 이 정도 온도에서는 아무 일도 일어나지 않을 것이란 것처럼.

"너도 학습하는 거냐?"

벽을 향해 파이프 렌치를 휘둘렀다. 힘을 더 많이 줬다.

하지만 파이프 렌치는 벽에 그 어떤 상처도 내지 못했다.

다시 벽을 살폈다. 이 벽은 새로 만들어진 것이 분명했다. 다른 곳과는 성질이 달랐다. 그리고 이음새가 있었다.

그 이음새에 파이프 렌치를 댔다.

벽은 몰라도 기존의 것은 파이프 렌치가 부술 수 있었다.

문제는 벽이 좀 크다는 것이었다.

벽의 이음새를 모두 부수려면 또 시간이 걸릴 것 같았다.

* * *

이성필이 벽의 이음새를 부수는 동안 대장 두꺼비의 아랫배에서는 수천 개의 알이 부서지고 있었다.

원래대로라면 이 알들은 어느 정도 영양분을 얻어 한 번에 수백 개씩 낳아야 했다.

수백 개의 알은 다른 두꺼비와는 다른 존재가 된다.

일종의 지휘관이었다.

이들은 두꺼비를 지휘하면서 서로 경쟁한다.

그리고 후계자가 되는 것이었다.

후계자가 정해지면 대장 두꺼비는 후계자에게 자신의 모든 것을 준다.

생명과 힘 그리고 지혜까지도.

하지만 지금은 그럴 수가 없었다.

그래서 대장 두꺼비는 수천 개의 알을 부수고 하나의 알을 만들기로 했다.

최강의 후계자를 탄생시키기 위해서였다.

수천 개의 알이 하나의 알이 되고.

그 하나의 알이 탄생하면 다시는 이성필 따위에게 당하지 않는 그런 존재가 될 것을 확신했다.

그리고 두려웠던 존재도 더는 두려워하지 않을 수도 있었다.

그 존재 때문에 남쪽으로 가지 못하고 북쪽으로 올라온 것이었다.

드디어 수천 개의 알이 부서지고 하나의 알이 만들어졌다.

황금색으로 빛나는 알은 서서히 대장 두꺼비의 힘을 흡수하기 시작했다.

* * *

"진짜 고생하게 하네."

벽 주변을 부수고 뜯어냈다.

그리고 끝도 없는 낭떠러지 같은 것이 보였다.

그냥 일직선으로 떨어질 것 같았다.

이 낭떠러지의 끝에 무언가 있는 것이 분명했다.

벽을 뜯어내기 전까지는 몰랐는데 벽을 뜯어내니 힘이 느껴졌다.

놈이 무언가 감추고 있는 것이 분명했다.

나는 망설이지 않고 낭떠러지 같은 통로를 내려가기 시작했다.

벽에 파이프 렌치를 박고 조금씩.

"올라갔다 내려갔다. 똥개 훈련 시키는 것도 아니고."

나는 투덜대며 속도를 내기 시작했다.

* * *

이필목 대령은 개천가에 심어 둔 괴물들까지 다 데려와 방어선을 구축했다.

까망이와 고양이들 그리고 애꾸와 들개 무리까지.

동시에 대장 두꺼비의 몸에 흐르는 점액을 다른 곳으로 보낼 준비까지 했다.

약 가로 7m, 세로 4m, 높이 3m의 경사진 구조물이었다.

그 구조물을 대장 두꺼비의 몸에 대고 노진수가 일본도로 점액을
베어 냈다.

그때 누군가 소리쳤다.

"옵니다!"

수만 마리의 괴물 두꺼비가 펄쩍 뛰어서 접근하고 있었다.

"사정거리까지 기다려!"

군인들이 수류탄을 손에 쥐고 있었다.

1차 공격은 수류탄이었다.

"대기……. 던져!"

약 1천여 개의 수류탄이 괴물 두꺼비를 향해 날아갔다.

수류탄은 공중에서 일제히 폭발했다.

일부러 지연 신관이 타들어 가는 시간을 계산해 던진 것이었다.

괴물 두꺼비의 점액 때문에 땅에 떨어지면 그 폭발력이 감소하기
때문이었다.

1천여 개의 수류탄은 뛰어오르던 괴물 두꺼비를 뒤로 튕겨
나가게 했다.

하지만 그뿐이었다. 점액 때문에 큰 피해를 주지 못했다.

그때 방울토마토 열매가 날아왔다.

방울토마토 열매는 터지면서 괴물 두꺼비의 점액을 녹이기
시작했다.

하지만 수만 마리의 괴물 두꺼비 중에 일부였다.

괴물 두꺼비가 점점 더 가까워지고 결국, 군인들과 고양이 무리

그리고 들개 무리가 직접 싸울 수밖에 없었다.

처절하고 치열하게.

* * *

절벽을 내려가는 것 같았다.

내려갈수록 점점 더 힘이 가깝게 느껴졌다.

그리고 바닥에 발이 닿았을 때 느낌이 이상했다.

물컹거리는 젤리를 밟고 있는 것 같았다. 하지만 점액은 아니었다.

"저거네."

조금 멀리 보이는 황금색의 알.

하지만 황금색의 알이 점점 붉은색으로 물들어 가고 있었다.

저 알만 처리하면 될 것 같았다.

한 발자국씩 앞으로 갔다. 하지만 앞으로 가면 갈수록 느려졌다.

발을 뽑아내기 힘들었기 때문이었다.

갯벌에 발이 빠지면 이런 느낌일까 싶었다.

그런데 조금씩 몸이 나른해지는 것 같았다.

곧 그 이유를 알 수 있었다.

파이프 렌치의 열기가 사라지고 있었다.

힘이 빠지는 것이다.

아니. 이곳은 내 힘을 흡수하고 있었다.

마치 사람의 장기처럼 영양분을 흡수하듯.

이대로 가다가는 저 황금색 알에 닿기도 전에 모든 힘을 빼앗길 것 같았다.

"누가 이기나 해 보자고."

나는 뇌에서 내려온 줄을 따라가는 중이었다.

바로 발밑에 있었다.

이 줄은 황금색 알에 닿아 있었다.

나는 몸을 숙여 진득한 젤리 같은 곳에 손을 넣었다. 그리고 그 줄을 잡았다.

붉은색 기운이 흐르는 그 줄을 막을 생각이었다.

"어라."

그런데 생각을 잘못한 것 같았다.

힘이 더 빠르게 빠져나가기 시작했다.

나는 손을 떼려고 했다. 하지만 내 손은 떨어지지 않았다. 마치 접착제로 붙여 놓은 것 같이.

"으윽."

힘이 빠져나가는 속도가 더 빨라졌다.

이대로 가다가는 모든 힘을 빼앗기고 죽을 것 같았다.

인상을 쓰며 황금색 알을 쳐다봤다.

그런데 황금색 알이 파란색으로 변하는 것이 보였다.

이거 의도하지 않은 일이 일어나는 것 같았다.

정확하게 말하자면 붉은색에 파란색이 생기는 것이었다.

물에 작은 잉크 한 방울을 떨어뜨리면 조금씩 퍼져 나가는 것처럼.

이런 현상이 무엇을 의미하는지 알 수 있었다.

괴물 씨앗을 심을 때 붉은색이었던 것이 파란색으로 변했었다.

그리고 싹이 나고 성장했을 때 나를 주인님으로 인식했다.

하지만 항상 그렇듯이 상황이 그렇게 썩 좋지는 않았다.

현재 내 힘은 양쪽으로 빠져나가는 중이었다.

이 질퍽한 액체가 내 힘을 빨아들이는 것과 내 손을 통해 저 알의 색을 변하게 하는 것.

알이 먼저 파란색으로 변하느냐.

아니면 내가 지닌 힘이 먼저 소모되느냐.

만약 후자라면 그대로 죽겠지.

아무래도 후자에 가까울 것 같았다.

이대로 그냥 당해 줄 수는 없었다.

이대로 빨려 나갈 힘을 저 알에다가 쏟아부을 생각이었다.

동시에 정신 조종의 힘까지 담아서.

"인간을 미워하지 말고 친구로 생각해라. 인간을 죽이지 마라."

간절한 마음을 담아서 소리쳤다.

내가 죽는다고 해도 저 알이 부화해서 인간을 지킨다면.

인간이 살아남을 단 하나의 가능성이 되기를 바라는 마음이었다.

그 살아남는 인간 중에 고물상에서 함께했던 이들.

노 씨 아저씨와 신세민 그리고 정수와 이연희…….

점점 더 의식이 흐려져 간다.

너무 많은 힘을 저 알에게 쏟아부은 것 같았다.

절반 정도 파란색으로 변한 것이 보였다. 하지만 더는 파란색으로 변하지 않고 있었다.

붉은색으로 변하는 힘과 내 힘이 현재 팽팽하게 대치하는 것이겠지.

그래도 하나의 씨앗을 심었다면 그것으로 만족하는 것이 나을 것 같았다.

쿠웅.

흐려져 가는 의식 때문인가?

대장 두꺼비의 몸이 흔들리는 것 같았다.

마치 무언가의 충격 때문에.

[대장님!]

이제는 환청까지 들리는 것 같았다. 노 씨 아저씨의 목소리 같기도 하고.

[폭탄은 위험해! 뜯어내!]

[벌려! 있는 힘껏 벌려!]

* * *

괴물 두꺼비에게 포위되어 치열하게 전투가 벌어지고 있었다.

하지만 그 전투는 신경도 쓰지 않는 곳도 있었다.

대장 두꺼비의 배 부근에서 작업하는 노진수와 일부 군인들이었
다.

"뚫었다!"

노진수가 대장 두꺼비의 피부를 일본도로 뚫은 것이었다.

그것을 본 군인 중 한 명이 소리친 것이다.

하지만 구멍이 너무 작았다.

"조금 더 크게 뚫어 주셔야 합니다."

노진수는 비릿한 맛이 목을 타고 올라오는 것을 느꼈다. 입을
열었다가는 피를 내뿜을 것 같았다.

그래서 대답 대신 일본도에 더 힘을 줬다.

이제 거의 남아 있지도 않은 힘을.

구멍이 뚫려서 그런지 일본도로 뚫은 구멍을 후벼 파자 생각보다
쉽게 넓어졌다.

주르륵.

그런데 구멍이 넓어지자 마치 젤리 같은 것이 보였다.

점액과는 다른 것이 확실했다.

"그 정도면 된 것 같습니다. 폭발물을 설치하겠습니다."

군인이 C4 폭약을 구멍에 넣고 주변에 몇 개 더 설치하기
시작했다.

노진수는 이제 이가 다 빠져 버린 일본도를 들고 옆으로 빠졌다.

폭발물을 설치하는 것을 보며 잠시 휴식을 취하기 위해서였다.

곧 폭발물이 폭발했다.

폭발은 대장 두꺼비의 몸을 흔들거릴 정도였다.

그리고 구멍이 어린아이 한 명 정도는 들어갈 수 있을 정도로 커졌다.

주르륵.

폭발 때문인지 젤리 같은 것이 부서져 밖으로 흘러나오기 시작했다. 하지만 일부였다. 아직도 젤리 같은 것은 많이 남아 있었다.

"비켜."

노진수는 넓어진 구멍으로 다가갔다.

넓어진 구멍 덕분에 안에서 익숙한 힘이 느껴졌기 때문이었다.

까망이의 힘을 흡수한 덕분에 이성필의 힘을 더 잘 느끼고 있었다.

분명 이성필이 이 안에 있었다.

노진수는 구멍에 머리를 집어넣었다.

그리고 무릎을 꿇고 엎드린 것 같이 보이는 이성필을 발견했다.

"대장님!"

이성필이 대답하지 않자 머리를 구멍에서 뺐다.

그리고 옆에서 또 폭발물을 설치하려는 군인을 볼 수 있었다.

"폭탄은 위험해! 뜯어내!"

노진수와 군인들은 대장 두꺼비의 피부를 손으로 잡았다.

노진수는 손에 힘을 주며 소리쳤다.

"벌려! 있는 힘껏 벌려!"

드드득.

노진수와 군인들의 팔뚝의 핏줄이 터져 나갈 것 같이 튀어나왔다.

급기야 이마에 핏줄까지.

그래서인지 대장 두꺼비의 피부가 조금씩 뜯겨 나갔다.

이내 성인 남성이 들어갈 만한 크기까지 넓어졌다.

노진수는 망설이지 않고 안으로 들어가려고 했다.

하지만 젤리 같은 것이 움직임을 방해했다.

"젠장. 이것들 다 빼내."

노진수와 군인들은 젤리 같은 것을 손으로 빼내기 시작했다.

* * *

빠져나가는 힘이 줄어든 것 같았다.

착각이 아니었다. 그리고 한쪽에서 무언가 움직이고 있었다.

내 발밑에 늪 같은 것이 줄어들고 있었다.

투두득.

잡고 있던 것이 뜯어졌다.

황금색 알에게 보내던 힘도 끊긴 것이다.

"대장님."

"아저씨?"

나를 부축하는 사람은 분명 노 씨 아저씨였다.

"괜찮으십니까?"

"아니요."

"어디 다치신 곳이라도……."

"죽을 것 같아요."

몸에 힘이 거의 없었다. 하지만 조금 전처럼 정신이 흐릿하지는 않았다.

아무래도 힘을 흡수하면서 내 정신까지 흐릿하게 만들었던 것 같았다.

죽는 줄도 모르게 하려고.

"죽을 것 같다고 하시는 것을 보니 죽지는 않으시겠군요."

투둑.

머리 위로 무언가 떨어져 내렸다.

"어? 이거 왜 이래?"

노 씨 아저씨가 들어온 방향에서 들리고 있었다.

"왜 이렇게 쉽게 부서져."

점점 더 위에서 떨어지는 것이 많아졌다.

"아저씨 저 알!"

내가 더 말하기도 전에 노 씨 아저씨는 황금색 알이 있는 곳으로 달려갔다. 그리고 들어온 곳을 향해 던졌다.

"아저씨!"

알이 깨질까 봐 소리쳤다.

하지만 노 씨 아저씨는 아무렇지 않게 내게 달려왔다. 그리고 나를 안고서는 구멍을 향해 뛰었다.

나와 노 씨 아저씨가 구멍 밖으로 나가자마자 거대한 대장 두꺼비는 부서지기 시작했다.

"이러다가 깔리겠어요."

노 씨 아저씨는 그대로 달리기 시작했다.

대장 두꺼비 주변에 있던 사람들도 달렸다.

우르르르.

곧 대장 두꺼비는 조각조각 나며 완전히 무너져 내렸다.

"알……."

나는 대장 두꺼비 잔해에 알이 묻혔을 것으로 생각했다.

아니면 깨졌거나.

그런데 나를 조심스럽게 바닥에 내려놓은 노 씨 아저씨는 뒤로 돌더니 알을 집어 들었다.

"어?"

"이거 만져 보니 꽤 단단하더군요. 그래서 좀 멀리 던졌습니다. 다행히도 깨지지 않았습니다."

나는 노 씨 아저씨가 들고 있는 알을 살폈다.

그의 말대로 깨지지 않았다. 그리고 알의 3분의 2가 파란색이었다.

다른 사람의 눈에는 그냥 황금색 알로 보일 것이다.

"이제 포위망을 뚫으면 될 것 같습니다."

노 씨 아저씨의 말에 주변을 살폈다.

조금 떨어진 곳에서 괴물 두꺼비와 치열하게 싸우는 것이 보였다.

대장 두꺼비가 죽었는데도 괴물 두꺼비는 계속 싸우는 것 같았다.

그리고 한쪽에는 부상당한 사람들이 누워 있었다.

아예 움직이지도 못할 정도의 부상이었다.

팔과 다리가 녹아내린 이들이 대부분이었다.

아무래도 괴물 두꺼비가 뱉어내는 산성액 때문인 것 같았다.

"아저씨."

"네. 대장님."

"살아남은 작물 괴물들 좀 모아 주세요."

"힘을 회복하실 생각이시군요."

"네."

노 씨 아저씨는 주변 군인에게 방울토마토 나무와 완두콩 나무
등을 데려오라고 지시했다.

어차피 현재 작물 괴물들은 제대로 싸우지 못하고 있었다.

뿌리를 제대로 내려야 열매를 맺을 수 있기 때문이었다.

이 주변은 뿌리를 제대로 내릴 수 없었다.

아파트 잔해 때문이었다.

곧 군인들이 느리게 걷는 작물 괴물들을 들고서 뛰어왔다.

그리고 이필목 대령 역시 내가 대장 두꺼비의 몸 안에서 나왔다는
것을 알고 왔다.

"대장님. 무사하셨군요."

"네. 잠시만요."

나는 기절하려는 와중에도 꽉 잡고 놓지 않았던 파이프 렌치를
들고 완두콩 나무의 뿌리 부분을 때렸다.

작은 놈이라 그렇게 큰 힘이 들지 않았다.

완두콩 나무는 불타오르고 내 힘이 되었다. 약 10그루의 완두콩 나무를 죽인 후 방울토마토 나무를 죽이기 시작했다.

20그루 정도 죽이자 어느 정도 힘이 찬 것 같았다.

내가 작물 괴물을 그만 죽이자 이필목 대령이 말했다.

"이제 퇴로를 뚫겠습니다."

나는 고개를 저었다.

"아니요. 반격의 시작이죠."

"너무 숫자가 많습니다. 대장님."

"숫자는 문제가 되지 않아요."

나는 파이프 렌치를 들고 가장 치열해 보이는 곳으로 발걸음을 옮겼다.

이필목 대령이 따라오며 무전을 치기 시작했다.

"예비 중대 이곳으로 보내."

"아니, 보내지 마세요. 조금 멀리 떨어지세요. 다 잠들게 할 테니까요."

괴물 두꺼비가 잠드는 것은 확인했다.

내 말을 들은 이필목 대령은 다리 부근에 찬 방독면을 꺼내면서 다시 무전을 쳤다.

"예비 중대는 방독면을 필히 착용하고 5시 방향으로 올 것."

노 씨 아저씨는 옆에 있는 군인에게서 방독면을 뺏다시피 해서 착용하는 것 같았다.

방독면이 없는 이들은 뒤로 물러났다.

"저 알 잘 지키라고 하세요."

내 지시에 이필목 대령이 방독면이 없는 군인들에게 명령했다.

이제 좀 뛰어 볼까?

다리에 힘을 주고 뛰면서 장미 향을 뿜어냈다.

그러자 주변에 있는 이들 중 방독면이 없는 이들이 픽픽 쓰러지기 시작했다.

곧 괴물 두꺼비도 움직임을 멈췄다.

나를 중심으로 반경 200m 안의 모든 생명체가 잠든 것이다.

"웃챠."

힘을 줘서 가장 가까운 곳에 있는 괴물 두꺼비를 내리쳤다.

퍼억.

소리와 함께 그대로 터져 나갔다.

파이프 렌치에 불의 힘을 담지 않아서였다.

아직 장미 향을 뿜어내면서 동시에 불의 힘을 담기에는 힘이 부족할지 모른다는 생각 때문이었다.

그냥 힘으로 내리쳐도 되니 상관없었다.

퍼억.

옆에서 노 씨 아저씨가 어디서 났는지 표지판 하나를 들고 괴물 두꺼비를 내리치고 있었다.

"슬슬 속도를 내 보자고요."

나는 예전 오락실에서 했던 두더지 게임을 떠올리며 괴물 두꺼비를 내리치기 시작했다.

두더지 게임과 다른 점은 절대 피할 수 없다는 것이었다.

한 마리를 잡을 때마다 내 힘이 되기 시작했다.

회복도 더 빨라지고.

이필목 대령도 대검으로 괴물 두꺼비를 베기 시작했다.

어느 정도 시간이 지나자 방독면을 쓴 군인 100명 정도가 도착했다.

"자. 그럼 여기를 부탁할게요."

나는 파이프 렌치로 괴물 두꺼비를 치며 달리기 시작했다.

장미 향에 취하면 30분 정도는 깨어나지 못한다.

내가 움직이며 괴물 두꺼비를 잠들게 하는 것이 피해가 적어지는 것이다.

잠드는 괴물 두꺼비가 점점 많아졌다.

그만큼 아군의 생존 확률도 높아진 것이었다.

하지만 방독면을 쓰지 않은 아군이 있는 곳으로 갈 수는 없었다.

더군다나 들개나 고양이가 있는 곳은 더더욱.

그러다 보니 괴물 두꺼비 무리의 중심으로 갈 수밖에 없었다.

하지만 괴물 두꺼비도 바보는 아니었다.

중간에 덩치가 큰 놈들이 무언가 지시하는 것 같았다.

이내 멀리서 수천 마리의 괴물 두꺼비가 점액을 발사했다.

내가 있는 곳까지 날아올까 싶었다.

그런데 날아오고도 남을 정도인 것 같았다. 궤도를 보면 알 수 있었다.

나는 몸을 돌려 뛰었다.

간신히 점액을 피했다. 예상대로 괴물 두꺼비가 쏜 점액은 산성이었다.

바닥이 타들어 갈 정도였다.

"이렇게 되면 힘든데."

이럴 것 같아서 처음부터 장미 향의 능력을 사용하지 않은 것이었다.

거기에 대장 두꺼비도 있었으니.

소모한 힘은 다 채웠다. 거기에 괴물 두꺼비를 잡아서 늘어난 힘까지.

대장 두꺼비를 죽이지 못한 것이 아쉬웠다.

직접 죽였다면 엄청난 힘을 얻었을 것이 분명했다.

이렇게 된 것 빠르게 한 바퀴 도는 것이 나을 것 같았다.

나는 원을 그리며 포위된 곳의 외곽을 달렸다.

전투 중인 곳을 포함하지 않으려고 아슬아슬하게.

하지만 조금은 아군과 괴물 두꺼비까지 같이 잠들게 했다.

처음 출발했던 곳에 도착했다.

그런데 그곳에는 생각하지 못한 것이 있었다.

이필목 대령과 노 씨 아저씨가 한 것 같았다.

"왜 안 죽이고 모아 놨어요?"

그들이 한 일은 괴물 두꺼비를 산처럼 쌓아 놓은 것이었다.

최소 수백 마리는 되는 것 같았다.

노 씨 아저씨가 내 질문에 대답했다.

"대장님 힘이 부족하실지도 몰라 준비했습니다."

나는 순간적으로 생각나는 단어를 내뱉었다.

"도시락이에요?"

"그럴 지도요."

"그럼 잘 먹겠습니다."

나는 장미 향 내뿜는 것을 멈췄다.

그리고 불의 힘을 파이프 렌치에 담았다.

벌겋게 달아오른 파이프 렌치를 괴물 두꺼비 산에 댔다.

화르륵.

순식간에 타올라 재가 되는 괴물 두꺼비들.

내 힘이 더 늘어나는 것이 느껴졌다.

이 정도면 충분할 것 같았다.

"아저씨 알이 있는 곳으로 가죠."

멀리서 산성액을 쏴 대는 괴물 두꺼비 수만 마리를 처리하려면 시간이 많이 걸릴 것 같았다.

그래서 생각한 것이 대장 두꺼비가 남긴 황금색 알을 부화시키는 것이었다.

군인들이 지키는 알이 있는 곳에 도착한 나는 알에 손을 댔다.

그러자 알이 점점 더 파란색으로 변하기 시작했다.

나머지 3분의 1이 파란색으로 변하면 알이 부화할 것 같았다.

"이거 꽤 많이 잡아먹네."

내 손을 통해 나가는 에너지가 꽤 많았다.

나는 알에 손을 댄 상태 그대로 말했다.

"잠든 괴물 두꺼비 좀 더 모아 주세요."

"알겠습니다."

이필목 대령은 잠시 소강상태에 빠진 이때 전력을 재편성하는 동시에 잠든 괴물 두꺼비를 모으기 시작했다.

나는 수백 마리의 괴물 두꺼비를 두 번이나 죽일 수밖에 없었다.

그리고 드디어 알 전체가 파란색으로 변했다.

쩌적.

"금이 갑니다."

나는 손을 뗐다.

그리고 금이 간 알은 바로 깨졌다.

'꾸우웅!'

금색의 두꺼비 한 마리가 나를 보면서 꾸루룩거렸다.

눈을 끔뻑이더니 말했다.

'아빠?'

금색의 두꺼비의 말은 모두에게 들리는 것 같았다.

옆에 있던 노 씨 아저씨가 웃으면서 말했다.

"금두꺼비가 아빠라고 부르는 것을 들을 줄은 몰랐습니다. 대장 님."

나는 어색하게 웃으면서 금두꺼비에게 말했다.

"앞으로 네 이름은 금비야."

'금비. 내 이름.'

어느 정도 지능이 있는 것 같았다.

'금비 배고파.'

낼름.

철썩.

금비가 입을 벌리더니 한쪽에 쌓아 놓은 괴물 두꺼비 한 마리를 혀로 잡았다.

그리고 자기 덩치만 한 괴물 두꺼비를 그대로 삼켜 버렸다.

'다 먹어도 돼요?'

입에 들어가자마자 녹아내리는 것 같았다.

얼떨떨한 기분이 들 때 금비가 다시 말했다.

'배고픈데……'

그 큰 눈으로 애처롭게 나를 쳐다보고 있었다.

마치 내 자식이 배고프다고 칭얼대는 것 같은 느낌이 들었다.

어떻게 보면 내 자식이라고 생각할 수도 있었다.

알을 만든 것은 대장 두꺼비이지만.

힘을 제공하고 성향을 바꾼 것은 나였다.

내 자식이 배고프다는데.

당연히 먹여야 했다.

"먹어."

'정말요?'

"그래."

내 허락이 떨어지기 무섭게 금비는 기절한 괴물 두꺼비를 냉큼 먹기 시작했다.

처음에는 한 번에 한 마리씩 먹었다.

100마리쯤 먹자 금비가 괴물 두꺼비 먹는 것을 멈췄다.

"다 먹었니?"

내 물음에 금비는 대답 대신 다른 것을 보였다.

'커억.'

트림을 하더니 덩치가 1.5배로 커졌다.

"대장님. 계속 먹게 해도 될까요?"

이필목 대령은 대장 두꺼비에게서 나온 금비가 성장하게 되면 무슨 일이 일어날지 몰라 걱정이 됐다.

"아빠라고 하잖아요."

"그래도 성장하면 변할지도 모릅니다."

이필목 대령의 말처럼 금비가 변할지도 모른다.

하지만 나는 그 변화가 나쁜 쪽으로 향하지 않을 것으로 확신했다.

금비의 몸 어디에도 붉은색 점이 보이지 않았으니까.

"저는 금비를 믿어요."

"대장님."

이필목 대령은 금비를 슬쩍 봤다. 그러자 금비가 이필목 대령에게 말했다.

'금비 착해. 너 나빠.'

이필목 대령은 황당한 표정을 지을 수밖에 없었다.

이제 태어난 지 얼마 안 되는 금비가 상황을 파악하고 이런 말을 할 줄은 몰랐기 때문이었다.

'아빠. 더 먹어도 돼요?'

금비가 이필목 대령의 눈치를 보는 것 같았다.

"당연하지. 더 먹어. 많이 먹어. 많이 먹고 얼른 커서 더 먹어."

'헤헤. 네!'

금비가 한 번에 두세 마리씩 괴물 두꺼비를 잡아서 먹기 시작했다.

금방 쌓아 놓은 괴물 두꺼비 산 하나가 사라졌다.

'꺼윽.'

또 트림을 한 금비는 덩치가 더 커졌다.

이제는 거의 애꾸와 비슷한 크기가 된 것이다.

어지간한 송아지와도 맞먹는다.

금비가 그 큰 눈을 끔뻑이며 나를 쳐다봤다.

"조금만 기다려. 또 가져다줄게."

'정말요?'

"그래."

나는 이필목 대령에게 기절한 괴물 두꺼비를 가져다 달라 말하려 했다.

그런데 그보다 먼저 기절한 괴물 두꺼비를 까망이와 부하들이 가져 왔다.

"까망아."

나는 기특하다는 표정으로 까망이를 봤다.

'잘 먹길래 가져왔어요. 그리고 주변 좀 챙기죠.'

까망이는 자신이 가져온 괴물 두꺼비를 노 씨 아저씨 앞에 내려놨다.

생각해 보니 까망이의 말이 맞았다.

"그래, 일부는 노 씨 아저씨 드려."

'말 안 해도 줘요.'

"전 괜찮습니다. 대장님."

"아니에요. 회복하고 힘을 더 키워야 또 싸우죠."

"그렇다면."

노 씨 아저씨는 까망이가 가져온 괴물 두꺼비를 죽였다. 그사이 까망이의 부하 고양이가 가져온 수백 마리의 괴물 두꺼비가 금비 앞에 쌓였다.

금비는 나를 쳐다봤다.

내가 허락해야 먹는 것 같았다.

"금비야, 먹어도 돼. 하지만 까망이에게 감사 인사는 해야지?"

금비는 까망이에게 몸을 돌리더니 안 숙여지는 고개를 억지로 조금 숙이며 말했다.

'언니, 고마워요.'

나는 까망이의 말이 이상하다고 느꼈다.

까망이에게 언니라고 불렀기 때문이었다.

아무리 지능이 있다고 해도 언니의 개념을 안다는 것이 그랬다.

"금비야. 너 언니라는 말 어떻게 알아?"

'당연히 아빠에게 배웠죠.'

"나에게? 난 가르쳐 준 적이 없는데."

'알에서 클 때 아빠의 기억을 봤어요.'

순간 등줄기가 서늘해졌다.

내 기억을 본 것 때문이 아니었다. 내 기억을 봤고 그에 영향을
받았다면…….

"금비야. 혹시 다른 기억도 봤니?"

대장 두꺼비의 기억을 봤느냐고 물을 수는 없었다.

'아빠 기억 말고 다른 기억이요?'

나도 모르게 침을 삼킨 다음 말했다.

"어. 내 기억 말고 다른 기억."

'봤어요. 하지만 전 그 기억 싫어요. 아빠와 같은 인간을 죽이려고
하잖아요.'

"그래? 인간을 죽이기 싫어?"

'네. 아빠가 간절하게 소리쳤잖아요. 그 목소리가 너무 슬펐어요.
전 아빠가 슬퍼하는 것이 싫어요.'

마지막이라고 생각하고 정신 조종 능력을 사용한 것이 제대로
먹힌 것 같았다.

만약, 금비가 대장 두꺼비의 기억과 정신을 그대로 따랐다면
…….

알의 색을 파란색으로 바꿨어도 어떤 일이 일어났을지 모른다.

잠깐만.

내 기억을 봤다면.

"금비야. 너 이 아저씨 이름이 뭔지 알아?"

'노진수요.'

"이 아저씨는?"

'나쁜 아저씨요.'

이필목 대령의 인상이 구겨졌다.

"아니. 이름."

'이필목이요.'

"내 능력도 다 알겠네?"

'알아요. 하지만 전 아빠의 능력보다 다른 것이 더 좋아요.'

"다른 것?"

'네. 모두를 너무 좋아해서 항상 생각하잖아요.'

"내가?"

'네. 그래서 도망치지 않고 앞으로 나가려 하고요.'

"그런 말도 알아?"

'저의 힘이 커질수록 많은 것이 이해가 돼요.'

금비는 외형만 성장하지 않는 것 같았다.

힘이 늘어날수록 정신도 성장하는 것이 분명했다.

'전 아빠의 그런 사랑이 좋아요. 저도 사랑해 줄 테니까요.'

금비는 대장 두꺼비의 기억을 끔찍하다고 생각했다.

대장 두꺼비는 그 무엇도 사랑하지 않았다. 모든 것을 없애는 것만이 목표였다.

대장 두꺼비를 무조건 따르는 부하들도 목표를 위한 수단으로밖에 생각하지 않았다.

자신에게도 그것을 따라야만 한다고 강제했었다.

그런 대장 두꺼비의 생각을 그대로 이어받은 부하 두꺼비들도 그래서 싫었다.

금비는 대장 두꺼비의 잔재나 다름없는 괴물 두꺼비들을 모두 먹어치울 생각이었다.

그래야 대장 두꺼비의 기억이 모두 사라질 것 같았기 때문이었다.

하지만 이것은 이성필에게 말하지 않았다.

이성필에게는 좋은 것만 보여 주고 싶었다.

그리고 이성필이 기뻐하는 일만 하고 싶었다.

그렇게 하면 이성필이 자신을 더 사랑해 줄 것 같았기 때문이었다.

'혜. 먹어도 돼요?'

"그래 먹어."

금비가 다시 괴물 두꺼비를 먹기 시작했다. 덩치가 더 커져서 그런지 애꾸와 부하들이 가져온 괴물 두꺼비를 순식간에 먹어치웠다.

"애꾸야. 더 가져와야겠는데?"

내 말에 애꾸는 한쪽 발을 들어 머리를 긁으며 말했다.

'애 키우기 힘드네.'

애꾸는 투덜대면서도 부하들을 데리고 움직였다.

속도가 빠르다 보니 기절한 괴물 두꺼비를 빠르게 가져올 수 있었다. 하지만 금비가 먹어치우는 속도도 만만치 않았다.

트림 한 번 할 때마다 덩치가 커지고 한 번에 먹는 양도 많아졌기 때문이었다.

더는 기절한 괴물 두꺼비가 없을 때쯤 금비는 대형 버스만 한 크기가 되어 있었다.

이제는 귀엽다는 생각이 들지 않을 정도였다.

'아빠. 언니 너무 고생하는데 제가 알아서 먹으면 안 돼요?'

"알아서 먹다니?"

'저 앞에 많잖아요.'

"그렇기는 한데……. 안 위험하겠어?"

금비는 엄청나게 큰 눈을 가늘게 떴다.

웃는 것 같았다.

'지금은 전혀 안 위험해요.'

"지금은? 그럼 위험했다는 거네?"

'네. 제가 능력을 사용할 수 없었거든요.'

"무슨 능력?"

'두꺼비에게 명령을 내리는 능력이요.'

대장 두꺼비의 능력이었다. 금비는 대장 두꺼비의 능력이 싫지만, 사용해야 하는 상황이라면 사용할 생각이었다.

"그게 가능해?"

'가능해요. 그렇게 걱정되시면 지켜봐 주세요.'

금비는 자신의 모습을 이성필이 봐 줬으면 하는 마음이었다.

지금 이성필이 원하는 것은 괴물 두꺼비들을 처리하는 것이었으니까.

"그럴까?"

사실 금비의 능력이 궁금하기는 했다.

현재 느껴지는 금비의 힘은 꽤 컸다. 노 씨 아저씨나 애꾸를 넘어섰다.

아무래도 대장 두꺼비의 힘도 가져와서 그런 것 같았다.

성장하면서 대장 두꺼비의 힘이 더해지는 느낌이었다.

'네. 그래 주세요!'

"금비가 원한다면야."

'헤. 잘 지켜봐 주세요!'

금비는 풀쩍 뛰어서 단숨에 방어선을 넘어갔다.

대장 두꺼비처럼 네 발로 뛰어가지는 않았다.

"아저씨. 이 대령님."

나는 두 사람을 부르며 금비가 뛰어간 곳으로 달려갔다.

노 씨 아저씨와 이필목 대령 그리고 까망이와 애꾸가 내 뒤를 따라왔다.

그 뒤에 군인들과 고양이 그리고 들개들이 따라왔고.

방어선을 넘어가자 금비가 고개를 들고 소리쳤다.

아니 울부짖었다는 것이 맞는 것 같았다.

[꾸어어어엉!]

괴물 두꺼비들이 일제히 반응하는 것 같았다.

잠시 멈칫하더니 금비를 향해 뛰어왔다.

그러자 금비는 가장 가까이 온 괴물 두꺼비를 먼저 입에 넣기 시작했다.

괴물 두꺼비들은 금비에게 잡아먹히면서도 도망치지 않았다.

마치 자신들의 목적은 금비에게 먹히는 것이라는 듯 계속 달려왔다.

순식간에 수천 마리가 사라졌다.

그러자 금비가 또 트림을 했다.

이번에는 대기가 흔들릴 정도였다.

그리고 덩치가 2배로 커졌다. 이제는 대장 두꺼비의 3분의 2 정도 되는 것 같았다.

덩치가 더 커진 금비는 계속 달려와 앞에 멈춘 괴물 두꺼비를 다시 잡아먹기 시작했다.

"하하. 대장님……."

이필목 대령이 어이없다는 표정을 짓고 있었다.

"결국, 대장님 선택이 맞았군요. 금비가 동족을 이렇게 먹어 치울 줄은 몰랐습니다."

"이필목 대령님. 금비 앞에서 그런 말은 안 했으면 합니다."

"아! 죄송합니다."

'진짜 잘 먹네. 저 덩치로 언니라고 부르면 좀 징그러울 것 같은데.'

옆에서 까망이가 고개를 절레절레 젓고 있었다.

금비가 또 트림을 하더니 덩치가 더 커졌다.

이제는 대장 두꺼비와 비슷했다.

금비를 고물상이 있는 곳으로 데려갈 수 없을 것 같았다.

너무 눈에 띄는 것도 있지만, 저 덩치가 머물 장소가 없었다.

그리고 그 많던 괴물 두꺼비가 얼마 남지 않았다.

하지만 얼마 남지 않았다고 해서 적은 숫자가 아니다.

얼핏 봐도 수천 마리는 되는 것 같았다.

수만 마리였던 것에 비하면 적은 숫자이긴 해도.

금비가 몸을 돌렸다.

'아빠. 걱정 안 해도 되죠?'

"어. 걱정 안 해도 되겠네."

'헤. 거봐요. 멀리 있는 애들은 시간이 좀 걸릴 것 같네요.'

장암동 방향에 있는 괴물 두꺼비를 말하는 것 같았다.

그쪽 방향에도 최소 1만 마리 이상이 있었다.

뻥 뚫린 8차선 도로를 따라 이동하고 있었다.

'조금만 기다리세요.'

"뭐를?"

'멀리 있는 애들 올 때까지요.'

"그래. 기다릴게. 우리 금비 잘 먹어야지."

금비의 표정이 묘하게 변했다.

아무래도 이건 나만 눈치챈 것 같았다. 다른 이들은 금비의 표정이 변하는 것을 모르는 것 같았다.

"왜 그래?"

'저는 이제 안 먹어도 돼요.'

"안 먹어도 돼? 배불러? 그럼 남겨 놨다가 먹어."

말해 놓고도 좀 웃기긴 했다.

부모가 자식을 먼저 생각하는 그런 마음이 이런 것인가 싶었다.

'아니요. 아빠도 먹고 다친 사람들도 먹어서 치료해야 하잖아요.'

금비가 내 기억을 읽어서 이런 말을 하는 것 같았다.

'절반은 무조건 아빠 드세요. 그래야 저보다 더 강해져요.'

금비 말이 맞는지 모른다. 하지만 한 가지는 확실했다.

현재 금비에게서 느껴지는 힘은 나를 넘어섰다.

그리고 무언가 울컥하고 올라오는 것 같았다.

"금비가 아빠 생각해 주는 거야?"

'당연하죠. 저를 알에서 깨어나게 해 주셨고. 이렇게 성장할
수 있게 후원해 주셨잖아요.'

"후원이라는 단어도 알아?"

'알아요. 저 나쁜 아저씨가 못 먹게 해도 아빠는 먹게 해 주셨죠.'

아무래도 이필목 대령은 금비에게 단단히 찍힌 것 같았다.

이필목 대령의 얼굴이 일그러지고 있었다.

'언니도 많이 먹어요. 하지만 치료에 사용할 정도는 놔두고요.'

'됐다. 너나 많이 먹어라.'

까망이는 싫다고 하면서도 그렇게 싫지만은 않은 것 같았다.

진짜 싫었다면 고개를 돌렸을 것이다.

'오네요.'

저 멀리서 뛰어오는 괴물 두꺼비들이 보였다.

괴물 두꺼비들은 금비 앞에 와서 멈췄다. 그러자 금비가 이상한 소리를 냈다.

[꾸어. 꾸어어.]

금비의 소리를 들은 괴물 두꺼비들이 움직이기 시작했다.

경계선을 둔 것처럼 절반으로 갈라진 것이었다.

'아빠 것은 이쪽이요.'

"하하."

그냥 웃음이 나왔다.

딱 봐도 금비가 말한 쪽의 숫자가 더 많았다. 그리고 중간 보스 격인 덩치가 큰 놈들 역시 더 많았다.

'쌓아 놓을 테니까 아빠 와서 불로 태우면 돼요.'

내 능력을 아는 금비니 이런 것도 가능한 것 같았다.

금비는 괴물 두꺼비를 산처럼 쌓았다. 최소 수천 마리를 쌓아 놓으니 진짜 산이 됐다.

'다른 쪽은 알아서들 해요. 아빠. 빨리요.'

재촉하는 금비 때문에 나는 파이프 렌치를 들고 괴물 두꺼비 산으로 갔다.

그리고 금비가 말한 것처럼 불태웠다.

비명을 지르며 죽어 가는 괴물 두꺼비들.

하지만 단 한 마리도 도망가지 않았다.

나는 엄청난 에너지가 몸 안으로 들어오는 것을 느낄 수 있었다.

최근에 느껴보지 못했던 그 희열감마저 느껴질 정도였다.

그리고 난 한 단계 더 성장했다는 것을 알았다.

'아빠 축하해요.'

"고마워."

금비를 쓰다듬어 주고 싶었다. 하지만 너무 덩치가 컸다.

"우리 금비, 작을 때가 귀여웠는데."

'그럼 작아지죠.'

금비의 몸이 작아지기 시작했다.

금비는 알에서 태어날 때보다 더 작아졌다.

내 손바닥 위에 올라갈 수 있을 정도로.

몸의 크기를 자기 마음대로 조절할 수 있었다.

어떻게 가능하게 되었는지 묻자 까망이가 몸의 크기를 조절할 수 있는 것을 알고 자신도 하게 됐다고 했다.

어쨌든 금비는 내 어깨에 올라가 있거나 옷의 주머니에 쏙 들어가 있게 됐다.

하지만 금비는 금비이고 항상 그렇듯 전투가 끝난 후의 처리가 문제였다.

이필목 대령이 이번 전투 보고를 하고 있었다.

"사망 및 실종이 231명입니다."

사실상 모두 사망이라고 볼 수밖에 없었다.

괴물 두꺼비에 둘러싸여 녹아내렸기 때문이었다.

이번 작전에 동원된 군인은 600명이었다.

실질적인 전력의 3분의 2 이상이 투입됐다. 고양이 무리와 들개 무리를 포함하면 1천 이상의 병력이 투입된 것이었다.

"새로 재배한 괴물 작물은 전멸입니다."

그럴 수밖에 없었다.

제대로 뿌리를 내리지 못한 작물은 소모품처럼 사용됐다.

"이성식 씨가 후유증에 시달린다고 들었어요."

"네."

짧은 시간에 많은 괴물 작물을 재배하느라 능력을 너무 많이 사용했기 때문인 것 같았다.

"제가 따로 보기 전에 괴물을 최우선으로 배정해 줘요."

"그렇게 하겠습니다."

아무래도 괴물을 죽이면 회복이 빠를 수밖에 없었다.

"포탄 및 폭발물은 거의 다 소모했습니다. 철원 일대에 있는 보급창을 몇 군데 더 찾겠습니다."

"네. 그렇게 하세요. 부상자들은 어때요?"

이필목 대령은 미소를 지었다.

"대장님 덕분에 다 회복되었습니다."

금비가 괴물 두꺼비를 내게 준 덕분에 그날 바로 부상자들을 모두 치료할 수 있었다.

그래서 사망 및 실종자는 있어도 부상자는 없었다.

녹아서 없어진 신체의 일부를 재생했으니 일상생활에 지장이
없었다.

아이러니하게도 포천에서 내게 치료를 받아 새로운 신체를
받은 군인들은 대부분 살아남았다.

신체의 일부분이 나무여서 이상하게 보는 이들이 있었다.

하지만 그들 대부분이 죽었다.

"다행이네요."

"네. 그리고 징병제를 건의합니다."

"징병제요?"

"네. 현재 이곳에 머무는 국민은 약 5천여 명이 넘어갑니다.
그중 18세 이상이 4,400명입니다."

세상이 이러니 아무래도 힘없는 아이들은 생존이 힘들었다.

그나마 600명 정도 되는 것도 포천시 생존자 중에 아이들이
꽤 있어서 가능한 것이었다.

"남녀 구분하지 않고 18세 이상 성인은 6개월 이상 복무했으면
합니다."

"6개월이요? 너무 짧은 것 아닌가요?"

"너무 길게 복무하면 이곳의 시스템이 망가질 수 있다는 판단입
니다. 6개월은 전투 기술과 능력을 키우는 것뿐입니다."

이필목 대령의 의도가 보이는 것 같았다.

남녀를 구분하지 않는다는 것 때문이었다.

여자도 지금은 괴물이나 사람을 죽이면 힘을 얻을 수 있었다.

힘을 얻는 순간 평범한 사람이 아니게 된다.

"6개월 복무 후 전역할지 직업 군인이 될지 선택할 수도 있었으면 합니다."

나는 바로 대답하지 않았다.

"다른 생각이 있으십니까?"

"네. 저는 징병제가 아닌 모병제로 했으면 합니다. 그리고 그에 따르는 대가도 줘야 하고요. 현재 이필목 대령님은 물론, 군인들에게 주는 대가가 없잖아요."

내 말에 이필목 대령의 표정이 묘하게 변했다.

어떻게 보면 어이가 없다는 것 같기도 했다.

"왜요?"

"대장님 자신이 대가라는 생각은 안 드시나 봅니다."

"제가요?"

"네."

"제가 왜 대가에요?"

"이 안전 지역을 만드신 분 아니십니까. 그리고 얼마나 살아남았는지 모르지만, 이곳은 인류 최후의 보루가 될지도 모릅니다."

"설마요. 다른 곳도 이곳처럼 안전한 곳이 있을 겁니다."

"그렇다 해도 현재 제가 아는 곳 중에는 이곳이 가장 안전합니다. 이곳을 지키기 위해서 다른 대가를 받을 생각은 없습니다."

"그건 이필목 대령님 생각이고요. 다른 사람도 그럴까요?"

이필목 대령의 표정이 굳어졌다.

"만약, 다른 생각을 하는 사람이 있다면 반역자로 취급할 겁니다. 은혜도 모르는 것들은 살 가치가 없습니다."

"하아."

극단적으로 나오는 이필목 대령의 말에 한숨이 나왔다.

"어쨌든 저는 그냥 의무만 지키라고 하기는 싫네요."

"의무만 지키는 것이 아닙니다. 안전한 장소 그리고 풍족하지는 않지만 굶지 않을 수 있다는 것……. 그리고 더는 사람이 사람을 죽이지 않는 것에 대한 의무입니다."

이것도 맞는 말이기는 했다.

하지만 사람이란 보이는 무언가를 가지고 싶어 하는 것이 본능이라고 생각했다.

내 정신 조종 능력이 만능이 아니기 때문이었다.

정신 조종 능력도 풀린다.

그리고 불만이 생기거나 충성보다 더 중요한 것이 생기면 정신 조종이 풀릴 가능성도 높았다.

"이건 우리 둘이 의논할 일이 아닌 것 같네요. 안지연 씨에게 말해 놓을 테니 정부 차원에서 의논하죠."

이필목 대령은 내 결정이 마음에 안 드는 것 같았다.

"대장님께서 말씀하시는 대로 되는 곳이 이곳입니다."

"전 독재자가 아닙니다. 정말로 필요할 때만 독재자가 될 생각입니다."

위험에서 살아남을 필요가 있을 때만 독재자가 될 생각이었다.

"이필목 대령님은 포천에서 기존 임무를 계속해 주세요. 살아남은 군인이나 민간인이 또 있을지도 모릅니다."

단호한 내 말투에 이필목 대령은 고개를 숙였다.

"알겠습니다."

"오후 행사에 참석하실 거죠?"

"네."

오후에 경기북부청사 앞 광장에서 행사가 있었다.

괴물 두꺼비와의 전투에서 승리한 것을 축하하는 행사였다.

이런 행사에 참석하기는 싫었다.

하지만 축하 행사 중에는 전투 중에 사망한 231명의 이름을 불러 주고 기리는 순서도 있었다.

이것을 내가 해야 한다는 강력한 요청 때문에 어쩔 수 없었다.

"그럼 이따가 봐요."

"알겠습니다."

이필목 대령이 나갔다. 그러자 내 주머니 속에 있던 금비가 폴짝 튀어나왔다.

'저 아저씨 싫어.'

"금비야. 이필목 대령님 싫어하지 않았으면 해. 그때는 아빠 걱정돼서 그랬던 거야."

'그래도 싫어.'

금비가 주머니 속에서 나오지 않고 있었던 이유였다.

'아빠. 그런데 나 언제 소개해 줄 거야?'

"점심 먹을 때 다 모이라고 했으니까. 그때 소개해 줄게."

금비는 고물상에 사는 이들을 궁금해했다.

부상자를 치료하느라 시간이 없어서 금비를 제대로 소개하지 못했다.

모두 금비의 존재를 알고 있기는 했다.

'나 아빠가 사랑하는 사람들 보고 싶어요.'

"그래. 보러 가자. 어차피 점심 먹을 때니까."

금비가 내 어깨 위로 올라왔다. 신기하게도 금비는 내가 빠르게 움직여도 절대 어깨 위에서 떨어지지 않았다.

* * *

이제는 20명이 앉아서 먹어도 될 만큼 큰 식당이 생겼다.

기본적으로 고물상에 사는 사람만 11명이었다.

가끔 김수호나 최철민 같은 이들이 와서 밥을 먹을 경우를 생각하면 그렇게 큰 것은 아니었다.

"사장님, 배고프시죠."

이필목 대령의 아내이자 고물상의 식사를 책임지는 김정인이 나를 보자마자 한 말이었다.

"네. 배고픕니다."

배도 고프긴 하지만 김정인의 음식 맛에 거의 길들여진 것 같았다.

맛있으니 당연한 건가?

"어머. 이 아이가 금비인가요?"

"네. 금비입니다."

"금색이라 그런지 예쁘네요. 금비는 뭐 좋아하려나?"

생각해 보니 금비가 일반 음식을 먹을 수 있는지 모르겠다.

'저 다 잘 먹어요. 특히 기대하는 것은 파가 많이 들어간 매콤 제육이요!'

"어머머. 말도 잘하네. 그런데 매콤 제육을 알아?"

'알아요.'

내가 좋아하는 음식 중 하나였다. 대파를 크게 썰어 넣은 제육볶음은 씹는 맛이 일품이었다.

"조금만 기다리면 맛보게 해 줄게."

'감사합니다.'

"사장님 닮아서 그런지 인사성도 좋네. 사장님, 조금만 기다리세요. 금방 돼요."

"네."

김정인이 식사 준비를 마저 하러 가자 이번에는 아이들이 금비에게 관심을 가졌다.

하지만 아이들은 금비에게 관심을 주지 않았다.

그리고 식당으로 신세민이 들어왔다.

"어? 진짜 금색 두꺼비네."

"뭐 하다가 오냐? 요즘 바쁘게 돌아다니는 것 같다?"

"당연히 바쁘죠. 여기 서열 2위인데요. 그리고 나보다 사장님이 더 바빠서 얼굴 제대로 보기 힘들잖아요."

"그런가?"

"그런데 얘 안 물어요?"

신세민이 조심스럽게 다가왔다.

그러자 금비의 목소리가 들렸다.

'안녕하세요. 세민 삼촌.'

"삼촌?"

신세민의 눈이 커졌다.

'저 안 물어요.'

"물 것 같은데."

세민이가 미심쩍은 표정을 지었다.

세민이가 금비를 의심하는 것 같자 나는 기분이 살짝 나빠졌다.

"야. 금비가 어딜 봐서 물게 생겼냐?"

"그걸 꼭 겪어 봐야 아나요? 느낌이 사장님을 닮은 것 같아서……. 뭐라고 말해야 하나……. 그러니까 웃으면서 뒤통수 칠 것 같은 ……."

"야! 금비 앞에서 무슨 말을 그렇게 하냐."

"말이 그렇다는 거죠. 애늙은이 같은 느낌이 든다고나 할까요?"

신세민의 느낌은 정확했다.

이성필의 기억을 모두 본 금비는 이성필을 닮을 수밖에 없었다.

그리고 이성필의 수많은 경험을 간접적으로 체험했다.

'아빠. 그 어디냐. 터미널 약국에 민지라는 약사 있었다면서요?'

금비의 말에 나는 순간 당황했다.

나보다 더 당황하는 것은 신세민이었다.

"사장님! 금비에게 말했어요?"

"아니. 난 안 말했어. 진짜야!"

"그런데 금비가 어떻게 민지 씨를 알아요!"

"나는 진짜 말 안 했어."

말을 안 했을 뿐이지 금비는 다 알고 있다.

신세민이 터미널 약국 김민지라는 약사를 좋아해서 한동안 아프지도 않으면서 아프다는 핑계로 약국을 많이 갔었다.

'그분 결혼할 때 세민 삼촌이 그렇게 울었다면서요?'

"사장님!"

"하하. 금비야?"

내가 말려 보지만 금비는 아직 멈출 생각이 없는 것 같았다.

'카페 발리에도 그렇게 예쁜 아르바이트생이 있었다면서요? 이름이 뭐라고 하더라?'

신세민의 얼굴이 하얗게 변했다.

이 일은 신세민에게 있어서 흑역사나 다름없었다.

남자는 직진이라면서 자신 있게 20번이나 좋아한다고 고백했었다.

그 자신감이 곧 절망으로 바뀌었지만.

'그런데 아빠. 스토커의 정확한 의미가 뭐예요?'

금비 이 녀석 다 알면서 일부러 물어보는 것이 확실했다.

"세민아. 네가 진 것 같은데?"

"이씨! 사장님이 다 말했잖아요."

"난 진짜 말 안 했어."

"그런데 금비가 어떻게 사장님하고 저만 아는 일을 알아요!"

아무래도 세민이가 계속 오해할 것 같았다.

"금비가 내 기억을 다 봤거든."

"그러니까. 사장님이 말해……. 네?"

신세민은 이해가 안 되는지 눈을 끔뻑거리고 있었다.

"나도 잊어먹고 있던 것을 금비가 떠올리게 하네."

나는 그냥 웃었다.

신세민은 황당한 것 같았다.

'삼촌. 전 누구라고 말 안 했어요.'

이 똑똑한 금비 같으니.

'전 아빠가 좋아하는 삼촌이 좋아요.'

느낌이 병 주고 약 주는 것 같았다.

채찍으로 후려치고 당근으로 달래는 방법이다.

'전 삼촌 편이에요. 삼촌이 절 싫어하시지 않으면요.'

자. 세민아.

이제 그만 항복하지.

"하하. 그래 내가 언제 금비 싫어했다고 그래. 나도 금비가
너무 예쁘고 귀여워."

'진짜요?'

저럴 줄 알았다. 태세 전환은 세민이의 특기 중 하나니까.

"그럼 진짜지."

금비에게 웃어 준 세민이는 나를 노려봤다.

"사장님! 똑똑한 딸 생겨서 좋겠네요."

"야. 왜 또 나에게 화풀이냐?"

"그럼 누구에게 해요."

"나도 다 알고 있다는 생각은 안 해 봤냐?"

"사장님은 그런 것으로 협박 안 하잖아요. 그러니까 화를 내죠."

"이놈 봐라."

'어? 연희 언니다!'

신세민은 금비의 말을 믿지 않았다.

"금비야. 삼촌 자꾸 놀리면 안 돼요."

'연희 언니. 정말 보고 싶었어요.'

"나도 보고 싶었어. 금비야."

이연희의 목소리에 신세민의 목이 서서히 돌아갔다.

그리고 이연희가 진짜 있다는 것을 확인했다.

"누나. 언제부터 거기 있었어요?"

"카페 발리부터?"

신세민이 당황하며 이연희에게 다가갔다.

"그게요. 그러니까……. 뭐냐면……."

"굳이 변명 안 해도 돼. 약국 민지 언니 좋아했던 남자들 많았어.

몸매가 좋잖아."

신세민이 더 당황하고 있었다.

"네?"

이연희는 금비가 말한 것을 식당 앞에서부터 들은 것 같았다.

"그 소문의 스토킹 사건 주인공이 여기 있었는지 몰랐네."

"……."

이연희는 아무렇지 않게 신세민을 지나쳐 나에게 다가왔다.

정확하게 말하자면 금비에게였다.

"나도 보고 싶었어. 금비야."

'저도요. 전 연희 언니에게 한 표요.'

"어?"

이연희가 당황하고 있었다. 금비는 만나는 사람마다 당황하게

만드는 재주가 있는 것 같았다.

'제가 보기에는 연희 언니가 아빠를 가장 많이 걱정하거든요.'

"금비야!"

나는 금비의 입을 막으려 했다.

하지만 그럴 필요가 없어졌다.

김정인의 목소리가 들렸기 때문이었다.

"밥 먹어요. 연희는 밥 좀 가져가!"

"네!"

이연희는 약간 붉어진 얼굴로 달려갔다.

신세민이 나를 보면서 말했다.

"너무 똑똑한 조카가 생긴 것 같은데요? 서열 2위도 안 통하겠죠?"

"통하겠냐? 밥이나 먹으러 가자."

나와 신세민이 움직일 때 식당 문을 열고 정수와 수진이가 들어왔다.

정수와 수진이 역시 금비에게 관심이 많았다.

어쩌 오늘의 주인공은 금비 같았다.

하지만 그것이 싫지는 않았다. 금비 덕분에 더 활기가 넘치는 곳이 된 것 같았기 때문이었다.

잠시나마 다른 것은 잊을 정도로.

이런 작은 행복 같은 순간이 있기에 삶을 살아가려고 노력하는 것 같았다.

짧은 것 같은 점심 식사가 끝나고 고물상에 사는 모두와 함께 경기 2청사 앞 광장으로 갔다.

잠시나마 행복했다면 이제는 다시 그 행복을 지키기 위해 움직여야 할 때였다.

이제 주변에는 큰 위협이 없기 때문에 사람들이 모이는 것은 문제가 되지 않았다.

그렇다고 아예 경계를 안 하는 것은 아니었다.

들개 무리와 고양이 무리가 곳곳에 배치되어 있었다.

광장에는 약 5천여 명의 사람이 모여 있었다.

꽤 많은 줄 알았는데 넓은 광장에 모인 사람들을 보니 생각보다

적어 보였다.

의정부 인구가 약 44만 명인 것으로 알고 있었다.

그런데 지금은 의정부와 포천 생존자가 모였는데도 5천여 명뿐이었다.

그냥 의정부의 인구만 생각해 계산해도 약 1%만 살아남았다.

포천까지 생각하면 더 낮은 것이다.

착잡한 마음으로 광장에 다가가자 깔끔한 정복을 입은 이필목 대령이 군인들과 함께 마중을 나왔다.

"대장님, 이쪽으로."

금방 만든 단상 옆에 자리가 마련되어 있는 것 같았다.

하지만 빈 자리가 꽤 많았다.

"저기는 누가 앉나요?"

누가 봐도 분리되어 있는 자리.

마치 귀빈을 위해 준비했다는 것처럼 의자에 천까지 씌워져 있었다.

광장에 모인 사람들은 모두 서 있는데.

"대장님과 고물상에 사시는 분들을 위한 자리입니다."

이필목 대령은 이성필이 사는 곳을 고물상이라고 부르기 싫었다.

현재 정부를 구성하는 중인 안지연이나 대부분의 사람들도 같은 생각이었다.

곧 고물상이 아닌 다른 이름으로 부를 예정이기는 했다.

"좀 그러네요."

"안 좋게 생각하셔도 어쩔 수 없다는 것을 이해해 주시기 바랍니다. 고물상에 사는 이들은 대장님에게 선택받은 존재라는 것을 사람들에게 인식시켜야 하기 때문입니다."

이필목 대령이 어떤 생각을 하는지 알 것 같았다.

"선민사상을 주입하는 건가요? 이 대령님 생각은 아닌 것 같은데요."

"제 생각은 아니었지만, 저는 동의하는 바입니다."

"이건 나중에 따로 이야기하죠."

나는 너무 사람을 구분 짓지 않았으면 했다.

하지만 그렇게 하지 않으면 사회라는 조직이 제대로 움직이지 않는다는 것을 이해하고 있었다.

사람은 바라볼 것이 있다면 그것에 도달하기 위해 노력하기 때문이었다.

간단하게 생각해서 사회주의 사상은 정말 좋은 것이다.

하지만 인간의 본성은 절대 모든 것을 평등하게 나누는 사회주의를 할 수 없다고 생각한다.

단지 그렇게 하려고 노력할 뿐이다.

어쨌든 사회주의로 출발해서 공산주의로 변한 다음 그 사상을 제대로 지킨 나라는 없었다.

그렇다고 지금 사람들이 있는 자리에서 이필목 대령이나 저 앞에 서 있는 안지연을 불러서 말할 수는 없었다.

불화가 있는 것처럼 보일 테니까.

일단 이필목 대령과 군인들이 안내하는 자리에 가서 앉았다.

그리고 군인들은 자리 주변을 둘러싸며 그 누구도 쉽게 접근하지 못하게 했다.

곧 단상 위로 김수호가 올라왔다.

현재 민간인 대표였기 때문이었다.

원래는 선거를 하려고 했었다. 하지만 괴물 두꺼비 때문에 미루어 졌다.

선거를 해도 민간인 대표는 의사인 김수호가 될 가능성이 높았다.

아무래도 일반 치료는 물론, 성민 병원 초기부터 사람들을 이끌어 왔기 때문이었다.

삐이이.

스피커에서 나는 소리였다.

무전기를 고친 군인처럼 몇몇은 작은 전자기기만 고칠 수 있는 능력이 생겼다.

자동차를 수리하는 임동수 같은 경우 능력을 더 키워 줬더니 이제는 자동차뿐만 아니라 발전기나 지금 사용하는 대형 스피커도 혼자서 고칠 수 있게 됐다.

[아! 아!]

김수호가 가볍게 마이크를 테스트했다.

[안녕하십니까. 김수호입니다. 이렇게 마이크에 대고 말할 수 있게 된 것이 참 기쁩니다. 예전에는 아무렇지 않게 생각했던 것들이 참 소중하게 느껴지는 것 같습니다.]

김수호는 잠시 말을 멈췄다. 그리고 주변을 둘러보다가 내가 있는 곳에서 멈췄다.

그는 손을 들어 나를 가리켰다.

[작지만 이 소중한 것을 다시 찾아 준 분이 계십니다. 누구라고 말하지 않아도 아실 것입니다.]

보지 않아도 5천여 명의 시선이 나를 향하는 것을 알 수 있었다.

손을 내린 김수호는 다시 앞을 보며 말했다.

[그리고 오늘 큰 승리를 축하하기 위해 이 자리를 만들었습니다. 다들 두려워한 것을 압니다. 수만 마리의 괴물 두꺼비를 막을 수 없다고 생각한 것도.]

김수호의 말대로 사람들은 대부분 괴물 두꺼비를 막을 수 없다고 생각한 것 같았다.

포천으로 이전할 계획까지 세우고 거의 실행 단계까지 갔으니까.

[그 두려워한 것만큼 승리의 기쁨도 크다고 생각합니다. 그 승리를 누가 가지고 왔습니까!]

김수호의 목소리가 점점 더 커지고 있었다.

[자신의 목숨이 사라질지도 모르는 상황임에도 아랑곳하지 않고 대장 두꺼비의 몸 안으로 들어가신 이성필 님이십니다.]

이거 분위기가 조금 이상해지는 것 같았다.

김수호는 평소에 이런 식으로 말하지 않았다. 이것 역시 짜인 각본 같았다.

내 시선이 자연스럽게 안지연에게로 향했다.

금두꺼비 263

안지연은 어떻게 알았는지 내게 고개를 돌렸다.

안지연이 나를 보고는 미소 짓고 있었다.

[그러므로 지금 여러분과 제가 이 자리에 모일 수 있었습니다.]

안지연은 이성필이 이때쯤 자신을 쳐다볼 줄 알고 있었다.

이런 위화감을 느끼지 못할 정도로 눈치 없는 사람은 아니라고 생각했기 때문이었다.

이 승리 축하 행사는 안지연이 강력하게 주장해서 이루어진 것이었다.

자신이 좋아하는 이성필이 사람들에게 더 추앙받기를 원했다.

이성필이 자신을 좋아하지 않아도 상관없었다.

어차피 이성필이 아니었다면 지금 이 자리에 있을 수도 없었다.

이성필을 위해서라면 어떤 것이든 할 수 있었다.

그 대가로 이렇게 한 번 자신을 쳐다봐 주는 것만으로 좋았다.

[저는 이성필 님에게 감사하다는 말로만 표현할 생각이 없습니다. 목숨을 걸고 나를 지켰다면! 나 역시 목숨을 걸고 이성필 님을 따르는 것이 맞는다고 생각합니다!]

힘이 없는 일반인들은 이성필보다는 김수호를 더 신뢰했다.

경기 북부권에서 성민 병원은 가장 오래된 큰 병원이었다.

의정부와 포천 등에서 환자가 찾아올 수밖에 없었다.

그런데 김수호는 성민 병원의 신망 있는 외과의사였다.

최철민이나 간호사들도 따르는 것을 봤다.

당연히 자신들이 알고 가까이 있는 김수호를 신뢰할 수밖에 없었다.

그런데 그런 김수호가 이성필을 목숨을 걸고 따른다고 말했다.

힘이 없는 일반인은 이성필에 대한 호감이 더 생길 수밖에 없었다.

[여러분 역시 목숨을 빚졌다고 생각한다면 그렇게 하면 됩니다. 자! 이제 왜 이성필 님을 따라야 하는지! 또 다른 이유를 볼 시간입니다.]

김수호가 단상 위에서 물러나 나를 쳐다봤다.

이필목 대령이 다가왔다.

"대장님, 올라가실 시간입니다. 명단은 김수호 선생이 전해줄 겁니다."

원래 하기로 되어 있었으니 나는 자리에서 일어났다. 그리고 이필목 대령과 함께 단상으로 올라갔다.

김수호가 품에서 종이를 꺼내 내게 건넸다.

나는 그 종이를 받아 펼쳤다. 231명의 이름이 적혀 있었다.

사망 및 실종자 명단. 사망이 확인되지 않아서 실종자라고 했을 뿐. 모두 사망자였다.

괴물 두꺼비에게 포위되어 도망갈 곳이라고는 없었으니까.

종이를 펼친 그대로 마이크 앞에 섰다.

[안녕하십니까. 이성필입니다. 저를 처음 보는 분은 없으실 겁니다. 김수호 선생님이 너무 잘 포장해 말해 주셔서 좀 부끄럽군요.]

부끄럽다고 말하면서 사람들을 살폈다.

대부분 시선을 조금도 돌리지 않고 나를 보고 있었다.

[저만 목숨을 건 것이 아닙니다. 지금 제 손에 들린 종이에 적힌 이들 역시 목숨을 걸고 여러분을 지켰습니다. 그리고 이곳으로 돌아오지 못했습니다.]

말하다 보니 나도 모르게 손에 힘이 들어갔다.

종이가 살짝 구겨졌다.

[우리는 잊지 말아야 합니다. 그래서 이들의 이름을 불러 머리와 가슴에 새기고자 이 자리에 섰습니다.]

잠시 심호흡을 한 나는 종이에 적힌 이름을 말하기 시작했다.

[강찬호, 김민우, 김고검…….]

한 사람. 한 사람.

천천히 그들의 이름을 불렀다. 시간이 꽤 걸린다고 해도 그럴 만한 가치가 있었다.

[마지막으로 한고민.]

나는 231명의 이름을 다 부른 다음 다시 사람들을 쳐다봤다.

아직도 사람들은 시선을 내게서 떼지 않고 있었다.

몇몇은 시선을 떼지 않고 울고 있는 것도 보였다. 아무래도 아는 사람이거나 지인이었을 수도.

[이 231명의 이름은 석판을 제작해 이곳에 남길 것입니다.]

즉흥적으로 생각난 것이었다.

영화 같은 곳에서 보면 커다란 돌에 이름이 새겨진 것이 있었다.

[더는 그 석판에 이름이 새겨지지 않았으면 하지만……. 그런 바람은 이루어지지 않을지도 모르죠. 아니. 이루어지지 않을 것입니다. 하지만 그 희생이 잊혀서는 안 된다고 생각합니다.]

나도 모르게 조금 울컥하는 것 같았다.

[감사합니다. 살아 있어 주고 이곳에 있어 줘서.]

나는 가볍게 고개를 숙인 다음 단상에서 내려왔다.

이필목 대령과 김수호는 나에게 무언가 말하려다가 내 표정을 보고는 멈춘 것 같았다.

내가 단상에서 내려오자 김수호의 목소리가 들렸다.

[슬픔은 빨리 떨쳐버리고 승리와 생존의 기쁨을 누리는 시간입니다. 잠시나마 모든 것을 잊고 먹고 마시고 즐기시기를 바랍니다.]

저 아래 방향에서 60트럭이 나타났다.

60트럭은 광장 중앙까지 들어왔다. 이미 60트럭이 들어올 수 있도록 자리 배치를 한 것 같았다.

60트럭에는 그동안 모아온 온갖 식료품이 있었다.

그리고 한쪽에서는 괴물 닭의 알을 가져왔다.

불을 피우고 괴물 닭의 알을 그 위에 올려놨다.

다른 한쪽에서는 맥주는 물론, 각종 술과 음료수를 내려서 쌓기 시작했다.

곧 괴물 닭의 알이 깨졌다. 그 안에는 어느 정도 자란 괴물 닭이 있었다.

그것을 다시 쇠막대기에 꽂아서 불 위에서 돌리기 시작했다.

금두꺼비 267

바비큐를 만드는 것 같았다.

어떻게 저런 생각을 다 했는지 신기할 정도였다.

익히지 않고 그냥 알을 깨면 빠르게 부패하기 때문에 먹을 수 없다. 그래서 그냥 물에 삶아서 먹는 수밖에 없었다.

아니면 다 자란 괴물 닭을 살아 있는 그대로 굽거나.

알에서 나온 괴물 닭은 거의 새끼 돼지만 한 크기였다.

아직 굽지 않은 알이 꽤 많았다. 5천여 명을 먹이려면 많을 수밖에.

하지만 음식과 음료를 준비하는 이들을 제외하고는 그 누구도 움직이지 않았다.

"우리는 고물상에 가서 따로 파티를 하죠."

내 말에 고물상에서 온 모두가 일어났다.

그것을 본 이필목 대령이 달려왔다.

"왜 일어나십니까?"

"저 때문에 제대로 즐기지 못하는 것 같아서요."

이필목 대령은 쓴웃음을 지었다.

"죄송합니다."

"아니에요. 하나를 얻으면 하나는 포기해야 하는 것이 맞겠죠."

나를 경외시하는 대신 다른 것을 잃을 수밖에 없었다.

"고물상에서 따로 파티할 생각입니다."

"바로 준비하겠습니다."

"아닙니다. 대령님은 신경 쓰지 마세요. 부하들 잘 다독이시고요."

"그래도……."

"대신 사모님은 어쩔 수 없이 모셔 가겠습니다. 사모님 음식 솜씨를 따라올 사람이 없어서요."

"당연히 그러셔도 됩니다."

"너무 쉽게 대답하시면 나중에 혼나실지 몰라요."

"하하. 집사람이 절대 안 혼낼 겁니다. 대장님을 위해서인데요."

"그럼 행사 끝나고 보죠."

"그렇게 하겠습니다."

이필목 대령이 손을 흔들었다. 그러자 군인들이 달려왔다.

"호위 같은 것은 필요 없습니다. 걸어갈 겁니다."

나는 고물상을 향해 성큼성큼 걸어갔다.

내가 걸어가자 주변에 있던 사람들이 하던 일을 멈추고 고개를 숙이기 시작했다.

이건 파도처럼 퍼져 나갔다.

모두 나를 향해 고개를 숙였다.

나는 그저 웃으며 손을 살짝 흔들어 줄 뿐이었다.

* * *

단 하루의 축제.

사람들은 생각보다 축제가 좋았던 것 같았다.

들려오는 소리가 정기적으로 축제 같은 것을 했으면 한다는 것이었다.

그리고 일상으로 돌아갔다.

이필목 대령은 다시 포천시로 가서 군수품과 군인들 그리고 생존자를 수색했다.

의정부에 남은 이들은 고물상을 중심으로 일정 구역을 요새처럼 만드는 일을 시작했다.

동시에 각 정부 기관을 설립하고 곧 기본 선거를 할 예정이었다.

그런데 생각지도 못한 일이 생겼다.

서울 방향에서 일단의 무리가 접근하는 것을 발견했다.

생존자 무리였다.

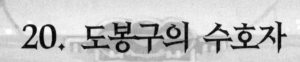

20. 도봉구의 수호자

　1차로 생존자 무리를 발견한 것은 멀리까지 정찰을 나간 고양이였다.

　은밀하고 빠르게 움직일 수 있는 특성을 지닌 고양이는 정찰에 특화되어 있었다.

　그래서 괴물 두꺼비와 같은 놈들이 접근하는지 알기 위해 조금 멀리까지 정찰을 보냈었다.

　그런데 20명 정도의 인간을 발견하고 까망이를 통해 알렸다.

　2차로 까망이가 직접 그들을 관찰했다.

　그리고 지금 노 씨 아저씨와 함께 내 앞에 있었다.

　'일반적인 생존자는 아니에요.'

괴물 두꺼비 사태 이후 까망이는 나에게 더 깍듯해진 것 같았다.

어려워한다기보다는 공손해졌다는 표현이 맞다.

"일반적인 생존자가 아니라니?"

이번에는 노 씨 아저씨가 대답했다.

"까망이가 제게 설명한 것을 들어 본 결과 일종의 무력 집단 같았습니다. 머리를 보호할 수 있는 헬멧을 착용했고 무기를 소지했습니다."

20명이 모두 보호 장구를 착용하고 무기를 소지했다면 노 씨 아저씨의 말대로 무력 집단이 맞다.

그리고 노 씨 아저씨의 표정을 봐서는 다른 의미도 있는 것 같았다.

"그 무력 집단이 일종의 정찰대인가요?"

"그런 것 같습니다."

"어디까지 접근했나요?"

"그게 도봉산 근처에서 괴물 두꺼비 잔당을 소탕하는 것 같았습니다. 더는 의정부 방향으로 접근하지 않고 있습니다."

1차로 그들을 발견한 것이 2일 전이었다.

의정부로 들어오려고 했다면 얼마든지 들어올 수 있었다.

"문제는 그들이 호의적인지 아닌지겠네요. 아저씨는 어떻게 했으면 좋겠어요?"

"일단 호원동 일대에 고양이들을 배치해 감시하면서 만약을 대비하는 것이 좋을 것 같습니다. 지금은 이곳을 요새화하는 것이 먼저입니다."

"그럼 그렇게 가죠. 요새화를 우선하죠."

포천에서 이필목 대령이 계속 전차와 보병 전투차량 등을 보내오고 있었다.

괴물 두꺼비 때문에 소모한 포탄이나 폭발물도 보충 중이었다.

수리한 전차는 각 요충지에 배치했다. 자주포나 곡사포는 요새화한 이곳에 접근하지 못하도록 원거리 포격 준비를 하는 중이었다.

"알겠습니다. 그런데 선거는 그대로 두고 보실 겁니까?"

노 씨 아저씨가 묻는 이유가 있었다.

일반인 대부분의 지지를 받는 사람은 김수호였다.

하지만 꼭 자신이 나서야만 한다는 그런 의지를 가진 사람이 있다.

생존자 중에는 시의원이었던 사람도 있었다.

"박무진이었나요?"

"네. 자신이 대표가 되면 많은 것을 해 줄 수 있다고 선동 비슷하게 하고 다닙니다."

문제는 극히 일부지만, 박무진을 추종하는 사람이 있다는 것이었다.

"선동이요?"

"네. 아파트에서 다시 살게 해 주겠다고 합니다. 엘리베이터도 가능하게 하고요."

주변에 널리고 널린 것이 아파트였다. 하지만 전기가 안 들어오니

엘리베이터가 움직이지 않는다. 당연히 고층 아파트에서 사는 것은 불편할 수밖에 없었다.

"그리고 노동 시간 기준을 정하고 그에 따른 최저 보상도……."

박무진이 말하는 것은 복지였다.

하지만 박무진이 할 수 있는 것은 아니었다.

"지킬 수 없는 공약이네요."

"그러니까 선동입니다."

"박무진은 아무런 능력이 없나요?"

"아닙니다. 어떤 능력인지 몰라도 능력을 지니고 있습니다."

"어떻게요?"

"밭에서 일하다가 우연히 능력을 얻게 된 것으로 알고 있습니다."

밭에서 일하다가 능력을 얻게 되는 경우는 한 가지뿐이었다.

괴물 작물을 죽이는 것.

우연으로 가장한 것일지도 모른다. 하지만 우연이라고 결정이 났다면 그렇게 생각해 주는 것이 맞다.

"그럼 일반인이 아니잖아요."

"그렇다고 일반인을 한참 뛰어넘는 힘을 지닌 것도 아니라서 거의 일반인 취급을 받고 있습니다."

이런 경우 경계가 모호했다.

사람을 수십 명 이상 죽였거나 괴물을 수십 마리 이상 잡지 않은 이상 이곳에서는 일반인이나 다름없었다.

"약간의 경고는 해야 하지 않나 싶습니다."

"왜요?"

"당연한 듯이 대장님에게 이것저것 요구할 것이 눈에 보입니다."

내가 생각해도 그럴 것 같았다.

"그렇다고 선거에 직접 개입하는 것은 좀 그렇네요."

"대장님께서 직접 개입하실 필요는 없습니다. 저나 오민택 치안
감이 경고만 해도 됩니다."

성민 병원 경비과장이었던 오민택은 정식으로 치안을 담당하는
치안감이 됐다.

오민택이 이끌던 이들은 치안대 소속으로 경찰의 임무를 수행하
고 있었다.

"그런 것보다 다른 방법을 사용해 보죠."

"다른 방법이라면……."

"안지연 씨 좀 불러 주실래요?"

* * *

노 씨 아저씨의 연락에 안지현은 10분도 되지 않아 달려왔다.

"부르셨다고 해서……."

"천천히 와도 되는데요. 물 좀 줄까요?"

진짜 달려와서 그런지 숨이 찬 것 같았다.

"아닙니다."

그냥 둘 수는 없을 것 같아서 물 한잔을 따라 안지연에게 건넸다.

"감사합니다."

물을 벌컥벌컥 마신 안지연은 그제야 조금 진정되는 것 같았다.

"노 씨 아저씨에게 이런저런 이야기를 듣다 보니까 먼저 해도 좋은 일이 있는 것 같아서요."

"무슨 일을요?"

"지금 성민 병원을 중심으로 아무렇게나 근처에 자리 잡고 사는 것으로 알고 있어요."

성민 병원에 1천 명이 넘게 머물고 있었다.

근처 빌라나 주택에 나머지가 머물렀다.

"그렇지 않아도 거주 구역을 지정할 예정이었습니다. 거주자 등록도 하고요."

"그랬군요. 그 거주 구역 중에 아파트도 있나요?"

"아파트요? 거긴 좀······."

"없군요. 그렇다면 근처 아파트 중 가장 최근에 지어진 아파트를 거주 구역 중 하나로 하면 어떨까 싶은데요."

안지연의 눈이 커졌다.

"그렇게 하려면 꽤 많은 자원이 들어가요."

안지연의 말대로였다. 가장 중요한 것은 전기였다.

"알아요. 하지만 조금 안정이 된 지금 해야 할 것 같아서요. 전기 문제는 휘발유를 사용하는 자가 발전기가 아닌 다른 방법으로 해결하죠."

"그렇다면야 저야 반대할 이유는 없어요. 오히려 찬성이죠.

대장님께서 아파트를 사용할 수 있게 해 주시는데……."

안지연이 갑자기 말끝을 흐리더니 고개를 갸웃거렸다.

"혹시 이번 선거에 입후보한 박무진 때문에 이런 일을 하시는 건가요?"

"겸사겸사요. 어차피 언젠가는 해야 할 일이었어요."

안지연이 미소 지었다.

"김수호 후보를 지지하시는군요."

"거의 처음부터 같이했고 믿을 만한 사람이니까요."

"굳이 그렇게 하지 않으셔도 대장님 말 한마디면 다 될 텐데요."

"너무 나서는 것도 좀 그렇네요."

안지연은 이래서 이성필을 더 좋아하는 것 같다고 생각했다.

아닌 척하면서 신경 써 주는 그런 점이.

"무슨 말이신지 알겠어요. 원하시는 대로 준비할게요. 그런데……."

"할 말 있으면 해요."

"전기 문제를 어떻게 해결하실 건지 물어봐도 되나요?"

"당연하죠."

* * *

전기를 생산하는 방법은 많다.

화력 발전, 태양열 발전, 수력 발전, 원자력 발전 등.

하지만 이것들을 이용할 수는 없었다.

제대로 된 화력 발전을 하려면 석유나 석탄 같은 것이 필요했다.

그러니 아웃.

태양열 발전의 경우 광열 집적판 같은 것이 필요했다.

그래서 아웃.

수력 발전의 경우 댐을 만들고 물을 많이 가둬야 했다.

뭐 어쨌든 이런 것들로는 전기를 생산할 수 없었다.

그렇다면 가장 기본적인 방법이 남는다.

언젠가 자전거로 전기를 생산해 불을 밝히는 TV 프로그램이 있었다.

이것에서 크게 벗어나지 않는다.

그렇다고 자전거를 수십 수백 대를 놓고 사람들이 직접 올라가 발전기 역할을 하는 것은 아니었다.

"거기! 땅에 제대로 박으라니까! 하나 쓰러지면 다 쓰러져!"

지금 설치하는 것은.

다람쥐 쳇바퀴.

혹은 고양이가 안에서 달리는 캣휠을 생각하면 된다.

단지 크기가 다를 뿐이었다.

수백kg 무게가 올라가도 쉽게 손상되지 않게 5mm 이상의 철판으로 제작했다.

지금 이곳에 거의 아무것도 안 하면서 놀고먹는 존재가 하나 있었다.

먹이만 먹고 알만 낳으면 되는 괴물 닭이었다.

괴물 닭이 이 안에 들어가 교대로 24시간 달리게 할 생각이었다.

물론, 이 휠만 있다고 해서 다 되는 것은 아니었다.

휠과 연결할 발전기와 인버터 같은 것이 필요했다.

생산한 전류를 안정시키기 위해서는 꼭 필요한 물건이었다.

사람이 많다는 것은 이점이 많았다.

생존자 중에는 한전 직원도 있었다. 발전기를 만드는 일도 할 수 있지만, 고물상에 없는 것은 한전 지사에서 다 가져왔다.

"저기 계산상으로는 시간당 10KW의 발전이 가능합니다만 ...."

내 앞에 서서 말하는 사람은 한전 직원이었던 이정우였다.

진짜로 되겠느냐는 듯한 표정이었다.

"될 겁니다. 이정우 씨가 예상한 전력 소비량이 맞는다면요."

이정우는 680세대 아파트 단지의 전력 소비량을 계산했다.

2020년 기준 아파트 1세대의 연간 전기 소비량이 3,300KW라는 통계가 있다고 했다.

일 평균으로 나누면 약 9KW의 전기를 소비하는 것이었다.

이것은 에어컨은 물론, 모든 가전기기를 사용할 때였다.

9KW를 24시간으로 나누면 약 375W의 전기를 소비한다.

680세대가 사용한다면 1시간에 255KW의 전기가 필요한 것이었다.

하지만 모든 전자기기를 사용했을 때 이야기다.

더 적은 양의 전기만으로 680세대가 사용할 수 있었다.

그래서 엘리베이터나 다른 것을 생각했을 때 시간당 필요한 전기 생산량을 200KW로 정했다.

"예상한 것에 대한 자신이 없나요?"

"그건 아닙니다만……."

"그럼 지금 만든 것부터 실험해 보죠. 제대로 발전이 가능한지."

발전기 휠은 모두 20개였다.

하지만 현재 설치가 끝난 것은 1개뿐이었다.

20개 모두 설치했다가 문제가 생기면 처음부터 다시 해야 할지도 모른다.

그래서 이런 일을 할 때는 항상 시뮬레이션이 필요했다.

"알겠습니다."

"아저씨!"

휠 발전기 근처에 있는 노 씨 아저씨를 불렀다. 아저씨는 나를 보더니 고개를 끄덕였다.

노 씨 아저씨 옆에는 괴물 닭 3마리가 서 있었다.

"한 마리를 휠 안에 넣으세요."

노 씨 아저씨 옆에서 수진이가 돕고 있었다.

괴물 닭의 경우 말을 제대로 할 수 없었기 때문이었다.

수진이가 의사소통을 하는 것이다.

괴물 닭이 휠 안에 들어갔다.

그리고 천천히 달리기 시작했다. 하지만 곧 빠르게 달리며 휠 역시 빠르게 회전했다.

점점 더 속도가 빨라졌다.

그러자 이정우가 당황하기 시작했다.

"너무 빠릅니다. 이러다가 발전기가 과열되겠습니다."

나는 바로 소리쳤다.

"속도 좀 줄여요."

곧 괴물 닭이 조금 천천히 달리기 시작했다.

"더 느리게 달려야 하나요?"

"네. 이대로 계속 달리면 발전기에 무리가 갑니다. 그리고 생산량도 초과할 것 같습니다."

이정우는 진짜로 이런 발전이 진짜로 가능할 줄 몰랐다.

그런데 예상과는 다르게 발전이 되고 있었다.

하지만 아직도 완전히 믿지는 않고 있었다.

"저 괴물 닭이 계속 달릴 수 있을까요?"

"계속 달릴 수 있을 겁니다. 그럴 수 있는지 없는지는 이정우 씨가 지켜봐야겠죠. 8시간 동안 달리는지 교대로 지켜보세요."

"네. 대장님."

이제 괴물 닭 한 마리가 8시간 동안 달릴 수 있는지 확인만 하면 된다.

발전이 되는 것을 확인했으니까.

"제대로 되는지 확인해서 보고해 주세요."

"그렇게 하겠습니다."

굳이 내가 여기 있을 필요가 없었다.

그래서 고물상으로 돌아갈 생각이었다.

고물상으로 돌아가는 중에 몇 명이 나를 향해 뛰어오는 것이
보였다.

같이 가던 노 씨 아저씨가 인상을 쓰더니 뛰어오는 사람들을
향해 소리쳤다.

"멈춰! 멈추지 않으면 공격한다."

노 씨 아저씨의 말에 사람들이 멈췄다.

그리고 한 명이 앞으로 나서서 소리쳤다.

"대장님과 대화를 나누고 싶습니다."

내가 대답을 하기도 전에 주변에 있던 치안대가 달려왔다.

그중에는 치안감인 오민택도 있었다.

오민택은 앞으로 나선 사람에게 말했다.

"박무진 씨. 이렇게 무례하게 행동하지 말라고 경고했을 텐데요."

나는 오민택의 말을 듣고 그가 전 시의원이었던 박무진이라는
것을 알았다.

안경을 쓰고 있었다. 인상은 그렇게 나쁘지 않았다.

오히려 좋은 편이었다.

웃으며 말하는 모습이 상대방을 편안하게 만들어 주는 것 같았다.

"오민택 치안감님. 저 역시 민중의 대표 중 한 명입니다. 이렇게
막는 것은 직권 남용입니다. 민중의 대표는 그들을 대신해 의견을
말할 권리가 있습니다."

"권리요?"

오민택의 목소리에서 어이가 없다는 것이 느껴졌다.

"네. 권리요. 전 대장님과 대화를 나눌 권리가 있습니다."

순간 나는 박무진이 재미있는 사람이라는 생각이 들었다.

좋은 의미에서가 아니지만.

"오민택 치안감님. 막지 마세요. 무슨 말을 하려는지 들어나 보죠."

진짜 들어나 볼 생각이었다.

오민택 치안감은 어쩔 수 없다는 표정을 지으며 옆으로 비켜섰다.

박무진이 내게 천천히 다가왔다.

그는 자연스럽게 미소를 짓고 있었다. 하지만 눈은 아니었다.

얼굴은 웃지만, 눈은 웃지 않고 있다.

한마디로 다른 생각을 하고 있다는 것이다.

"대장님, 이렇게 대화에 응해 주셔서 감사합니다."

박무진은 정중하게 고개를 숙였다.

정중하게 나오면 나도 정중하게 나가 주는 것이 예의겠지.

"대화에 응한 것이 아닙니다. 무슨 말을 하는지 들어 본다는 것이었지요."

"그게 그것 아닌가요?"

"아니죠. 일단 듣기만 할 테니까요."

씨익 웃어 주며 말하자 박무진의 표정이 약간 변했다.

그도 사람이니 계속 아무렇지 않은 척하기는 힘들 것이다.

"알겠습니다. 그럼 말하겠습니다."

나는 대답 없이 가만히 있었다.

그러자 박무진은 말하기 시작했다.

"제가 민중의 대표로 선거에 참여하는 것은 알고 계실 것입니다."

또 내 대답을 기다리는 것처럼 쳐다보고 있었다.

나는 그냥 웃기만 했다.

"제가 선거 공약으로 내세웠던 것들이 있습니다. 그중에는 아파트에서 다시 살게 해 주겠다는 것도 있었죠."

설마 했다.

박무진이 아파트를 문제 삼을 줄은 몰랐다.

역시 철판을 깔고 사는 종족이 정치인이었다.

"그런데 기다렸다는 듯이 대장님께서 제 공약을 훔쳐가시더군요."

이거 계속 웃어 줘야 하나?

"예의를 지키고, 말조심하시죠."

오민택이 옆에서 인상을 쓰며 말했다.

그러자 박무진의 표정도 굳어졌다. 그는 오민택에게 낮은 목소리로 말했다.

"나와 대장님이 대화 중입니다. 예의는 그쪽이 지켜야 할 것 같군요. 어디 감히 끼어듭니까?"

오민택의 얼굴이 붉어졌다.

뭐라 말할지 모르는 것 같았다.

정치인에게 말로 승부를 걸면 안 되지.

하지만 가끔은 논리 없는 말로 승부가 가능했다.

더군다나 말만 있고 진짜 힘은 없는 경우라면 더더욱.

"가만히 있으세요. 대장님과 대화 후에 말을 하든지. 쯧."

내가 가만히 못 있겠다.

그냥 끝까지 들어나 볼 생각이었는데.

"박무진 씨."

박무진이 고개를 내게 돌렸다. 순식간에 웃는 표정으로 변했다.

신세민보다 태세 전환이 더 빠른 것 같았다.

아니 표정 변환이 빠른 것이니 더 대단하다고 생각했다.

세민이는 표정을 제대로 숨기지 못하니까.

"네."

"입에 뭐 묻으셨네요."

"네?"

박무진이 손으로 자신의 입 주변을 만졌다. 그리고 손을 봤다.

하지만 아무것도 묻어있지 않았다.

"아. 거기 말고요. 여기요."

나는 박무진의 입 주변에 있는 붉은색 점에 손을 댔다.

그렇게 크지 않은 붉은색 점이었다.

순식간에 붉은색 점이 사라졌다.

"감사합니다."

"감사는요. 그래서 내가 당신의 공약을 훔쳐갔다?"

"그렇습니다."

"그래서요?"

"네?"

"그래서 어떻게 하라고요?"

박무진은 잠시 당황하는 것 같았다. 하지만 다시 웃으며 말했다.

"제가 제안한 공약이니 아파트 공약은 제 것으로 공표해 주셨으면 합니다."

"말로만 하고 그냥 날로 드시겠다?"

"그렇게 말씀하시면 안 되죠. 제가 공약으로 말하기 전에 그 누구도 생각하지 못한 것이었습니다. 대장님도 생각하지 못하신 것 아닌가요?"

"그렇지 않다면요?"

"설마 대장님께서도 아파트를 생각하셨다는 건가요?"

"그랬다면요?"

"그럼 왜 사람들에게 말하지 않으신 겁니까?"

"박무진 씨가 조금 빨랐다면요?"

"그랬다 해도 사람들에게 제가 먼저 말했으니 제 공약입니다."

누가 더 무식하게 말하나 대회하는 것 같네.

"좋아요. 박무진 씨 공약이라고 하죠."

박무진이 진짜로 기뻐하는 것 같았다.

눈도 반짝이는 것이 이겼다고 생각하는 것 같은데.

"감사합니다. 대장님."

아직 기뻐하기는 이르지.

"그럼 박무진 씨가 직접 발전기 만들어서 사람들 살게 하세요."

"……."

"박무진 씨 것이라고 하니 박무진 씨가 직접 해야죠. 저는 도와줄 생각이 없습니다."

"하하. 그건 아니죠. 제가 무슨 힘이 있다고 발전기를 만듭니까?"

"그럼 힘도 없는데 말로만 하겠다는 겁니까?"

"그렇게 생각하시면 안 됩니다. 민중을 위해 하는 일입니다. 민중을 위해서 하는 일이니 도움을 주셨으면 합니다."

"싫은데요."

"싫다니요? 민중을 위한 일입니다."

"어떤 민중이요?"

"어떤 민중이라니요. 이곳에 사는 민중을 말하는 것 아닙니까."

"그래요? 그럼 민중이 없게 하면 되겠네요. 지금, 이 순간부터 아무런 힘이 없는 사람들은 포천시로 보내겠습니다. 그곳에서 새로운 개척지를 만들든지요."

"그런 법이 어디 있습니까!"

"아니면 박무진 씨가 직접 발전기를 만들어서 민중이 살게 하세요."

박무진은 입술을 깨물 수밖에 없었다.

이성필은 강한 자에게 강하고 약한 자에게 약한 타입이라고 생각했다.

그렇지 않았다면 이 많은 사람을 받아들이고 죽음까지 무릅쓰며 괴물과 싸우지 않았을 것이다.

하지만 이성필이 이렇게 나올 줄은 몰랐다.

자신의 능력이 이성필에게 통하지 않는다고 생각했다.

박무진 그는 완두콩 괴물을 우연히 죽인 척하며 힘을 얻었다.

처음에는 그 힘이 어떤 것인지 몰랐다.

힘도 그렇게 강하지 않았다. 그런데 우연히 자신이 하는 말을 사람들이 귀 기울여 듣는다는 것을 알았다.

약간의 감언이설을 섞어서 말하면 대부분 자신을 믿어 줬다.

이성필에게도 통했으면 좋겠지만, 능력의 차이가 너무 많이 나서 안 통하는 것 같았다.

"알겠습니다. 제가 직접 발전기를 만들겠습니다. 대신 제가 사람들을 설득하는 것은 막지 말아 주셨으면 합니다."

박무진은 사람을 설득하는 것은 문제없다고 생각했다.

자신보다 힘이 강한 사람이어도 상관없었다. 주변을 공략하면 된다.

사람이란 주변 지인의 말을 무시 못 한다.

"그렇게 하죠."

"그리고 제게 협조한 사람들에게 그 어떤 제약도 안 주셨으면 합니다."

"자신이 결정해서 한다는데 제약을 왜 주나요."

"포천시로 내쫓는다는 그런 말도……."

"박무진 씨가 직접 발전기를 만들면 그런 일은 없습니다. 대신 저도 한 가지 조건을 걸죠."

"어떤 조건을······."

"일주일 안에 발전기 한 개를 만드세요. 못 만들면 박무진 씨는 후보에서 사퇴하시고요."

"일주일이요? 너무 짧습니다. 한 달은 주셔야······."

"선거가 10일 후입니다. 그리고 오늘 발전기 한 개를 완성했으니 그대로 만들면 됩니다."

"그렇다면야."

"그렇게 합의한 겁니다."

"알겠습니다."

"그럼 가 보세요."

박무진이 내게 고개를 숙이고는 자신을 따라온 사람들에게 갔다.

그러자 옆에 있던 오민택이 굳은 표정으로 말했다.

"대장님. 왜 기회를 주신 겁니까? 저런 사람은 실패해도 그것을 대장님 탓으로 돌릴 겁니다."

"그러겠죠."

"그냥 분란을 일으키는 사람은 내쫓으시죠. 자신이 누구 덕분에 이곳에서 안전하게 사는지 모르는 놈입니다."

"괜찮아요. 자신의 주제를 곧 파악하게 될 겁니다."

내가 박무진의 능력을 빼앗았다는 것을 아무도 모른다.

지금 박무진은 아무런 능력도 없는 일반인이었다.

* * *

박무진은 자신을 따르는 사람들에게 가자마자 밝게 웃으면
말했다.

"대장님께서 아파트를 제 공약으로 인정하셨습니다."

"진짜입니까?"

"대단하십니다."

"그럼 이번 선거에서 조금 더 유리해지겠군요."

"당연합니다. 대신 아파트 발전기를 우리가 만들어야 합니다."

박무진의 말에 사람들의 표정이 굳어졌다.

대부분 아무런 능력도 없었기 때문이었다. 능력이 있다고 해도
단순히 힘만 강한 정도였다.

"우리가 어떻게 만듭니까?"

"우리 중에는 기술자가 없습니다."

박무진은 믿음을 주기 위해 계속 웃으며 말했다.

"기술자는 구하면 됩니다. 우리만 잘살자고 하는 일이 아니지
않습니까. 모두가 잘살자고 하는 일입니다."

사람들이 고개를 끄덕였다.

박무진은 이제 다 됐다고 생각했다. 자신의 말에 동의한 이상
하자는 대로 따를 것이 분명했다.

"그럼 지금부터 기술자를 설득하실 분 계십니까?"

아무도 박무진의 말에 손을 들거나 자신이 하겠다고 나서지 않았다.

박무진의 뒤를 따르며 그를 지지하는 것과 직접 앞으로 나서는 것은 다르기 때문이었다.

박무진이 이곳의 실세들에게 별로 좋은 평판을 받지 못하는 것을 모두 알고 있었다.

직접 나섰다가 나중에 무슨 일을 당할지 모른다는 생각을 하고 있었다.

더군다나 오늘은 감히 쳐다보지도 못하는 이성필에게 직접 가서 항의까지 했다.

아직도 근처에 있는 치안대나 오민택 치안감의 표정이 좋지 않았다.

대놓고 노려보고 있었다.

"모두를 위한 일입니다. 꼭 필요한 일이기도 하고요. 같이 기술자를 설득하시죠."

박무진은 분위기가 이상하다는 것을 알고 자신과 같이하자는 식으로 말했다.

하지만 사람들은 그래도 나서지 않고 있었다.

박무진은 이상하다고 생각했다. 이 정도면 한 명쯤은 돕겠다고 나서야 했다. 그리고 한 명이 두 명 되는 것은 순식간이었다.

그런데 아무도 나서지 않고 있었다.

"모두를 위한 일입니다. 다 같이 해야 이룰 수 있습니다."

박무진은 배에 힘을 꽉 주고 말했다.

이렇게 하면 자신의 능력이 더 강하게 나온다는 것을 알기 때문이었다.

그런데 이상했다. 무언가 입을 통해 빠져나가는 것 같은 느낌이 들어야 했다.

하지만 그 느낌이 없었다.

"여러분! 아무도 같이 안 하실 겁니까?"

무언가 잘못되었다는 것을 안 박무진은 자신도 모르게 인상을 썼다.

항상 웃는 얼굴로 말하던 박무진이 악귀와도 같은 표정으로 말하자 사람들은 위화감을 느꼈다.

"박무진 씨가 먼저 기술자를 설득해 주세요. 그럼 돕겠습니다."

한 명이 등을 돌리자 두 명이 등을 돌리는 것은 쉬웠다.

"죄송하지만 저도……."

"저는 급한 일이 있어서."

"아! 밭에 돌아가야 하네요. 너무 시간을 많이 비웠네요."

"이런. 이러다가 밥도 못 먹겠어요."

모두 박무진에게 힘을 실어 주려고 하던 일을 놔두고 온 것이었다.

어떻게 보면 자신들이 할 일을 팽개친 것이었다.

사람들이 하나둘씩 떠나자 박무진은 당황하며 소리쳤다.

"어디를 가십니까! 지금 그깟 일이 중요합니까!"

그 누구도 박무진의 외침에 응답하지 않았다.

주먹을 꽉 쥔 박무진에게 오민택이 다가왔다.

"아! 박무진 씨도 원래는 지금 밭에서 일해야 하는 시간 아닙니까? 일하지 않으면 오늘 배급은 없을 텐데요."

박무진은 오민택을 노려봤다.

"원래 정해진 선거 운동은 오후 6시 이후부터입니다. 지금은 낮이고요. 돌아가서 일하시죠. 일 안 하는 사람은 이곳에 머물 자격이 없다는 것 아시죠?"

"지금 비아냥대는 겁니까?"

"네. 비아냥거리면서 진실을 말하는 겁니다. 박무진 씨! 당신이 후보자라 해도 이곳의 규칙을 어기면 안 됩니다. 그리고 규칙을 어긴 사람은 치안대에서 구금할 수 있습니다. 아시죠?"

박무진은 이를 악물 수밖에 없었다.

"빨리 가서 일하시죠."

"……."

박무진은 고개를 푹 숙인 채 몸을 돌려 밭으로 갈 수밖에 없었다.

그는 왜 갑자기 자신의 능력이 제대로 발휘되지 않았는지 알 수 없어 미칠 것 같았다.

터덜터덜 걸어가는 박무진을 보며 오민택은 조금 전 고물상으로 돌아가기 전 이성필이 했던 말을 생각났다.

박무진이 곧 자신의 주제를 파악할 것이라 한 것을.

"대장님께서 무슨 수를 쓰신 거네."

오민택은 박무진이 얼마 지나지 사람들에게 따돌림당할 것 같았다.

* * *

"그래서 박무진이 사퇴했어요?"

"네. 대장님."

하루 만에 박무진이 후보 사퇴했다는 것을 노 씨 아저씨가 알려 왔다.

"발전기 다시 만들어야겠네요. 하루를 버렸네요."

"죄송합니다."

"아저씨가 왜 죄송해요."

"이런 분란이 일어나지 않게 해야 했는데……."

"그게 아저씨 마음대로 되나요. 사람이 많아지면 그럴 수밖에 없는데요. 그래서 안지연 씨가 제안한 대로 정부 조직 만드는 것을 허락한 겁니다."

"네. 알고는 있습니다."

"그럼 된 거죠."

"감사합니다. 그리고 도봉구 쪽 무력 집단에 관해 보고 드릴 것이 있습니다."

"문제가 있나요?"

"조금씩 의정부 방향으로 접근하고 있습니다. 고양이 무리와 접촉도 있었습니다."

"접촉이요? 전투가 있었나요?"

"아닙니다. 저쪽에서 물러났습니다."

"그래요?"

무언가 이상했다. 무력 집단이면 고양이 무리와 싸울 줄 알았다.

"무력 집단이 우리의 존재를 아는 것 아닐까요?"

"아직은 확답하기 그렇습니다. 잠입 정찰대를 보낼까요?"

어떻게 할까 고민하는데 내 주머니 안에 있던 금비가 폴짝 뛰어나왔다.

'아빠. 그곳에 엄청나게 강한 괴물이 있어요.'

"금비야. 네가 그걸 어떻게 알아?"

'대장 두꺼비의 기억도 있어요. 두꺼비들이 왜 남쪽으로 안 가고 북쪽으로 왔는데요.'

설마.

"안 간 것이 아니라 못 간 거야?"

'정확하게 말하면 북쪽으로 내몰린 거예요.'

이거 또 골치 아프게 생겼다.

"내몰렸다는 것은 두꺼비 무리가 두려워할 정도로 강한 존재가 있다는 거지?"

내 질문에 금비는 모호하게 대답했다.

'강한 존재인 것 같기는 해요. 대장 두꺼비도 직접 본 적은 없어요. 하지만 그 존재와 만나기 싫어했어요.'

"대장 두꺼비가 만나기 싫어할 정도로 강한 존재라. 인간일까?"

이번에도 금비는 제대로 대답해 주지 않았다.

'인간인지 아닌지는 정확하게 알 수 없어요.'

고민이 될 수밖에 없었다.

도봉구 방향에 있는 존재가 우호적이라면 다행이지만, 그렇지 않다면 또 어려운 싸움을 해야 할지도 모른다.

"아저씨. 긴급 회의를 해야 할 것 같아요. 모두 불러 주시겠어요?"

"알겠습니다."

긴급 회의에 참석할 수 있는 사람은 몇 명 안 된다.

고물상 안에서는 노 씨 아저씨와 이연희 그리고 정수 정도였다.

외부에서는 이필목 대령과 김수호, 최철민, 오민택 그리고 안지연 정도였다.

* * *

도봉구에서 온 정찰대는 뒤로 약간 물러선 상태였다.

의정부 방향에서 만난 고양이 무리와 불필요한 싸움을 하지 않기 위해서였다.

"지금까지 모은 정보를 취합해 보지."

의정부 방면으로 특수 정찰을 나온 김시우였다.

20명으로 이루어진 이 특수 정찰대는 도봉구에서도 꽤 뛰어난 능력을 지닌 이들로만 이루어져 있었다.

특히나 김시우는 도봉구 생존자 2만 명 중에서도 10명뿐인 1급 능력자였다.

나머지 19명은 바로 밑인 2급 능력자들이었다.

모두 경찰과 군 출신이었다.

"저희가 소탕한 두꺼비 무리는 1천 마리뿐이었습니다. 의정부 방면으로 가다가 전멸한 것이 분명합니다."

괴물 두꺼비가 이성필과 금비에게 모두 죽은 것은 아니었다.

조금 멀리 떨어진 곳에 있던 괴물 두꺼비는 살아 있었다. 그것들을 이들이 소탕한 것이었다.

"포격의 흔적이 남아 있었습니다. 괴물들이 장악했다고 보기는 어렵습니다."

"군대가 장악한 걸까요?"

김시우는 고개를 저었다.

"그건 아닐 거야. 그랬다면 고양이 무리 대신 군인들이 있었겠지."

"그렇다면 군인까지 합류시킬 정도로 강한 사람이 있다고 봐야겠군요."

"내 생각도 그래. 엄청난 숫자의 두꺼비를 전멸시킬 정도로 강한 사람이겠지."

김시우는 고민이 될 수밖에 없었다.

도봉구가 안정화된 것은 얼마 되지 않았다.

그 전까지는 서로 죽이고 죽이는 그런 상황이었다.

그것을 도봉구의 수호자가 종식 시켰다.

괴물 두꺼비 무리를 전멸시킬 정도로 강한 사람이라면 도봉구도 위험할 수 있었다.

더 강한 힘을 원하는 사람이라면 2만 명이라는 사람의 목숨은 아주 매력적일 테니까.

"군대와 괴물을 부리는 사람이라."

김시우는 이성필을 만나봐야 하나 싶었다.

그렇다고 몰래 침입할 수도 없었다. 고양이 무리가 곳곳에서 감시하고 있었기 때문이었다.

몇 번이나 감시를 따돌리려 했었다. 하지만 모두 실패했다.

"강만수."

"네."

"4명을 뽑아서 이곳을 지키며 감시해. 나는 그분에게 돌아가서 보고할 테니까."

"알겠습니다."

김시우는 자신이 결정할 일이 아니라고 생각했다.

있는 그대로의 정보를 전하고 결정은 도봉구의 수호자가 하는 것이 맞았다.

"나머지는 돌아가자."

김시우는 강만수와 4명을 남기고 도봉구 근거지로 돌아갔다.

* * *

포천에 갔던 이필목 대령까지 급하게 불러 고물상에서 회의를 시작했다.

주제는 도봉구 방향에서 온 무력 집단이었다.

지금까지 알아낸 것을 노 씨 아저씨가 모두에게 말했다.

당연히 분위기가 가라앉을 수밖에 없었다.

괴물 두꺼비와의 전투가 끝난 지 얼마 지나지 않았기 때문이었다.

가장 먼저 입을 연 사람은 안지연이었다.

"대장님. 지금은 아직 지난번 전투의 피해도 복구되지 않았습니다. 최대한 저들과의 마찰은 피해야 한다고 생각합니다."

안지연의 말에 대부분 수긍하는 것 같았다.

포천시로 이전할 준비를 했었다. 짐을 쌌다가 푼 것이다.

거기에 꽤 많은 이들이 죽었다. 포천시에서 이필목 대령이 최대한 주변을 수색해 생존자를 모으고 있긴 했다.

하지만 그 숫자가 너무 적었다.

"마찰은 피해도 혹시 모를 대비는 해야 한다고 생각합니다."

이필목 대령이었다.

이 회의를 연 이유는 나 혼자만의 생각보다는 여러 사람의 생각을 모으는 것이 낫기 때문이었다.

작은 집단이라면 몰라도 수천 명이 넘는 집단을 움직일 때는 더 그렇게 해야 한다고 생각했다.

도봉구의 수호자 301

"사실 저도 이필목 대령님과 생각이 같아요."

내 말에 안지연이 굳어진 표정으로 말했다.

"대장님이 그렇게 생각하신다면 어쩔 수 없죠. 하지만 피해를 복구하고 미래를 준비해야만 합니다."

"안지연 씨의 말도 맞긴 해요."

내가 안지연의 의견에도 찬성하는 말을 하자 모두 의아한 표정을 지었다.

"두 분의 말이 모두 맞지만, 제가 생각하는 가장 중요한 것은 생존입니다. 살아남아야 미래도 있지 않나요? 그렇다고 미래를 포기할 수는 없고요."

지금 생각나는 단어는 딜레마였다.

이러지도 저러지도 못하는 것.

"괴물 두꺼비들이 도망쳐 올 정도라면 정말 강할 겁니다. 지금까지와는 다르게 생각해야 해요."

내가 가장 우려하는 것이었다.

"내가 감히 어떻게 해 볼 수 없을 정도로 상대가 강하다면 굳이 싸워야 하나 싶어요."

이번에는 모두 충격을 받은 것 같은 표정이었다.

조용히 있던 이연희가 입을 열었다.

"오빠……. 아니 대장님께서는 지금 싸워 보지도 않고 포기하시겠다는 거예요?"

"싸울 필요가 있을까?"

이연희가 벌떡 일어났다.

"왜요? 겁이 나요? 지금까지 봐 왔던 대장님의 모습은 어디다가 갔다 팔았어요?"

이연희가 화를 내자 이필목 대령이 끼어들었다.

"이연희 씨! 말이 심한 것 같네요."

"심하다니요? 지금까지 그렇게 개고생했는데 지금 그걸 포기하자는 거잖아요."

어째 화를 내는 대상이 나에게서 이필목 대령에게 옮겨간 것 같았다.

하지만 이필목 대령은 화를 내지 않았다.

"대장님도 고민이 되니까 이런 말을 하시는 거라는 생각은 안 드나요? 그리고 군대를 예로 들자면…… 지휘관은 하기 싫어도 해야 하는 결정이 있어요."

"그 결정이 모든 것을 포기하는 거라면 전 싫어요."

"이연희 씨! 이연희 씨는 대장님이 죽는다면 어떻게 할 건가요?"

"어떻게 하기는요. 나도 죽을 때까지 싸울 겁니다."

"하아. 그럼 대장님이 살 수 있다면요."

"……"

이연희가 입을 다물었다. 이필목 대령이 무슨 말을 하는지 이해했기 때문이었다.

이성필이 살아남을 수 있다면 자신은 무슨 짓이든 할 수 있었다.

하지만 지금은 그 말을 할 수 없었다.

"내가 대장님의 예를 든 것이지만, 대장님은 저나 여러분 더 나아가 이곳에 있는 사람들의 안전을 먼저 생각한 겁니다. 그걸 이해해야죠."

"그래도 그냥 포기하는 것은 아니죠."

"대장님이 포기한다고 말한 적 있나요? 없잖아요. 대장님은 물어보셨습니다. 싸울 필요가 있느냐고."

"……."

이연희는 자신이 성급했다는 것을 알았다. 그래서 붉어지는 얼굴을 감추기 위해 고개를 숙이며 자리에 앉았다.

"제가 끼어들어서 죄송합니다. 하지만 전 대장님의 마음을 이해합니다. 하지만 동시에 이연희 씨의 마음도 알겠습니다. 저 역시 이곳을 그냥 포기하고 싶은 마음은 없습니다. 이곳을 지키기 위해 죽어 간 이들을 위해서라도요."

이필목 대령은 이를 악물었다.

더 나은 곳을 만들기 위해서 죽어 간 부하들 때문이었다.

"이필목 대령님께서 잘 말해 주셨네요. 저 역시 고민이 되네요. 우리 화는 내지 말고 다 같이 대응 방안을 생각해 봤으면 합니다."

여러 사람의 의견을 듣고 싶어서 한 말이었다.

하지만 그 누구도 의견을 말하지 않았다.

짧지만 조금은 긴 침묵의 시간이었다.

그 침묵을 깬 것은 노 씨 아저씨였다.

"대장님."

"네."

"기본 방향을 대장님께서 정해 주셨으면 합니다. 우리는 대장님의 생각에 따를 수밖에 없습니다."

"그래도 여러분의 의견도 듣고 싶은데요."

"그 의견도 대장님께서 방향을 정확하게 정해 주셔야 제대로 나올 겁니다."

노 씨 아저씨의 말대로 해야 할 것 같았다.

"사실 저도 그냥 포기하기는 싫네요. 기본은 평화입니다. 굳이 싸울 필요가 없다면 싸우지 않았으면 합니다. 하지만 싸워야 한다면……."

이곳에 있는 사람들뿐만 아니라 저 밖에 있는 이들의 생명까지 내가 결정해도 될까?

"싸워야죠."

이필목 대령이었다. 김수호도 고개를 끄덕였다.

"저 역시 싸워야 한다고 생각합니다. 지금까지 대장님만 다르셨습니다. 성민 병원을 장악했던 이강수는 사람을 도시락 취급했습니다. 괴물들은 다 죽이려고 했고요."

최철민 역시 동의했다.

"저도 같은 생각입니다. 그때로 돌아가라고 한다면 그냥 싸우다가 죽겠습니다."

최철민이 옆에 앉은 안지연을 쳐다봤다.

안지연은 입술을 깨물고 있었다. 하지만 최철민의 시선을 느낀 그녀는 입을 열었다.

"대장님께서 결정하시는 것이 곧 제 생각입니다. 그렇다면 저쪽
이 우리와 싸우게 되면 큰 피해를 입게 되는 것을 알게 해 줘야
합니다."

내가 원하는 것이 이런 것이었다.

"이겨도 이기지 않은 것처럼 된다면 저쪽도 굳이 싸워야 할
필요가 있을까? 그런 생각을 지니게 할 수 있다면 싸울 필요가
없겠죠."

안지연의 의견이 모두 마음에 드는 것 같았다.

안지연은 주위를 둘러보더니 계속 말했다.

"계획이 조금 지연되더라도 의정부를 요새화하는 일을 최우선으
로 하는 것이 나을 것 같습니다. 그리고 이필목 대령님."

"네."

"무기를 최대한 모아 주세요. 고장난 것이나 사용 못 하는 것도
상관없어요. 외관만 멀쩡하면 됩니다."

안지연의 말에 이필목 대령은 웃으며 말했다.

"허장성세군요."

"네. 현재 우리 군의 장점은 원거리에서 공격할 수 있다는 것입니
다. 저쪽이 어떤지 모르겠지만, 제 생각에는 이것만은 우위에
있다고 생각합니다."

안지연의 생각은 틀리지 않았다.

현재 경기 북부의 군부대는 이필목 대령의 부대가 유일하다고

봐야 했다.

"최대한 빠르게 이곳을 요새화하며 누가 봐도 공격하기 힘들다는 것을 보여 줄 준비를 해야 합니다."

"으음. 거기에 조금 더 계획을 보태죠."

이필목 대령의 말에 안지연은 되물었다.

"어떤 계획을 보탠다는 거죠?"

"저들을 이곳까지 바로 끌어들여서 보여 주는 것보다 위력 시위를 먼저 하는 겁니다."

"위력 시위요?"

"네. 기름이 좀 들더라도 전차 대대를 일부 배치하고 포병대로 도봉구 일대를 포격하는 거죠."

꽤 좋은 계획 같았다.

짝!

나는 손뼉을 쳤다. 모두 내게 시선을 돌렸다.

"역시 여러 사람이 모이니까 좋은 계획이 나오네요. 기본 방향은 그렇게 가는 것으로 하죠. 최대한 빠르게 준비하면 얼마나 걸릴까요?"

이필목 대령이 대답했다.

"일주일 안에 1개 전차 대대와 포탄 3만 발을 준비하겠습니다."

"가능하시겠어요?"

"가능합니다. 전차 수리는 도움을 좀 주셔야 합니다."

"그건 제가 책임지죠."

내가 직접 움직이면 전차 수리 정도는 쉽게 해결할 수 있었다.

"그리고 그 계획에 조금 더 보태죠."

"어떤 것을……."

"재배할 수 있는 괴물을 최대한 재배하고 닭도 숫자를 늘려서 전력이 만만치 않다는 것을 보여 주는 거죠."

"괜찮은 생각 같습니다."

"그럼 미안하지만 선거는 내일로 앞당깁시다. 더는 선거로 잡음이 생기면 안 된다고 생각해서요."

"그렇게 하겠습니다."

이곳에 생기는 작은 정부에 책임자가 제대로 임명된다면 더 효율적으로 움직일 수 있을 것 같았다.

"그럼 바로 시작합시다."

도봉구에 있는 저들이 적일지 아니면 친구일지 모른다.

하지만 확실하게 정했다. 이곳을 그냥 넘겨줄 생각은 없었다.

* * *

도봉구 근거지로 귀환한 김시우는 도봉구의 수호자를 찾아갔다.

도봉구의 수호자를 직접 만날 수 있는 사람 중 한 명이기에 가능했다.

도봉구의 수호자 앞에 선 김시우는 한쪽 무릎을 꿇었다.

"북쪽으로 정찰을 다녀왔습니다. 수호자시여."

김시우는 수호자에게 경외심을 지닌 것처럼 행동했다.

하지만 도봉구의 수호자는 김시우에게 그 어떤 말도 하지 않았다.

김시우는 도봉구의 수호자가 대답하지 않아도 계속 말했다.

"의정부 지역을 장악한 무리가 있는 것 같습니다. 두꺼비 무리를 소탕할 정도로 강한 집단입니다. 현대 무기는 물론, 우리처럼 괴물도 부하로 두고 있습니다."

도봉구 집단도 괴물을 부하로 두고 있었다. 각종 나무 괴물은 물론, 고양이나 들개, 삵 같은 야생 동물도 있었다.

"어떻게 할까요?"

김시우의 질문에 도봉구의 수호자는 대답했다.

'공격하지 않는다면 우리도 공격하지 않았으면 한다. 지금 더 중요한 것은 식량 문제다.'

"알겠습니다. 대비만 하겠습니다. 식량 확보에 더 신경 쓰겠습니다."

김시우는 일어나서 도봉구의 수호자가 한 명령을 수행하러 움직였다.

도봉구의 수호자가 말한 것처럼 지금 남은 식량은 아껴 먹어도 20일을 버티기 힘들기 때문이었다.

* * *

"어으. 추워."

"그러길래 따뜻하게 입고 나오라니까."

"이렇게 추울 줄 알았나."

"가을이잖아. 밤에는 춥다고."

"이상하게 작년보다 더 추운 것 같아."

도봉구 생존자 중 자치 방범대원의 대화였다.

이곳 역시 밤에는 자치 방범대가 거리 곳곳에 배치됐다.

낮에도 여러 가지 범죄가 일어나지만, 밤에는 더더욱 범죄가
잦았다.

가장 많은 범죄는 강도나 폭행 사건이었다. 운이 나쁘면 살인도
일어났다. 그나마 도봉구의 수호자 아래에서 어느 정도 체계가
잡혀 범죄가 줄어드는 추세였다.

"밥이라도 마음대로 먹었으면 좋겠다. 너무 적게 먹으니까 체력
이 떨어지잖아."

"웃기고 있네. 아무런 힘도 없는 사람이라면 몰라도 너는 안
먹어도 체력 안 떨어지잖아."

"야! 나도 사람이야."

자치 방범대원의 기준은 5급 능력자였다.

도봉구에서 힘을 지닌 이들을 나누는 기준이 있었다.

1급부터 5급까지였다.

1급은 특수한 능력을 얻은 사람이면서 힘이 강한 이들이었다.

이상한 돌멩이로부터 능력을 얻은 것이었다.

현재 도봉구에는 10명이 존재했다.

2급부터는 사람을 죽이거나 괴물을 죽여 힘을 얻은 이들이었다.

2급은 500명 정도였고 3급은 1,000명 정도, 4급은 1,500명 정도, 5급은 2,000명 정도였다.

나머지 약 15,000명이 아주 작은 힘을 지녔거나 아예 힘을 지니지 않은 일반인이었다.

그중에서도 3,000명 정도가 18세 미만이었다.

하지만 이것도 정확하지는 않았다.

자신의 힘을 드러내지 않으면 알 수 없기 때문이었다.

일반인으로 사는 사람 중에는 꽤 강한 힘을 지닌 이들도 숨어 있었다.

"그리고 이렇게 봉사하는 우리가 더 많이 먹어야지. 왜 놀고먹는 사람들이 더 많이 먹냐고."

"그만 좀 투덜거려라. 그 사람들은 힘이 없잖아. 안 먹으면 못 버틴다고."

"다시 말하지만, 나도 사람이야. 내일부터 하루 한 끼 준다며."

동료의 말을 들은 이는 인상을 쓸 수밖에 없었다.

자신 역시 이 상황이 마음에 안 들기 때문이었다.

"놀고먹는 사람들은 두 끼고."

"야. 그만하라고."

"나만 불만 있는 것이 아니야. 수호자님 때문에 참는 거지."

이곳에 있는 대부분이 도봉구의 수호자 덕분에 살아남았다.

그리고 힘을 키울 수 있었다.

"전기도 안 들어오지. 조금 있으면 겨울인데 난방은 어떻게 하려고?"

"그건 따로 대책이 있다던데?"

"대책? 아. 그거? 일반인도 괴물을 죽여서 힘 얻게 하는 거?"

능력을 얻게 되면 추위에도 강해지는 것은 당연했다.

난방도 제대로 안 되는 겨울에 얼어 죽는 사람이 없게 하려고 생각해 낸 것이었다.

"야. 솔직하게 말해서 그 사람들이 왜 힘을 안 얻었겠냐. 괴물이나 사람을 죽이기 싫어서잖아."

"그렇기는 하지."

"살아남으려면 뭐든지 해야 하는데……. 쯧."

계속 투덜대는 남자는 이 상황이 마음에 안 들었다.

그때 다른 곳에서 목소리가 들렸다.

"제대로 순찰이나 돌지."

두 사람은 화들짝 놀라며 뒤를 돌아봤다.

그곳에는 치안 대장인 오민중이 서 있었다.

오민중 역시 1급 능력자였다.

"죄송합니다."

오민중은 웃으며 그들에게 다가갔다. 그리고 불만을 말하던 남자의 어깨를 두드리며 말했다.

"힘들어도 좀 참자. 그리고 힘과 능력이 있다고 해서 일반인을
안 좋게 생각하면 안 돼."

"죄송합니다."

남자의 사과에도 오민중은 계속 말했다.

"막말로 내가 너를 그렇게 여긴다고 생각해 봐. 내 입장에서는
너도 일반인이나 다름없거든."

오민중의 말에 남자의 얼굴이 하얗게 변했다.

틀린 말이 아니기 때문이었다.

5급 능력자는 1급 능력자에게 있어서 언제든지 버려도 되는
소모품처럼 사용할 수 있는 존재였다.

도봉구의 수호자가 없었다면 그렇게 됐을 것이다.

"네 말을 수호자님께서 들으시면 슬퍼하실 거다. 사람을 지키기
위해 애를 쓰셨는데."

"죄송합니다."

"불만이 있는 것은 안다. 하지만 그 불만은 듣는 귀가 적은
곳에 가서 해."

"네."

오민중은 다른 자치 방범대원이 있는 곳으로 움직였다.

하지만 다른 곳도 마찬가지였다. 불만 가득한 대화만 들렸다.

오민중은 고개를 흔들며 발걸음을 다른 곳으로 옮겼다.

* * *

"뭐 하세요?"

"민중이냐?"

"네."

김시우는 지도를 보고 있다가 눈을 뗐다.

"목소리가 안 좋네."

"좋을 수가 없죠."

"왜? 사람들이 또 불평해?"

"하아."

오민중은 대답을 한숨으로 대신했다.

"그런 것이 하루 이틀이냐? 사람이 많아지면 당연히 불평불만이 많아진다는 것 너도 알잖아."

"알아요. 그런데 요즘은 심상치 않아요. 안전해지니까 다른 불만이 나오는 것 같네요."

오민중 역시 불만이 있었다.

도봉구의 수호자에게 가진 불만이 아니었다.

사람들의 말과 행동이 마음에 안 들었다.

"어쩔 수 없지. 사람이란 서면 앉고 싶고, 앉으면 눕고 싶어 하니까."

"그래도 대책을 세워야 할 것 같아요."

"또 그 이야기냐? 힘으로 모든 것을 해결할 수는 없다."

"그럼 어떻게 해요. 생존자는 늘어나고 식량은 부족하고…….
특히나 물은 더더욱 심각하잖아요."

오민중은 김시우에게 불만을 토로하고 있었다.

이렇게 하지 않으면 다른 곳에서 터져 나올 것 같았기 때문이었다.

"그냥 노원구하고 강북구 치는 것은 어때요? 거기는 거의 무법
지대 같던데요."

김시우는 고개를 흔들었다.

"그건 해결책이 될 수 없어."

"왜요. 숫자라도 줄여야죠."

오민중은 노원구와 강북구와 싸움을 일으켜 현재 도봉구의
사람 숫자를 줄이자는 것이었다.

"결국, 더 늘어날 거다. 알잖아."

오민중은 또 한숨이 나왔다.

도봉구의 수호자 기본 방침은 힘없는 사람을 우선 살리는 것이었
다.

노원구 그리고 강북구와 싸움이 시작되면 도봉구의 수호자는
직접 나설 것이 분명했다.

그렇게 되면 승리는 당연했다. 노원구와 강북구에는 도봉구의
수호자를 대적할 상대가 없었으니까.

하지만 그렇게 하지 않은 이유가 있었다.

정확하게 말하면 1급 능력자 10명이 도봉구의 수호자를 막은
것이다.

현재도 식량이 부족했다. 생존자를 더 받아들이면 부족한 식량이 더 부족하게 될 것이기 때문이었다.

도봉구의 수호자도 그것을 받아들였다.

"그래도 노원구와 강북구에 쌓인 물자는 확보할 수 있잖아요."

"그렇지 않아도 팀을 만들어서 물자 확보에 나설 계획이야."

오민중이 눈을 반짝였다.

"그럼 가까운 노원 롯데 백화점이겠군요."

"회의를 해 봐야 알겠지만, 그럴 거야. 하지만 기본은 똑같아. 물자만 확보하고 빠진다. 알지?"

"그렇게 될까요? 노원 롯데 백화점이 거의 본진이나 다름없는데."

"그러니까 압도적인 힘으로 순식간에 몰아쳐야지."

"알았어요. 언제쯤 할 계획이에요?"

"내일이나 모레쯤 모두 모여서 회의하고 난 다음 할 거니까…… 한 7일 정도 뒤에 하겠네."

"아슬아슬하네요."

식량 사정이 그렇게 좋지 않기 때문이었다.

"이제 가서 일해라."

"알았어요."

오민중이 떠나자 김시우는 의자에 등을 기대며 고개를 뒤로 젖혔다. 머리가 아팠기 때문이었다.

고민할 것이 너무 많았다.

하지만 계속 쉴 수는 없었다. 대략적인 계획을 세워야 회의가 제대로 진행되기 때문이었다.

김시우는 다시 지도를 보기 시작했다.

그 지도에는 노원 롯데 백화점 주변에 어떤 장애물이 있고 적의 숫자가 얼마나 되는지 표시되어 있었다.

"본대를 끌어내는 것이 관건인데……."

적의 본대를 끌어낸 다음 최소 2시간 이상은 잡아 둬야 했다.

김시우는 여러 가지 상황을 두고 계획을 세우기 시작했다.

* * *

크르르릉.

8대의 전차와 장갑차 등이 폐허가 된 호원동을 향해 움직이고 있었다.

지난 일주일 동안 꽤 많은 준비를 했다.

선거를 치렀고 김수호가 국민 대표로 총리가 됐다.

부총리는 김수호가 지명한 안지연이 됐다.

하지만 정부 조직을 제대로 정비할 수는 없었다. 의정부의 요새화와 무력시위가 우선이었기 때문이었다.

그래도 정부의 우두머리가 없는 것보다는 나았다.

조금 더 효율적으로 움직이기는 했다.

8대의 전차가 지정한 곳에 멈췄다. 그리고 뒤따라오던 장갑차에서 군인들이 내려 진지를 만들기 시작했다.

200명의 군인은 순식간에 자신들이 엄폐할 진지를 완성했다.

모두 힘을 지닌 능력자들이었기 때문이었다.

모든 준비가 끝나자 전차 대대를 책임지는 이노식 중위가 무전을 보냈다.

[여기는 진격 호랑이. 올빼미 둥지. 올빼미 둥지에게 송신.]

바로 이필목 대령의 목소리가 무전기에서 들렸다.

[올빼미 둥지 수신.]

[준비가 끝났다고 송신.]

[수신 완료. 30분 뒤 작전 개시 송신.]

[진격 호랑이 수신 완료.]

30분 뒤 일제 포격이 시작될 예정이었다.

포격이 끝난 뒤 1km 후방에 대기하던 방울토마토 나무와 닭들이 일제히 움직일 것이다.

그냥 방울토마토 나무가 아니었다.

고물상에 있는 아방토의 열매로 태어난 것들이었다.

그 숫자만 1,000마리였다.

그리고 괴물 닭의 숫자는 더 많았다.

알에서 하루면 태어나는 괴물 닭은 2,000마리가 넘었다.

태어난 지 얼마 안 됐기 때문에 강력한 힘을 지니지는 못했다.

하지만 2천이라는 숫자는 무시 못 할 힘이었다.

30분이라는 시간은 순식간에 지나갔다.

퍼벙. 퍼벙.

멀리서 포 쏘는 소리가 들렸다.

피이이.

곧 날카로운 소음이 들리며 전차 대대 전방 1.5km 지점에 포탄이 떨어지기 시작했다.

* * *

"무슨 소리지?"

피이이.

강만수는 옆의 동료와 거의 동시에 포탄이 날아오는 소리를 들었다. 그리고 소리쳤다.

"엎드려!"

강만수의 경고에 모두 땅에 납작 엎드렸다.

쿠궁. 쿵. 꽝!

땅이 흔들리고 파편이 사방으로 퍼졌다.

하지만 강만수와 동료들은 다치지 않았다.

그들이 있는 곳에서 약 500m 정도 거리에 포탄이 떨어졌기 때문이었다.

"모두 무사한가?"

"괜찮아!"

"나도……."

"여길 벗어나……."

피이이.

강만수와 동료들은 본능적으로 알았다. 포탄이 자신들을 향해 떨어진다는 것을.

그들은 포탄을 피해 사방으로 몸을 날렸다.

꽝! 꽈꽝!

하지만 포탄은 한 발이 아니었다.

최소 10발이었다.

* * *

"포격 중지! 포격 중지!"

이필목 대령은 전차 대대에서 온 관측 보고를 듣고 바로 포격 중지 명령을 내렸다.

"어떻게 된 거야! 왜 100m만 앞으로 가야 할 포탄이 500m를 더 간 거야!"

이필목 대령이 포병 장교에게 소리쳤다.

"죄송합니다. 수동으로 조작하다 보니 실수가 있었던 것 같습니다."

위성 GPS로 정확하게 사격 관측 유도를 할 수 없는 상황이었다.

그래서 좌표 계산을 해서 사격한 것이었다.

포격은 각도가 1도만 틀어져도 포탄이 엉뚱한 곳으로 떨어진다.

지금 상황이 그랬다.

이필목 대령은 난감한 표정으로 이성필을 향해 몸을 돌렸다.

"대장님. 사고가 일어난 것 같습니다."

"경고만 한 것이 아닌 것 같네요."

옆에서 듣고 있었으니 어떤 일이 일어났는지 짐작할 수 있었다.

"수색 정찰을 해야 할 것 같습니다."

나는 고개를 흔들었다.

"아니요. 그랬다가 공격받을 수 있어요."

"그래도 공격할 의도가 없었다는 것은 알려야 합니다."

이필목 대령의 말도 맞는 것 같았다.

"그럼 까망이와 함께 가는 것으로 하죠."

까망이가 같이 간다면 정찰대가 안전할 수 있을 것 같았다.

"알겠습니다."

일이 좀 꼬인 것 같았다.

* * *

"쿨럭."

강만수는 포탄이 터지는 충격에 의해 날아갔었다. 포탄이 몇 발만 더 날아왔으면 진짜 죽었을지도 모른다는 생각을 했다.

간신히 일어난 강만수는 자신의 오른팔이 허전하다는 것을 알았다.

포탄이 근처에 떨어지면서 팔을 날려 버린 것이었다.

아무리 힘이 강하고 능력이 좋아도 폭탄이 근거리에서 터지면 어쩔 수 없었다.

그것도 155mm 포탄이라면.

조금 더 힘을 얻어 1등급이라도 됐으면 괜찮았을지도 모른다.

"다들 괜찮아?"

강만수가 소리쳤다. 하지만 그 어디에서도 대답은 들려오지 않았다.

강만수는 바로 옆에 있었던 동료가 몸을 날린 장소로 발걸음을 옮겼다.

하지만 강만수가 본 것은 푹 파인 구덩이뿐이었다.

운이 없게도 포탄을 제대로 맞은 것이었다.

"으으……."

다른 방향에서 들리는 신음에 강만수는 왼팔로 오른팔 부분을 움켜잡고 뛰었다.

그곳에는 다리가 날아간 동료가 있었다.

"정민아!"

"나 좀……."

강만수는 동료의 다리를 지혈한 다음 그를 왼쪽 어깨에 올렸다.

또 포탄이 날아오기 전에 도망쳐야 했기 때문이었다.

강만수는 동료를 어깨에 올린 체로 도봉구를 향해 달렸다.

강만수가 떠난 후 10분도 되지 않아 까망이와 정찰대가 도착했다. 그리고 만신창이가 된 생존자 한 명을 찾아냈다.

* * *

노원구를 공격하기 위해 준비 중이던 도봉구 생존자들은 긴장하고 있었다.

이제 조금 있으면 죽고 죽이는 지옥 같은 전투가 벌어지기 때문이었다.

파악한 노원구 롯데 백화점 생존자의 숫자는 약 3천여 명.

그중 1천 명 정도가 힘을 지닌 이들이었다.

나머지 2천 명은 노예나 다름없는 삶을 살고 있었다.

이들이 노원구 전체 생존자는 아니었다.

노원구 곳곳에 생존자가 있기는 했다. 하지만 생존자 숫자가 적었다.

작은 집단은 수십 명에서 조금 큰 집단은 수백 명까지 있었다.

어쨌든 현재 노원구에서 가장 큰 집단은 롯데 백화점을 장악한 집단이었다.

이 집단의 우두머리는 1급으로 예상됐다.

그리고 부하 1천 명 대부분이 2급에서 3급이었다.

도봉구의 수호자가 직접 나서지 않으면 큰 피해를 입을 정도의 전력이었다.

그래서 그들의 주력을 유인해 도봉구의 수호자가 2시간 동안 막는 것이 주요 작전이었다.

그러는 사이 일부가 롯데 백화점을 습격해 식량과 물품을 빼앗아 오는 것이었다.

"이번에는 나도 간다니까."

오민중이 김시우에게 투덜대고 있었다.

"너는 이곳을 지켜야지."

"진이가 대신하면 되잖아."

"진이는 강북구 방향에 배치되어 있잖아!"

1급 능력자 2명은 부하들과 함께 강북구 경계를 지키고 있었다.

원래 노원구 경계를 지키던 1급 능력자 2명과 다른 일을 하던 1급 능력자 3명이 도봉구의 수호자와 함께 움직인다.

김시우는 남은 1명의 1급 능력자와 롯데 백화점 습격을 하기로 했다.

이번 작전에 투입되는 능력자들은 모두 3천 명이었다.

그들뿐만이 아니었다.

롯데 백화점 근처에 배치된 경계망을 무력화하기 위해 고양이와 삵 등 조용하면서도 움직임이 빠른 괴물들도 동원됐다.

그 숫자만 약 1천 마리가 넘었다.

도봉구 생존자들이 실행하는 최초의 대규모 작전이었다.

롯데 백화점에 모아 놓은 식량만 제대로 탈취해도 2달 이상은 풍족하게 먹을 수 있었다.

"이곳 지키는 것도 중요해. 그러니까 불만 가지지 마라."

김시우의 말에 오민중은 입술을 깨물었다.

"곧 수호자께서 오실 거다. 그런 표정 짓지 마라."

도봉구의 수호자가 움직이면 본격적인 작전이 시작되는 것이다.

이미 적들을 유인하기 위해 4명의 1급 능력자와 2천 명의 능력자들이 움직이고 있었다.

"오신다!"

누군가 소리치자 모두 그 방향으로 고개를 돌렸다.

2m가 넘어가는 큰 키의 거대한 덩치가 걸어오고 있었다.

그때 저 멀리서 폭발음이 들렸다.

한 번이 아니었다. 계속되는 폭발음.

김시우는 포격이라는 것을 바로 눈치챘다.

그만 그런 것이 아니었다.

폭발음이 들린 곳으로 모두의 시선이 돌아갔다.

멀리 떨어져 있지만, 검은 연기가 올라오는 것을 볼 수 있었다.

"설마……."

김시우는 경계를 위해 남겨 놓은 강만수와 부하들을 떠올렸다.

"수호자님, 죄송합니다."

김시우의 말에 도봉구의 수호자는 고개를 끄덕였다.

김시우가 하고 싶은 대로 하라는 의미였다.

그는 강만수와 부하들이 있는 곳을 향해 뛰기 시작했다.

그런 그의 뒤를 따라 오민중이 뛰었다.

그러자 롯데 백화점을 습격하기 위해 모인 1천 명도 뒤따라갔다.

그것을 본 도봉구의 수호자도 천천히 발걸음을 옮겼다.

* * *

"매번 느끼는 것이지만, 이런 경우는 힘의 저주라고 볼 수밖에 없겠군요."

까망이와 정찰대가 찾아온 생존자를 보고 이필목 대령이 한 말이었다.

"거의 걸레가 되다시피 했는데도 살아 있으니. 그 고통은…….
정신을 못 차려서 다행이긴 하지만…….."

살아남은 사람은 머리가 움푹 파여 있었다.

몸 곳곳은 뚫리고 찢어진 상처가 가득했다. 진짜 걸레라고 말할 수 있을 정도였다.

하지만 지닌 힘 때문에 죽지 않고 있었다.

"대장님이 아니셨다면 제 부하들도 다 죽었을 겁니다."

지금 눈앞에 있는 사람은 괴물이나 사람을 죽여도 쉽게 회복되지 못할 정도의 상처를 입었다.

"어떻게 가능할까요?"

"해 봐야죠."

온몸이 붉은색 점으로 가득했다. 상처를 입은 붉은색 점과 약점인 붉은색 점은 좀 달랐다.

미묘하게 색이 다른 것이다.

예전에는 붉은색 립스틱 색상이 왜 다른지 몰랐다. 내 눈에는 다 똑같이 보였다. 여자들은 왜 다른 것을 모르냐고 말했었다.

솔직하게 지금도 모른다. 하지만 그런 것과 비슷했다.

약점이 아닌 상처의 붉은색은 좀 옅은 느낌이었다.

"일부러 그런 것이 아니라고 설명해야 하니까요."

나는 머리부터 손을 댔다. 붉은색 점이 점점 사라지면서 움푹 들어간 머리가 다시 올라오기 시작했다.

다행인 것은 그 어느 곳도 잘리거나 사라진 부분이 없다는 것이다.

그렇다면 치료만 제대로 된다면 예전 모습을 온전하게 찾을 수 있을 것 같았다.

"다음은 심장부터."

가슴이 길게 갈라져 있었다. 심장이 힘겹게 뛰고 있었다. 피도 조금씩 새어 나오고 있었다.

과다 출혈로 안 죽은 것도 신기했다.

심장에 손을 댔다. 심장의 상처가 아물기 시작했다.

"오오. 역시 대장님."

옆에서 지켜보고 있던 허 상사의 목소리였다.

이 사람을 데려온 것은 허 상사 팀이었다.

머리와 심장을 치료하는 데 생각보다 많은 힘이 빠져나가는 것을 느꼈다.

하지만 일반 치료를 할 때와 비교했을 때 이야기였다.

지금 내가 지닌 힘이라면 이 사람을 다 치료해도 거뜬했다.

그동안 먹어 치운 괴물이 얼마인데.

"가슴은 배를 치료한 다음 닫죠."

장기가 있는 배도 온통 구멍투성이였다.

배에 손을 대는 것만으로 몸속의 장기가 치료되는 것을 볼 수 있었다.

곧 배 부분의 치료가 끝났다. 몸통의 상처 치료는 끝난 것이었다.

가슴 부분을 닫을 차례였다.

갈라진 가슴을 잡아당기면서 붉은색 점을 없앴다.

갈라진 가슴이 붙기 시작했다. 새 살이 돋으면서 나는 당황할 수밖에 없었다.

내가 뭐라 말할 수 없을 때 이필목 대령이 말했다.

"여자였군요."

갈라진 가슴이 붙고 살이 올라오면서 가슴 역시 원래대로 회복됐기 때문이었다.

"치료 때문에 어쩔 수 없었습니다."

나 자신에게 하는 말이었다. 하지만 주변에서는 그렇게 들리지 않는 것 같았다.

"그러실 것 같았습니다."

묘한 어투의 말이었다.

신경을 끄고 얼굴을 치료하기 시작했다. 얼굴 역시 상처가 가득했다. 얼굴의 상처가 회복되자 꽤 미인으로 보이는 얼굴이 나타났다.

이제 남은 것은 팔과 다리였다.

특히나 오른팔이 심했다. 거의 떨어질 정도로 덜렁거리고 있었다.

팔을 붙이고 붉은색 점을 없애기 시작했다.

신경이 제대로 붙는지는 모르겠다.

치료가 끝나고 깨어나면 제대로 움직일 수 있는지 봐야 할 것 같았다.

팔의 치료가 끝났다. 이번에는 다리였다.

허벅지 부근의 살이 엄청나게 사라져 있었다.

주변부터 조금씩 치료하기 시작했다. 그러자 살이 돋아나며 원래대로의 모습으로 변했다.

"대충 다 한 것 같네요."

내가 손을 떼자 치료 때문에 와 있던 김수호가 말했다.

"대장님, 제가 봐도 완벽한 것 같습니다. 이제는 깨어나기만을 기다리면 될 것 같습니다."

"네, 혹시 모르니 노 씨 아저씨가 지켜 주시고요, 김수호 총리께서 수시로 살펴 주세요."

"그렇게 하겠습니다."

여자가 깨어나면 원치 않는 사고였다는 것을 설명하고 도봉구 방향의 집단의 우두머리와 만날 수 있는지 알아봐야 할 것 같았다.

* * *

"만수야!"

김시우는 힘겹게 걸어오는 강만수를 발견하고 소리쳤다.

강만수는 어떻게 해서든 어깨에 올린 사람을 떨어뜨리지 않으려고 애쓰는 중이었다.

상처를 제대로 지혈하지 못해 피를 너무 많이 흘려 정신이 가물가물했다.

그런데 김시우의 목소리를 듣자 정신이 들었다.

하지만 동시에 다리에 힘이 풀렸다. 그대로 쓰러지는 강만수를 김시우가 달려와 잡았다.

어깨에서 떨어지는 사람은 뒤따라온 오민중이 가까스로 받아냈다.

"만수야. 어떻게 된 거냐?"

"저도 잘……. 갑자기 포탄이……."

"일단 쉬어라."

김시우는 고개를 돌려 소리쳤다.

"여기 응급처치가 필요해!"

김시우의 뒤를 따라오던 1천 명 중에는 응급약품을 지닌 이도 있었다.

의사 출신인 사람이 응급약품을 가지고 뛰어왔다.

그리고 바로 강만수의 상처를 지혈하고 진통제를 주사했다.

그다음은 오민중이 받아낸 사람을 응급치료하기 시작했다.

응급치료가 끝나자 김시우는 의사에게 물었다.

"어떻게……. 살 수는 있습니까?"

"두 분 다 능력이 뛰어나서 살 수는 있을 것 같습니다. 하지만 장애는 어쩔 수 없습니다."

강만수의 사라진 오른팔은 어떻게 할 수가 없었다.

김시우는 눈에서 불꽃이 이는 것 같았다.

그때 강만수가 입을 열었다.

"죄송합니다. 형수님은……."

김시우가 더 화가 나는 이유였다. 2급 능력자인 아내였다.

하지만 그래도 덜 위험한 곳에 있기를 바랐다. 그런 김시우의 마음을 잘 아는 강만수는 일부러 김시우의 아내를 잔존 인원으로 뽑았었다.

"무슨 말인지 알았다."

김시우는 주머니에서 너클을 꺼내 손에 꼈다.

권투 선수 출신 특채로 경찰이 됐던 김시우는 평소 아내에게 소홀했었다.

하지만 그렇다고 아내를 사랑하지 않은 것은 아니었다.

모든 것이 바뀐 그 날 김시우는 하늘에게 빌었다.

자신이 갈 때까지 아내가 무사하기를.

그리고 도봉구의 수호자 덕분에 아내가 무사할 수 있었다는 것을 알았다.

그래서 도봉구의 수호자에게 충성하는 것이었다.

그런데 지금 그 충성의 이유가 사라졌다.

김시우는 뒤로 돌았다. 그곳에는 오민중과 1천 명의 능력자들이 있었다.

"나는 도봉구에서 떠난다. 지금부터 내가 하는 일은 내 개인적인 일이다. 오민중의 명령을 따라라."

할 말을 끝낸 김시우는 몸을 돌려 의정부 방향으로 달렸다.

복수하기 위해서였다.

아니 죽기 위해서이기도 했다.

혼자서는 절대로 의정부에 있는 이들을 당해 낼 수 없다는 것을 잘 알고 있으면서도 달려갔다.

어차피 삶의 이유가 사라졌다.

"형님!"

오민중이 다급하게 소리쳤다.

하지만 김시우는 들은 척도 안 하고 뛰어갔다.

오민중은 이를 악물었다. 자신이 억울하게 감옥에 갈 뻔한 것을 김시우가 누명을 벗겨 준 덕분에 안 갈 수 있었다.

그뿐만 아니었다. 자신이 1급 능력자가 되게 해 준 것도 김시우였다.

오민중은 허리에 찬 단검을 양손에 들었다.

그리고 1천 명의 능력자 중에 한 명에게 말했다.

"김택진 씨. 당신은 부상자와 사람들 데리고 돌아가세요."

"오민중 씨는요?"

"저는 저 바보 같은 형님 따라가야죠."

오민중도 몸을 돌렸다. 그리고 달려가려는 순간 무언가 날아와 오민중의 앞에 떨어졌다.

쿠웅.

거대한 덩치를 지닌 도봉구의 수호자였다.

오민중은 도봉구의 수호자가 막는다 해도 김시우를 따라갈 생각이었다.

그래서 자신을 막지 말라고 말하려는 순간 도봉구의 수호자가 앞으로 걸어가기 시작했다.

오민중은 도봉구의 수호자의 뜻을 알았다.

"부상자를 데려다줄 사람을 제외하고 모두 수호자님을 따라갑니다."

도봉구의 수호자가 앞장서고 있었다.

사람들은 두려움 따위는 버렸다. 도봉구의 수호자가 있다면 그 어떤 경우에도 승리할 것을 믿었기 때문이었다.

도봉구의 수호자의 발걸음이 빨라지기 시작했다.

쿵. 쿵. 쿵. 쿵.

땅이 울릴 정도였다.

오민중과 사람들은 뛰기 시작했다.

＊ ＊ ＊

치익.

[올빼미 2호가 올빼미 둥지에게 송신.]

무전기에서 소리가 나자 이필목 대령은 바로 무전기를 잡았다.

[올빼미 둥지 수신.]

[도봉구 방향에서 남자 한 명이 접근 중. 대응 규칙 바람.]

이필목 대령은 이성필을 봤다.

"가급적 생포하라고 하세요. 투항 권고도 좋고요."

"알겠습니다."

이필목 대령은 무전기를 들었다.

[올빼미 2호에게 송신. 생포. 투항 권고 우선. 격렬하게 저항시 사살.]

[수신 완료.]

무전 내용을 들은 나는 왜인지 모를 불안감이 몰려왔다.

좋게 끝나지 않을 것 같았기 때문이었다.

그리고 문득 드는 생각이 있었다.

"그 남자가 도봉 방향에 있는 집단의 우두머리일지도 몰라요."

이것을 확실하게 알려면 노 씨 아저씨나 내가 가야 했다.

최소 까망이라도.

상대방이 지닌 힘의 크기를 느낄 수 있으니까.

"제가 직접 가죠."

"대장님께서요?"

"네. 혼자라면서요."

"알겠습니다."

나는 바로 호원동으로 출발했다.

그리고 도봉구 집단의 우두머리가 누구인지 알 수 있었다.

그는……. 아니 그가 아니다.

사람이 아니었다.

〈5권에서 계속〉

총에 맞고 죽을 뻔한 국정원 지원요원 최강,
잠시 떨어졌던 사후 세계에서 두 영혼이 딸려 왔다.

마법사 제라로바와 암살자 케라는
최강의 몸에 깃들어 힘을 빌려주기로 하고.

책상물림 지원요원이던 최강은,
두 영혼의 도움으로 최강의 요원으로 재탄생한다!

「불사신 혈랑」 박현수의 새로운 현대 첩보 판타지!

빙의로
최강요원

박현수 현대판타지 장편 소설
DONG-A MODERN FANTASY STORY

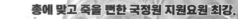

동아
COMMUNICATION GROUP

동아
COMMUNICATION
GROUP

동아
COMMUNICATION
GROUP

동아

COMMUNICATION
GROUP